你期待的远方，都在向你走来

如果我们什么都怕就到不了远方

大萌 Da Meng 著

将普通人的故事编成蝴蝶结，送给每一位正准备认真上场的普通人。

新世界出版社
NEW WORLD PRESS

目 录

【第一辑】 心向往之,才能如你所愿

我们都是路人甲,有备而来的不多 / 003
看得见的是自由,看不见的是代价 / 015
感谢,我的"非一流"大学 / 025
在六十六个陌生人的沙发上,我找到了自己 / 035
对不起,我还过不起安逸的生活 / 043
把有限的时间,浪费在美好的事情上 / 051
你也喜欢,只是没有那么热爱 / 061
二十四岁,我把自己卖了 / 069

【第二辑】 你热爱的东西,有一天会反过来拥抱你

079 / 遵从内心,拒绝平平淡淡的将就
089 / 别人的光芒,照亮不了你的前程
097 / 你有最美的年纪,不要辜负最好的自己
105 / 趁年轻,把生活折腾成你喜欢的模样
115 / 你所有的努力,终将会得到回报
125 / 活法不止一种,希望你做的是自己热爱的事
135 / 不要因为来日方长,就把所有东西都留到最后
143 / 真正坚持到最后的,是恰到好处的喜欢和投入

【第三辑】 在薄情的世界里,深情地活着

没有人准备好,只是不得不而已 / 153
愿你早日攒够失望,重新开始 / 161
余生很长,不如用自己喜欢的方式度过 / 173
太多人问你挣了多少,却很少有人问你过得好不好 / 181

你羡慕的说走就走，只是别人的"蓄谋已久" / 187
朋友圈的人数，是你孤独的指数 / 195
远方没有那么美好，却教会我们如何面对陌生 / 205
你只管善良，上天自有安排 / 213

【第四辑】
**你逆光而来，
配得上这世间所有的美好**

223 / 这个年纪的我们，比从前更容易感动
233 / 孤独是旅行的常态，但旅行不是孤独的解药
243 / 总得熬过无人问津的日子，才能拥抱诗和远方
253 / 愿我们，在彼此看不见的角落里熠熠生辉
263 / 每个人都有自己壮游世界的方式
271 / 谁不是过着什么都想，却什么都不敢干的日子
281 / 年轻人的灵魂，从来与年龄无关
291 / 阳光下像孩子，风雨里像大人

【第五辑】
**你期待的远方，
都在向你走来**

海哥，是一个浪人，也是个好人 / 303
他和她，她和他，她们…… / 315
老宋，有风的日子里等风来 / 333
你的孤独，成就了你的独特 / 345
走遍世界，却找不到像你一样的人 / 355
年少远行，愿你归来依旧是少年 / 365
九月，你"活该"过上了自己喜欢的生活 / 377
你没有如期归来，正是离别的意义 / 387

后　　记 / 399

▲ 2020 年 5 月云南泸沽湖（摩梭老人的猪槽船）

▼ 2020 年 8 月茶卡盐湖（独自旅人）

▶ 2020 年 11 月北戴河阿那亚（心中的那片海）

▼ 2020 年 12 月海南三亚（告别 2020）

▲2019年6月斯里兰卡加勒（体验高跷渔夫的生活）

▼2020年10月稻城亚丁（征服海拔4800米）

▶ 2020 年 10 月川西（赴一场秋天的约会）

▼ 2020年9月内蒙古根河（大兴安岭第一场大雪）

▶ 2020 年 10 月川西（牛奶海遇见自己）

▼ 2020 年 10 月云南普洱（阳光下的织布机）

▼2020 年 10 月禄劝（外面的世界）

▲ 2020 年 7 月甘肃敦煌（夕阳下的驼队）

▲ 2019 年斯里兰卡加勒（印度洋上的外国人）

◀ 2019年10月俄罗斯贝加尔湖
（穿越奥利洪岛）

◀ 2020年7月张掖丹霞
（夕阳下的小布达拉宫）

▲ 2020 年 9 月新都桥
（天空下的自由）

▶ 2019 年 10 月俄罗斯
（利斯特维扬卡的秋）

▲ 2019年7月斯里兰卡（路的尽头是海）

第一辑

心向往之,
才能如你所愿

对于我们这些跑得慢、力气又小的路人甲来说，能够一直坚持下去，也算是了不起了吧。

我们都是路人甲，有备而来的不多

1

一些刚认识的读者问我，你为什么叫自己"有备而来的路人甲"？

"其实，我们都是路人甲，只是有备而来的不多。"我乐此不疲地回复着同一个答案，全然不顾在接收这个信息的人群里也许有偷偷笑我太装的。至少对我来讲，那是一种笃定的信念——这种信念根植于我的心底，偶尔长成大树拿来自享。也有一些小伙伴潜在微信朋友圈里完成了对我整个的了解过程，而后给我贴了很多标签：最会做饭的背包客、码得一手好字的工科男、"别人家的孩子"、同款摄影达人……明明还在摸爬滚打、狼狈打怪的我，似乎一夜之间就成了别人口中羡慕的模样。

你说，这个世界上，是不是真的有这么一类人，生而面面俱到？是不是真的有这种人，轻轻一跷脚就能够到梦想的衣角?没有答案,我也只能给你看看我走过的路、注视过的人。在云南红河清晨六点打着火把的山路上,在穿越鳌太(宝鸡太白山)线时让人绝望的暴风雪中,在你不知道的恐惧与煎熬里,我偷偷藏了一些线索,或许就是答案。

现在是2019年1月4日下午4点17分,一个与我这个无业游民无关的星期五。感谢你陪我上路,寻找这些答案。

2

首先说做饭这件事吧!

我很能吃,这在朋友间是出了名的。每次去一个地方旅行,我最喜欢探秘深藏在市井旮旯里的特色美食,像傣族用碎牛肉粒、薄荷、香藕、小米椒加生鸡血搅拌出来的鸡血果冻(傣族人长期生活在炎热潮湿的地方,据说吃这个可以清热解毒、清理肠道),还有云南油炸竹虫或蚂蚱、日本烤白子、用荞麦做成的又凉又辣的天水"呱呱"、尼泊尔用白米面片搭配各式干豆和生腌肉的尼瓦料理……若记录下来,就是用一卡车也装不下的食谱。

可不管一层层揭开它们神秘面纱的过程有多么刺激迷人,不管走得多久、走得多远,我最惦记的还是家乡有烟火味的市场。

以前，我每次回家的时候习惯拖着菜篮子到市场逛上一个清晨，然后沉醉在厨房里忙活一两个小时，做上四五个菜。谈不上美味佳肴，却也让大伙儿吃得欢喜。遇上线下约拍，偶尔也会走进别人家的厨房露两手。天上飞的、地上跑的捣鼓多了，没承想广受称赞的却是一道再简单不过的蒸蛋。爱迪生发明灯泡前试验了一千多次，如果我说这道蒸蛋我也试验了上千回，你信吗？

我是个留守儿童，从小跟着外公外婆一起在山村生活。小学三年级开始，我就得五点起床给自己做饭，六点要出门——因为横在家跟学校之间的，是徒步需要近两个小时的曲折山路。所以关于早饭，我考虑的往往不是好不好吃，而是如何在最短的时间内，把有限的食材尽量做得不那么难以下咽。

在贫瘠不堪的童年里，是这道蒸蛋陪我度过了小学三到六年级每个上学的清晨。这道蒸蛋在那口又大又黑的铁锅里，被我变着法子地瞎琢磨。对于没有零食但馋虫蠢蠢欲动的小屁孩儿来说，这个活儿跟搞科研一样需要认真对待。有时水放多了，特别稀，跟米糊似的；有时常常忘记放盐，一股腥味。后来，我把能放的东西放了个遍，放过碎肉、辣椒、酸菜、香菜、葱蒜、花生粒……每天一碗米饭一个蒸蛋是常例，碰上运气好的时候，还能加个前一天晚上的剩菜。运气再好点，那就是"不小心"把米饭给煮成锅巴，咬起来附和着山里的虫鸣声，"嘎嘣"

脆响。

我们红河哈尼族彝族自治州到处都有像波浪一样翻滚的梯田，梯田里种着玉米、南瓜。很小的时候，我就自己带个大花篓去背南瓜。为了减轻压力，背篓还被我特意设置了一根宽宽的扁带子用来箍住额头，以减轻背篓往下坠的重量。因为家离得远，中午没饭吃，肚子饿得"咕噜咕噜"叫，我根本听不进课。后来，我和几个同学养成了最后一节课逃课的习惯。特别是秋天，我们会闯进别人家的地里，偷玉米、摘黄瓜、挖红薯……然后找一个隐蔽的地方开小灶，好几年都如此。

我们家有个大罐，专门用来装炼好的猪油，因为怕惹蚂蚁，所以常年吊在半空中。我第一次给外公外婆做饭，搬了把凳子还是够不着，所以只煮了米饭。然而由于锅盖得太紧，沸出来的水把柴火给浇灭了，导致煮出来的还是生米，根本没法吃。

如果你问我云南大山里的美食有什么特色，那就是当我把这些并不富余的食物煮坏了的时候，得到的不是一顿打，而是外婆欣慰的笑脸，还有那句"我的外孙终于长大了，会自己做饭了"的话，这使我搞清楚了"了不起"这个词可以有书本以外的别的意义。

我去过很多地方，见识过很多美食。诱人的不是它们的味道，而是每道食物背后一个家庭彼此相依的温度，让它美得恰到好处。你觉得我会做饭？可能因为我做进菜里的，是打着火把累积起来的可以绕行半个中国的求学路，以及为了生存而不得不生起来的火光。

3

还有摄影。

我经常说，相机是我的第三只眼睛。这些年来，我游走各地，没有留下什么东西，反倒存了几百 G 的照片。也许是我一直坚信，时间忘记的事，照片依然会记得。所以很多时候，我舍不得删掉任何一张照片，因为我想让它们一直存在。

我第一次真正接触数码相机是上大二那会儿，从西藏回来后，我攒钱买了第一台单反相机。由于大一没有相机，我错过了学校摄影协会的招新，一直有些遗憾。通过靳湘学姐的介绍，我阴差阳错地去了创新创业基地的一个数码影视工作室。有一次出去外拍，学长让我去给他打下手。即便拿的是自己的相机，我的手也在瑟瑟发抖。当时我什么都不会，对于光圈、快门、IOS 各种参数根本不懂要如何设置，也不好意思问别人。我能做的，仅仅是在"傻瓜"模式下不停地按快门。没想到回来之后的第二天，学长在 QQ 上找我，说我拍的照片构图还不错，想邀我去当他的助理。当时我压制住内心喷薄欲出的激动，回了句："其实，我只会按快门。"

我真的只会按快门？很久以后我才意识到，其实并不是那样的。关于摄影，后来我有很多头衔——旅拍师、公益摄影师……第一次拿起单反相机去拍照时，从小小的方框望进去的那种感觉，是我再熟悉不过的回忆。自打我记事那天起，二伯家就挂着一个很大的相框，里面摆满了照片。我清晰记得其中一张：照片里两个牙牙学语的堂姐在打闹。即便她们的样子脏兮兮、乱糟糟的，也让我羡慕不已。我早就记不清自己小时候的样子了，因为我之前没拍过一张照片。那时，我多希望自己有一天也能拥有这么个相机啊。

在贫困的边远山区，哪怕过了千禧年，身边买得起相机的人也寥寥无几。初中杨老师有一个可以拍照的MP4，我们都觉得他特神气，他的形象也因此伟岸不少。那时的周末，因为离家远，我常常独自留校，杨老师便很大方地把MP4借给我消磨时光。

我像得到了一双能上天入地的慧眼，身上的每个细胞都突然获得了觉察万物的超能力。我整天通过那个小小的取景框看世界，蓝天、白云、建筑、动物、早起赶集市的人潮，还有漫山遍野的山茶花……

我最喜欢拍的还是蜻蜓和蝴蝶，倒不是觉得它们长得好看，而是拿着相机慢慢靠近它们捕捉画面的过程，有种探案般的挑战和刺激。在这样不利的条件下若还能拍得一张满意的照片，那远比考了全班第一还要让我有成就感。

高三那年，我姐花了大半个月的工资买了一台"傻瓜"相机送给我。相机小巧玲珑，很方便携带，所以我每天都会把它装在书包里。在高三那种紧张的学习氛围下，我竟然也拍了三千多张照片。记得当时我姐把它送给我，我收下它，像接过一根玉米棒子。那时她在酒店当服务员，工资很低。我一开始不知道她为什么会突然想起送我相机。但我忽然记起，就在初中的那个暑假，拿杨老师的MP4乱拍一通的我常常忘了吃饭。一到饭点，全家便集体出动到处找我。

我想，也许就是在那些黄昏，我姐从那一声声响彻大山的家人的呼唤声里，隐约辨出了我梦想的萌芽。我们从小到大都被教育不轻易表露感情，所有的爱与被爱都是理所当然的事，说"爱"字都嫌别扭。可有那么一天，我姐突然跟我说："我能给的，我都会给你。"想来她的表态也如此"简单粗暴"，但那三千多张照片，一直帮我记着她对我的关爱。

只是我欠她一句："姐，你的梦想又是什么呢？"

如今，"傻瓜"相机早就不知去向，它消失得就跟它来到我身边时一样平静。

我并没有摄影天赋，不过是一个山头一个山头跑多了，更愿意静下来，去识别、欣赏细小的美。虽然玩单反的时间不长，可我在用单反摄影前所做的准备，是从未间断过的。

我觉得拥有比别人更好的天时、地利、人和的条件固然重要，但决定成败的还是我们在机遇来临之前所做的准备。就像人们经常说的，上帝喜欢把机会留给有准备的人。

4

再来说说写作这件事。

我的第一篇文章是分享做公益的经历。也许是涉及"公益"两个字的缘故，这篇文章的阅读量高得出奇。在QQ兴趣部落中，这篇文章的点击量突破了四万。我天真地以为自己是一块写作的料，于是建了个人微信公众号，注册了各个自媒体平台，大刀阔斧地准备开启自己的创作之路。

我把我准备写作的想法告诉了栓子。当时我们正一起吃饭，没想到他"噗"的一下，差点把嘴里的食物喷到我脸上。他震惊地看着我，然后"语重心长"地说："你不好好学你的化学，抽什么风啊？"那种感觉，其实挺不爽的，准确来说是不服气吧。然后我又找了小妍，希望能够得到一点慰藉。没想到她也让我不要犯"文艺病"，对我说："好好在你的实验室里面做实验得了。"

我心里清楚，于他们而言，是站在了道义角度上，没有盲目地给我打鸡血。可更大的打击是，我写了三个月之后，阅读量还是少得可怜，连突破两位数都有点吃力；有时候发微博还会遭到一些人的谩骂，被质疑做公益是炒作。突如其来的落差把我重重地摔到了谷底，于是我很干脆地放弃了写作，不再登录微信公众号，并把自媒体 App 也全部卸载，更不想和任何人讨论一切有关文字的话题。

可是，喜欢的事是无法真正割舍的。那段时间，我总觉得心里面有个洞在"呼呼"地漏风，浑身发凉。看别人书里的故事时，我总不由得想我也有类似的经历且比他的更惊险；会有种"哦，我也去过那儿，也踩过那个坑，也'死'过"的感受。心事和文字在我的五脏六腑里无休止地堆积、堵塞，一直堵到了嗓子眼，觉得有很多话想要说出来，想要写下来。但转念之间我顿悟了：写作不是为了别人，而是我心之所向。别人看不看是别人的事，而写不写是我自己的事。即便我这辈子不再写半个字，对别人的生活也不会有任何影响，可对我自己呢？

我开始重拾写作，从那以后没有一天断过：不管是在没有网络的深山老林里，还是在千里之外的异国他乡，我都会在手机上随手记录自己的所见所感。

你立过 flag 把目标细分到每一天吗？我们常常会在朋友圈表决心：每天走一万步、每天学半小时英文、每天少吃一口饭……这难吗？太难了！我们最难战胜的不就是自己的惰性吗？下决心跑步的第一天，离一万步的目标还差三千步。我说明天一定补上,结果第二天只走了六千步。我说把之前欠的步数都记上,将来一并补上!"将来"在哪个时间点我不知道,但我知道一周后,我的这个 flag 已经壮烈倒下,并被埋得相当彻底。

每天写一篇文章,难吗?

我当时每天五点多就起来写文章,趁世界还没完全清醒,码上两三个小时的字,到了晚上继续写。一篇文章写下来,大概需要花八个小时。我已经不去考虑生计,甘心当个"穷酸秀才"。可即便这样,还是换不来几个读者。我心想哪怕拿个碗去天桥乞讨,一晚上也能"咣当"掉下几个"赞"吧。

"咣当"声没等来,没想到后来我却听见了"哗啦啦"的回响。

我的文字慢慢被读者认可,我的活法也逐渐被身边的人接受,关注我的人也越来越多。我成了一些平台的专栏作者、签约作者。也许,很多事情不是因为有希望才值得去坚持,而是坚持了才会在未知的转角与希望撞个满怀吧。

其实,我从来没想过,学化学的自己竟然也写下了几十万文字,如今也不用再苦苦去找寻各种平台投稿,甚至可以靠写作养活自己,还能出一两本属于自己的书。这是我二十四年来从来没有想过的事。

5

如今，很多朋友找我抱怨自己生活得太迷茫，每天根本不知道自己想要做什么。

其实，我们心底真正迷惘和害怕的，是在一堆大大小小的欲望里，没能一眼认出适合自己的那一个，于是我们在迅速涌动的欲望之河中不断地与它错过，直到最后双手空空。也许很多人看到我的光鲜、阳光、暖心、自由……可它们的孪生兄弟——孤独、疲惫、落寞、恐慌，却被我圈养了起来……有些情绪没必要撒欢似的跑。

我始终相信，生活中那些看似得心应手、处变不惊的人，是因为他们心里的那片草场足够宽广。所以，我一直行走在路上，把所有好的、坏的事都囤成前行的力量。现在，我终于明白所谓的天分，只不过是每次选择的时候尽力让自己做到最好。用时间换来的天分，其实仅仅是越努力越幸运的代名词而已。很多时候，我们总是羡慕一些东西，却从没有想过它们是只要我们努力就可以得到。

没有谁能随随便便成功。在得到更好的生活之前，你必须经历勇敢的选择、不断的努力，并拥有坚持不懈的信念。

其实，我们都是路人甲，而我希望自己是有备而来的那一个。

希望你也是。

不知道是什么一直让我坚持着,也不知道从哪里来的勇气,或许,是因为深情。

看得见的是自由，看不见的是代价

1

很多时候，我们说演员有天赋，往往忽视了他们"台上一分钟，台下十年功"的积累；说作家有天赋，可能就抹去了他们"吟安一个字，捻断数茎须"的煎熬；甚至觉得摄影师天生就有一双发现美的眼睛，却忽略了他们风吹日晒的辛勤付出。

有哪个人的成就，是一步登天的呢？

2018年，是我作为自由职业者的第一年。从以前每年只去几个地方，到现在几乎每个月有一半时间在路上；从走马观花的国内游，到现在走出国门成了家常便饭，唯一不变的是不忘带着好奇心和敬畏心上路。之前一次分享会上，主办方让我分享作为自由职业者的感受。从开始准备分享大纲，到活动要开口的那一刻，我的感受依然在不断变化。起初我想说说令大家羡慕的东西，比如时间和财务自由。后来，这些话题我都没说出口，而是絮絮叨叨地分享了自己一路走来平淡无奇的故事。每个人都有自己的生活方式，别人是效仿不来的，所以不应该是结论式分享，而应该是过程式分享。我坚信当我说了一百句话后，底下那一百个听众在心里默默记下的，是一百个不同的句子。

分享会结束后，我一个人在沙发上坐了很久，一杯接一杯地喝着咖啡，外面是灯火通明的城市，街道上车水马龙。我恍惚意识到，自由并不像某些人凭借只言片语的想象所勾勒出来的美好蓝图那样，值得每个人一味地羡慕和向往。每种选择，都需要相应的代价作为交换。而我争取自由的代价，是牺牲安逸和经历危险。

2

2015年，我还在上大二。作为一个入门级的背包客，我背着还很不齐全的装备，身着连内胆都没有的冲锋衣，就打算穿越鳌太——那个差点成了我生命终点站的地方。

驴友们大概都听说过，纵贯秦岭鳌山与太白山之间的"鳌太线"是国内最艰难的徒步线路之一。我原本计划五天的行程，第二天就被阻断了。暴风雪席卷而来，目光所及之处白雪皑皑，早已经辨不清方向。晴天里那些很显眼的路标，突然间集体失踪。最无奈的是，明明走过一遍的后撤之路也忽然找不着了。

生活在南方，我从小到大没见过雪。没承想，第一次见雪就遭遇了一场暴风雪。我开始慌张、害怕，甚至有种难以抑制的恐惧。不过，人在极端环境下求生欲望特别强烈，我对着那片一眼望不到头的白色，拼命喊叫，可什么回应也没有。那时候的我也还全然不懂，在雪山大声呼救有引来雪崩的危险。更可怕的是，这种求生本能会随着时间的推移一点点稀释掉，你会慢慢经历由失望到绝望，再到平静地等死的过程。在那可能不过半小时的时间里，我在脑海里又匆忙把前半生过了一遍。

恍惚间，那片白被涂成老家门前的绿，很多次，我和姐姐在春节的鞭炮声里，肩并着肩坐在门槛前，把那条弯弯的小路望穿了，也等不回外出务工的父母。很多时候，我觉得自己不懂父爱母爱，可我总盼着也许有一天我就懂了呢？可"某一天"一直没来。外公外婆老遗憾自己没有儿子，一直把我这个外孙当亲孙子养着。如果我不在了，他们会不会觉得自己像白活了一辈子？人就是这么矛盾，就算我对农村这种重男轻女的思想如此不屑，我还是想维护他们仅有的那点"自尊"，哪怕这是我不以为然、深恶痛绝的旧习。

那片白突然变得很嘈杂，到处是喇叭声，夹杂着说不清道不明的语调。2010年上高中的我第一次出远门，外公送我去开远市里上学。我刚报到完，他就急着赶回家，我知道他是为了省下当晚住旅馆的钱。陌生的城市，这个我唯一熟悉的亲人站在车上隔着玻璃冲我摇手。那一刻，我泪流满面……

听说人被暴风雪席卷掩埋后，在雪堆底下会辨不清天和地——你伸出手去挖的方向可能是地面，也可能是更深的雪层，将自己挖向死亡的深渊。这真是一场豪赌啊。

我的意识渐渐模糊……我真的以为自己的生命将就此终结，没能和亲人见上最后一面、没对朋友说句谢谢，甚至没有给她留一句遗言，就这样无声无息、默默无闻地离开人世……

或许是阎罗王还不肯收我，就在我即将闭上眼睛对这个世界说"再也不见"的时候，隐约听到一些细碎的声音，像出现了幻觉似的。那一刻，我的求生欲又一次被激发了出来。我使出自己的"洪荒之力"喊了一声："救命啊，有人吗？"

五个登山队员救了我，他们是三男两女。当时我已经双腿麻木而无法走路，其中两个男生架着我深一脚浅一脚地走了很远，另外一个男生帮我背包。大概两个小时后，我才能勉强走路。完全恢复意识后，我还特意拍了一段视频。我原本打算把这段视频送给他们，只是下山之后我们就匆匆忙忙地分别了，他们也没有给我任何联系方式，我甚至连他们叫什么都不知道，唯一知道的是他们来自北京某支登山队。

山下的世界恍如隔世，夕阳的光肆意地打在我的脸上。那一刻,我感觉自己的笑容跟云彩连为一体,金黄中透着粉红,无比真实——活着的感觉可真好!

手机开机之后,连续提示一百多个未接电话,我妈说差点要报警。我第一次意识到,有时候,你活着不仅仅是为了自己;我也意识到,对生命一定要心存敬畏,不管是自己的生命,还是其他人的生命。

因为这段遭遇,我一直在关注鳌太线的动静。每年都有驴友命绝于此。去年我看到一位网名叫"-溜溜-"的驴友这样描述自己的鳌太线穿越之旅:通过两次秦岭的穿越,我亲身感悟到,鳌太穿越之所以被称为秦岭山区最为原始和自虐的穿越线路、国内最难的徒步线路之一,最关键的一点是山上的气候瞬息万变,在一天之内时不时地让你亲身感受四季的变化,体验风、雾、雨、雪、冰雹的交替而至,让人防不胜防。即便同样的人、同样的线路、同样的季节,在不同的时间段去穿越鳌太,因天气不同,其难度、强度和危险度都不同。穿越秦岭最怕的是持续大雾、小雨不断、高原反应和迷路。你这一次能安全地走完全程,并不代表你下一次还能——这就是鳌太的魅力所在。

我在底下评论了一句:人们一直说雪花很美,可是鳌太暴风雪中的雪花一点都不可爱,庆幸我们都还活着。

3

我的梦想是环游世界,所以会时不时去关注一下 2015 年火遍大江南北、写下"世界那么大,我想去看看"的女主角顾少强现在的生活状况,看看这种随性的人平时都在做些什么。

也许你也会发出疑问,她真如辞职信上所言,去看世界了吗?我也以为她写下这句话后,毅然决然地离开那座生活了将近三十五年的城市,选择一直在路上,看不同的风景,体验不一样的生活。可事实是她早已结婚生女,定居成都。现在的她在成都街子古镇经营一家叫"远归"的客栈,闲时带娃,偶尔做场网络直播,谈心理学、聊读书旅行。她甚至还做起了微商,买卖当地的时令蔬菜和水果,时不时还搞一下"买二赠一"的促销。

有人皱起了眉头:当初说好的情怀呢?怎么做起生意来了呢?

顾少强走红之后,常常会有人趁她在客栈休息时,突然闯进来对着她一顿"咔嚓"乱拍。他们拍完掉头就走,好像她是个任人参观、没血没肉的物品。暂且不论照片有没有把人拍美,单就每张照片被发到微博上或朋友圈里时所附带的文字解读,以及背后一个个圈子的友好与恶意,也如蚂蚁上身般让人坐立难安。因为这短短十个字,她莫名其妙就成了别人羡慕的人生模板。很多人把这十个字理解得很豪迈,可是顾少强在写下它们的时候,是把自己放得很低的。她把自己当成一个特别渺小的人,想去窥探一个偌大的世界,仅此而已。

在这看似极具情怀的辞职事件过后,她依然要回归真实的生活,面对城市生活中接踵而至的世俗挑战,永远无法摆脱交租金、水电费这些烦琐杂事的纠缠。就像客栈的名字——去往远方,世界固然要看,但看完了还是得回家。只是,当我们一个个都在羡慕她的洒脱时,又有多少人能在享受完逃离所带来的快感之后依旧逍遥自在?

很多人跟我说,大萌啊,我觉得你就像另一个我,那个更有勇气的"我"。对于这些关注的目光,我非常感恩,但是也因此不敢止步,怕让成千上万的"我"半途夭折。

人们说,伤口不在自己身上,就不可能知道有多疼。其实,自由也是一样的,选择自由的时候付出了什么,只有自己明白:那是独自面对熙来攘往的人群时突然涌上心头的孤寂,是无数个夜深人静的夜晚,辗转难眠却无人诉说的悲凉。我们常常会因为喜欢某些成功人士的表象,就以为自己喜欢某一种生活,或者认为自己想要成为一个什么样的人。可是这样的想法往往只停留在了解别人最光鲜亮丽的那一面上:羡慕他自由,羡慕他成功,羡慕他年纪轻轻就升了高管,羡慕他不动声色就自费出国。可他们背后不为人知的艰辛和努力,就是我们尚未做好的准备。

林达在《历史深处的忧虑》里写道:"自由实在不是什么罗曼蒂克的东西,这只不过是一个选择,是一个民族在明白了自由的全部含义、清醒地知道必须付出多少代价、测试过自己的承受能力之后,做出的一个选择。"

想来的确如此。

4

有一次,我和老罗聊起毕业之后这一年的生活。

我问他:"你说我是不是自找麻烦啊?年纪轻轻,不找一份安定的工作,还在四处漂。"

没想到,他给了我笃定的回答:"岁月总是悠悠长长,许多人的选择只是诗与远方,但又有多少人真的走在路上?我很羡慕那些有勇气一直在路上的人,哪怕说旅行很累,也会满心欢喜。你就是我羡慕的人。"

是呀,又有多少人能够一直走在路上呢?在路上会很累,比如经常坐在车站的候车室里,四周人来人往,声音此起彼伏,像是在大型拍卖现场。车站是个永不停歇的中转站,像永远不会停歇的时间,但是这热闹,与我无关。仅仅因为自己喜欢,所以一切都愿意承受,一切都值得。

离开自己以前舒适安逸的生活圈，去面对未知的挑战和不确定的明天，需要很大的勇气。人们总是对未知的事物充满恐惧。我们害怕未知，怕自己真的变得跟别人不一样，成为别人眼里的边缘人，于是便少了那份一定要去做的执念——这是我作为自由职业者一年来最深的体会。

很多人看到别人的自由生活，会羡慕，会向往。不过话说回来，这有什么可羡慕的呢？每个人的自由都来之不易。所以当你在羡慕某个人的自由时，也请仔细看看他在背后所付出的努力。我一直坚信这一点：这个世界上的大多数人都是普通人，那些看起来自带光芒的人，只不过是比其他人更努力罢了。

也许现在的你，尚未找到自己想要什么，但是你一定要清楚自己不要什么。

那样的话，也许我们都可以在自己的世界里生活得更自在。

你要去哪里上大学?

甘肃兰州。

啊,是兰州大学吗?那真的很棒哦。

不是,我要去西北民族大学。

哦,没听说过……

感谢,我的"非一流"大学

1

2018年4月,虽然上海已经熬过了漫长的冬天,可凌晨两点还是刮着一股强劲的东北风。我在租住的"偌小"的房间里,继续蹂躏着被照片卡死的那台破电脑。我想必须把文件归类存到百度云上面去,否则估计第二天就得死机,却无意中打开了文件夹里的毕业照片。

毕业一年左右,即便天天使用电脑也不愿触及的这个文件夹,终于还是被我打开了。我一张张地翻看着这些照片,没有一张照片里有我,我犹如一个局外人。看到了一些熟悉的面孔,也有一些面孔已经连名字都叫不出来了。

如今,物是人非,也不知道昔日的同学在彼此看不到的角落里过得怎么样了?如此一来,我的内心莫名地伤感起来。

闭上眼睛,时间回到了2013年的8月28日下午。那趟云南昆明长水机场飞往兰州的航班,缓缓地降落在中川机场。那是我第一次坐飞机。飞机起飞的时候窗外还是绿色的,而快到兰州的时候,一片光秃秃的荒原粗暴地跌进眼里。我一下子觉得心慌,质疑自己是不是去了沙漠里读大学?可是选好的路已经回不了头,我只能硬着头皮走下去。

下了飞机后,行李箱的拉杆坏了,我两只手抱着行李箱走出机场大厅,一脸茫然地杵在那里。机场的工作人员大概看出了我的窘境,问我要去哪里。我说,我去西北民族大学。他指示我坐机场大巴到市区,到了再问别人。问路是多么基本的生存能力啊。如今,当我回过头看当时那个午后不知所措的自己,在问路时真诚得让人心疼。

庆幸的是,坐我旁边的也是一个从云南来的校友。在得知我们的校区不在市里后,校友的爸妈又包了一辆面包车,顺便把我捎上,直奔榆中县。印象中人们描写西北的游记诗文,大多是赞美它浩瀚壮观的一面。不过说实话,我那天走的路,着实令人没有任何心情去欣赏。面包车在乡村路上开了大概两个小时才到榆中校区。是的,西北民族大学榆中校区,在甘肃省兰州市榆中县夏官营镇的三角城。

我在这里,度过了四年大学时光。

2

报志愿的时候,我并不知道自己喜欢什么,家人也给不了任何建议,我就索性蒙了一个貌似比较专业的"制药工程",毕竟带"工程"俩字。可是,在上了几节化学课之后,我发现自己对这方面没有任何兴趣。

那该怎么办?我完全不知道。

我开始一味地参加学生会,每天从早到晚忙碌于各种社团。我以为自己过得很充实,可是每晚躺在床上回想这一天,只觉得一片空白。我日渐沮丧,对自己的未来没有任何想法,更懒得去想。大一放寒假时,我坐火车回家。旁边的一位大叔问我:"小伙子在哪里上学啊?"

我说在兰州。他一下子提高了嗓门:"在兰州大学啊!很不错。"

我说不是,在西北民大。

他的眼神立马变得异样起来,重新打量了我一下:"哦,民大啊……"

那一路,他坐在我对面,我们再没有说过第二句话。那种感觉真的糟糕透了。整个人像是掉进了不见天日的深渊,我开始怀疑自己,抱怨命运。

3

假期过完一开学,我就把学生会和社团的职务都辞了。泡了一段时间的图书馆,我渐渐发现,很多想法接二连三地往外冒。可面对"人生该如何走"这类哲学问题,我还是经常不知所措。于是,暑假时,为了找到所谓的自己,我决定一路前行走路去西藏,也去看看别人书里经常提到的"外面的世界"。

我本以为旅途会很顺利,走到青海湖的时候却遭遇了旅途中的第一件大事——我被一个叫小徐的中年男人和他的女朋友讹诈了。五湖四海的一群人在黑马河相遇,住在青海湖边上的帐篷里。当地老板说,今天人比较多,给你们弄一场篝火晚会。我背着一个斜挎的腰包,里面放着手机和证件。晚上要出发的时候,小徐说自己兜里装不下钱包,先放我包里保管一会儿。我没多想,顺手接过钱包放进包里。那时真的很单纯,觉得路上遇见的人都蛮好的。晚会结束的时候,我忘了给他钱包,他也没有找我要。

第二天,我起得比他们都早,在湖边等日出。等我看完日出后回帐篷时,小徐和他女朋友在翻来覆去地找东西,我的背包也在外面。

小徐说,他的钱包丢了。我蒙了几秒,说:"昨晚不是你让我帮你拿一下的吗?"

他女朋友一把抢过我的包,从里面翻出小徐的钱包,说少了八百块钱,是我偷的。我越解释越乱,也被吓坏了。我从来没有遇到过这种事情,整个人从头到脚都在发抖,根本不知道如何应对。

我眼巴巴地看着其他人,却没有一个人站出来替我说一句话。见此情景,我很绝望。他们报警了,派出所的民警也来了。在警察面前,他们就像个演技拙劣的演员,我却像个真的罪犯,很费力气却依旧口舌难辩。没承想走了那么多年的山路,我没有走出来的,是这些城里的套路。终于,一个重庆的阿姨站出来维护我。她说:"我刚刚没有说话是想要看看警察来了你们要怎么办。明明就是你让人家小伟帮忙放一下的。人家一个刚上大学的孩子,你们良心过得去吗?你以为我们没有看见吗?"其他人也像突然被解开了哑穴,开始相继为我发声。

最后,派出所的人反倒把他们两个带回去了。

4

这件事之后,原本应该要继续走的,但我留下来了。那天我一个人在青海湖边发呆,开始怀疑这个世界好像真的没有自己想得那么美好。

我打算放弃旅途,直接坐火车回无锡。中午遇到一对老夫妻。两个人七十来岁的样子,都满头银发。他们从北京一路徒步、搭车去西藏,途经青海湖时休整一天。老奶奶在路上摔倒了,一只手还绑着绷带。

我问她:"您都这样了,为什么还要继续往下走?"

她说:"有些事情现在不去做就再也没有机会了。"

这句话深深地刺痛了我。我有点动摇了。

告别的时候,奶奶摸着我的头说:"孩子,其实什么时候出发都不晚,但是发现自己需要趁早。"

正是这句话,让我忽然变得笃定了。我告诉自己,要继续走下去。第二天一早,我继续出发了。当然,之后的旅途也并不那么轻松,高原反应、感冒、受冻、挨饿等都经历过。用时整整三十八天,我终于到了拉萨。

那天中午,我并没有先去找客栈住下,而是直接去了布达拉宫。不用抬头,就能看见那么蓝的天、那么白的云。一个人站在布达拉宫的广场上,我热泪盈眶。虽然第一次远行不算美好,但是我开始喜欢上这种在路上的感觉。回学校后,身边同学知道我一个人徒步去了西藏,都对我这样的勇气刮目相看。

上了大二,我利用空余时间四处游走。本想去看看世界就回来,但我却对这个世界彻底上了瘾。再回到学校,我发现自己关注的已不仅仅是校园那片小小的天地了,而是全国各地的活动。只要一有机会,我就去参与这些活动。我开始愿意和别人分享在路上的故事,圈子越来越大,认识的人也越来越多,自然而然地得到了不少机会。

是的,机会是留给有准备的人的:因为我们做过的每一件事,别人都看在眼里,只是有时候时机未到,你无法从中分辨谁是你的下一个贵人罢了。

旅行这个行为像推倒了我大学生活的多米诺骨牌,改变着我的性格磁场。它触发了我摄影的动力和能力,甚至到了毕业季的时候,我已经能靠着接单挣上一笔当时看来达不错的收入了。也是它让我变得心灵充盈,所有安放在内心深处的温度日夜炙烤着我,把我引向了公益之路。大三的时候,我把公益摄影项目"时间忘记的,照片记得"推广到全国高校,吸纳了一百八十七个大学生。

今天,我坐在靠近广州市中心的一栋高楼三十层的房间窗边敲击着键盘。面对着西边密密麻麻、常常连太阳都照不进来的石牌村,以及东边那一栋栋朝气蓬勃的入学楼宇,我隐约听到那副"多米诺"骨牌在接连倒下的声音。

5

毕业后,我参加过的面试不多。到现在为止,我几乎没有设计过一份"像样"的简历。有时候,面试官问我,你是哪所学校毕业的？面试完，他们几乎都会对我说，西北民族大学在兰州是吧？我记住了。

那个时候，我有一种由内向外、从每一个细胞里溢出来的骄傲。

我记得毕业的时候，马老师对我说过一句话："不是因为学校好你才好，而是因为你好了学校才好。"我知道，过去的所有元素造就了现在的我，而这些元素里，也包括我的母校。

如今，我很感谢我的"非一流"大学。

尽管曾经的我多么想要掩饰自己属于这里的事实，尽管我曾无数次在心里对她不敬，尽管我现在还没有什么大的成就……但我还在不停地往前走，真的感谢你——我的母校。

我希望未来的某一天，我有机会回到母校办一场交流会。我会大声地告诉我的学弟学妹：因为你们的存在，我们学校真的没有那么差。

这是我的愿望，也是一种动力。

旅行这个行为像推倒了我大学生活的多米诺骨牌,改变着我的性格磁场。

我一直觉得自己特别幸运,
在还能折腾的年纪,
做了那些八十岁想起来都会嘴角上扬的事情。

在六十六个陌生人的沙发上，我找到了自己

1

很多人都质疑"在六十六个陌生人的沙发上，我找到了自己"这个标题——你怎么会记得这么清楚？

别急，我慢慢讲给你听。

我过去几年的旅行，很好地诠释了独行穷游者的定义：身上没带几个钱，启程那刻甚至还不知道当晚住哪儿。我用脚步去交五湖四海的朋友，四年里走遍了中国大大小小的城市，也睡过六十六个陌生人的沙发，有着六十六段不一样而又温度相似的经历。

"穷游"两个字，在大众眼中充满争议：有些人认为这是一种体验生活的方式，也有人认为这是一种蹭吃蹭喝的行为，还有人认为这是明明没钱还要打着探索世界的旗号到处招摇。所以大部分人会选择敬而远之，甚至还有一些穷游过的女生被人误会。

大多数人不理解,那种"穷游"其实只是一种情感交换,是别人用自己的辛勤劳作换来旅途中的一块可以解决温饱的栖息之地。至少对我来说,这是我人生中最美好的经历、最珍贵的记忆,也让我找到了不一样的自己。穷游并不是一味地蹭吃蹭喝,或者是骗吃骗喝,到处流浪。穷游真的没有那么不堪。

大多数说着别人被潜规则的人,往往没有真正出去体验过这样的旅行。事实是,你是什么样的人,就会吸引什么样的人。

这,与穷游无关。

2

我第一次听说"沙发客",是在兰州的一家青旅里面。

那是我人生中第一次真正意义上的远行。一个人拉着行李箱,在这座人潮涌动的城市里挤着公交车去"青年空间(青旅)"。第二天下午原本想要出去走走,结果下起了大雨。我索性就在青旅的大厅坐下,边喝咖啡边看书。这时,一个娇小的金发外国女孩,背着差不多和她自己一般高的背包,独自来住店。后来,她也来大厅喝东西。她坐在我对面,很自然地开始跟我聊天。

她说自己是从瑞士来的,很喜欢中国文化,前两年在中国人民大学读中国古代文学,现在用旅行的方式去了解中国。

她的英文名字我没记住，中文名字却永远忘不了——"秦岭"。她起这个名字，是因为她登上秦岭的那刻，觉得这就是她在东方的家乡以及归宿。

她从包里拿出地图给我看，上面标得密密麻麻。她告诉我她怎么从北京出发到新疆再到西藏，然后从四川到陕西再到甘肃，接下来还要去青海、宁夏，再去云南……

她说在瑞士，多数人毕业之后不会急着找工作，而是出来经历一个间隔年再回去。

"需要多久的时间？"我好奇地问她。

她笑着说："一年。"

一个女生居然要独自在外旅行一年？我简直不敢相信。这次出来，这个瑞士女孩也睡过很多沙发，帮沙发主做饭、清洁、洗碗、打杂，同时学习地方文化……自我成长之余，她也体味着大多数中国人的友好。当时她给我留了一个她在瑞士的地址，我去西藏的时候还给她寄过一些明信片。明信片上面贴满了邮票，但我不知道她收到没有。

后来，我遇见过很多像瑞士女孩一样的外国年轻人。他们的游历时间多则一两年，少则几个月。看着他们背着大背包，穿着登山鞋，独来独往一脸无所畏惧的样子，我真心觉得他们很酷。那会儿，我打心眼里羡慕他们的从容，而我们从小到大都在不停地赶，总是害怕比别人慢一步。我从他们身上看到了生活的另外一种可能性,也就埋下了一颗自己不久后也要去"沙发旅行"的种子。我想变得像他们一样勇敢,积累更多的旅行知识,努力攒钱为自己的旅行买单。

其实你所羡慕的一切,都是别人的"蓄谋已久"——我一直都这么认为。

3

我的第一次沙发旅行是在成都。那年寒假本想去云南,但那时兰州还没有直达昆明的火车,所以我必须从成都转车,索性就在那里玩两天。

沙发主叫琨哥。我之所以认识琨哥,是一个朋友介绍的。他也喜欢旅行,所以就让我去他那儿凑合两天。琨哥当时在西南财经大学读大四,为了实习,租了一个一室一厅的房子。

我去的那天刚好是周六。琨哥一大早就来火车站接我,先是带我去街巷吃成都小吃,还把我两天的成都行程安排得特别合理。我们聊了很多,旅行、经历、理想、未来。我们完全没有陌生感,他也给了我很多建议。

后来我才知道,琨哥也搭车走过 318 国道。有一次下大雪,他无处安身,后来遇到藏族的妈妈和大叔收留了他和同行的两个朋友。他心领了这份善意,也决定今后不管是租的"狗窝",

还是买了能够种花的院子,有他在的大门,永远会为那些和当年的他一样的行者敞开。

走的那天早上,我没有叫醒琨哥,一个人悄悄地离开了,因为我实在不想打扰他的美梦。现在,我们也经常保持联系,偶尔也会互寄明信片,分享旅途中的心情。

也许,是因为第一次有这么美好的经历,我才有勇气继续下一次的旅行。所以,我很感谢我的第一个沙发主琨哥。后来,我一如既往地喜欢沙发旅行,就像吃了某种会上瘾的东西一样,戒不掉了。

我遇见了很多很友好的沙发主:和阿婵姐姐暴走西安古城,重庆的包大人教我做地道的重庆火锅,和长沙的小泉深夜喝酒喝到泪流满面,和武汉的飞飞凌晨在机场喝咖啡,和上海的小朱寻觅老街美食,以及杭州的阿硕、苏州的菜菜、南京的雪兰、青岛的洛洛,还有北京的、天津的、保定的、大同的、西宁的、拉萨的、大理的、丽江的……我去了很多城市,见了很多人,听了许多故事。其实每一座城市都是一次旅行,而和每一个沙发主的邂逅都是一段故事。如果有机会,我想把这六十六个故事都写下来。

我一直觉得自己特别幸运,在最美的年纪,做了那些八十岁想起来都会嘴角上扬的事情。

4

后来,有很多人问我所谓"穷游"的窍门。

穷游,到底"穷"的边界在哪里?就拿沙发客来说,我觉得"穷"游是一种等价交换,也是一种江湖义气。作为客人,于情于理都要给沙发主带点小礼物。我一般会随身带上自己的明信片,或者给他们拍一张全家福。在和沙发主相处的过程中,我也会给沙发主做几顿有诚意的晚餐,起码让沙发主的照顾看上去没那么理所当然,也常常能收获到意外的友谊。

我一直想,如果不是因为去旅行,我现在的选择一定更有局限性,也没有这么多或好或坏的经历,更不会有机会了解到不同地方的人文和情怀,或许也不会走上写作这条路,不会有我和你今天在这里的相遇和交流。我很感激自己有勇气走出去看看这个世界真实的样子——是的,我在别人的沙发上,找到了真正的自己。

当有一天你真正清楚自己喜欢什么、想要什么时,或许,你会跟我一样惊觉那种喜欢的感觉是多么踏实,一点都不自欺欺人。

穷游的意义不在于花很少的钱去很远的地方,而是让你换种体验生活的方式,远离你已经习惯的东西和环境,把自己送上远方那条自己独处的路。

5

我偶尔会在一些平台上分享自己的旅行经历,发现有一个大部分人都感兴趣的问题:如何才能最大限度地融入当地人的圈子,跟当地人玩在一起、吃在一起,而不仅仅作为一个局外的观光客?

或许沙发客是一种不错的解决方案。从踏进沙发主家的那一刻起,你就不再只是那座城市的一个过客。你会成为这一小块天空底下的故事的参与者之一,逐渐触摸到这座城市最深处的节奏与温度。也就是说,沙发旅行的魅力是你永远不知道下一秒会遇见谁、会经历什么、会得到什么、会失去什么、会有怎样的际遇、会有怎样的悲伤或快乐;你只需相信,他们的存在一定会教会你成长就行了。

每一次旅行终究会回归,你不知道下次旅行或者未来等着你的会是什么;你只知道,充满期待就好。旅行很辛苦,但旅行可以让我们打碎生活常态,直面自己,重组自己。

每个人的人生都是不可复制的,也不是每个人都适合去做一个沙发客。在这里,我不想美化穷游,也没有任何必要去丑化穷游。我只是分享我的经历和故事,仅仅是分享——我不想煽动读者跟我一样去当沙发客。

对待任何事情,不要盲目或随意跟风,找到适合自己的方式去做才是最好的。

在还能以梦为马的年纪,那么轻易地选择安逸,或者轻易地放弃,真的不会觉得惋惜吗?

对不起，我还过不起安逸的生活

1

刚毕业的时候，我准备给自己来一次"间隔年之旅"。没出发之前，我抽空回了一趟家，逢亲朋好友或街坊邻居，一见面就被问："分配了吗？""干什么工作？""在什么地方？""工资多少？"……

我不敢正眼看他们："还没工作。"

这个时候，他们就会露出一种异样的目光，仿佛在说："你上大学了吗？"这种目光落到我妈身上时又多了些精准的怜悯："学费白交了吧？"

说起来，我当时还真的蛮惭愧的，感觉对不起家人。或者说担心当别人谈起我的时候，他们会不知所措，不知道该怎么去应对各种八卦问题。从小到大，他们就等着我有一天能够有出息——虽说不上光宗耀祖，却也希望我不用在那个小山村里当一辈子农民。

我看着身边的同学一个接一个地走上工作岗位，从事着跟专业对口的职业。他们经常在朋友圈发他们今天参加这个培训，明天接待那个人物，或是后天要出席什么活动……于是，我内心隐隐有些焦虑，对自己的未来也越来越感到担忧。

我妈说："你都这么大了，生活没有一点定数，啥时候才能稳定点啊？"

所以，我自认为"只欠东风"的"间隔年之旅"，没能够如期成行。最令人难受的是，我不知道该如何向身边的人很好地表达自己的想法——应该说，我没有一个正当理由让别人相信我可以做得很好。

有一天下午，我实在不想待在屋里，就跑去惠山古镇上的惠山书局。我随意拿起一本书看，无意中翻到了老人和孙子骑驴的故事。爷孙俩进城赶集。爷爷骑驴，小孙子牵着驴走。过路人说，老人只顾自己享受，让小孩子吃苦。爷爷想想也是，赶紧从驴背上下来，让小孙子骑驴，自己牵着驴走。两人没走多远，又遇到一位过路人说这个小孩子真不懂事，自己骑驴，让老人跟着跑。一听此言，小孙子心中惭愧，于是二人决定一起骑着驴走。

后来，有个老太太见爷孙俩共骑一头驴，便说这爷孙俩的心真够狠的，那么一头瘦驴，怎么禁得住两个人骑呢？爷孙二人就谁也不骑了，干脆牵着驴走。又走了没几步，爷孙俩碰到一个老头。老头指着他们说,这爷俩真够蠢的,放着驴不骑,却愿意走路。

最后,爷孙俩决定抬着驴走。可他们没走多远就有路人哈哈大笑说,这两个人真有意思,有驴不骑牵着也行,何必抬呢?

小时候我读这故事,看驴就是驴;可如今再看,这驴酷似笑话,但任我们怎么费力,也是一道无解的题。重点不是如何处置它,而是怎样能做到即便选择不处置,也能跨过心里这道坑坑洼洼的坎。也许听太多的劝注定是走不远的,那就"走自己的路,让别人说去吧"。

我走出书店时,太阳已经落山了。夜幕降临,古镇外的山上早已沉寂,镇内亮起了灯光。我跟着人群走上石拱桥,一直站着,不知道何去何从。不知从什么时候开始,街上的灯光基本上都消失了,也很少看到行人。只有星光还眷恋着石板街,和我一样,久久不肯离去。

第三天,我踏上了旅途。我带了一个本子,首页上写下了这句话:"这个世界上,有很多东西可以蒙混过关,唯独内心的感受无法蒙蔽,也无从逃避"。

在还能以梦为马的年纪,那么轻易地选择安逸,或者轻易地放弃,真的不会觉得惋惜吗?

也许,行动才是对梦想最大的尊重吧!

2

期间，我走到四川，在成都休整了近半个月，一来是想从匆忙的旅途中抽离出来，给自己一点时间去思考；二来是着实喜欢成都这座城市，在"行者青旅"有幸认识了大学毕业刚满四年的大朱哥，他从广州来，而我将奔赴未知的远方。我俩住在同一个房间。他刚好是土生土长的西北汉子；我呢，也在西北待了四年。这哥们儿巧舌如簧，对着我天南海北地侃大山，大概是因为他觉得我同他一样，都属于别人眼里标准的异乡人吧。

一天中午，轰隆隆的雷声响起，成都下起了雨。只不过夏雨来得快，去得也快。吃过晚饭，雨停了，天空湛蓝如洗。我说想去拍夕阳，大朱哥便建议我去楼顶，那里视野开阔，角度也很好。于是，我们跑到三十二层的楼顶。我架好三脚架，拍下了那些美得让人想哭的照片。

中途，大朱哥说去上个厕所。我真的以为他只是去上了个厕所，结果他上来的时候，手里多了一提啤酒，还有一袋花生、一袋瓜子。我是一个极少喝酒的人，酒量也不行，一喝醉就胡说八道。不过在这样的氛围下，大概谁都很难说出"我不喝酒"这几个字了吧。

"怎么会独自跑去人生地不熟的广州啊，离家又那么远，你不会觉得孤独吗？"我借着酒劲问他。

"因为，我不想在二十多岁的时候，看到自己六十岁的模样。"

"意思是……你死也不会回去了呗？"我的好奇心越来越重。

"倒不是这个意思，只是在我家乡的小县城里，好像除了公务员、学校、医院之外，几乎没有其他选择了。"

"那你很嫌弃公务员吗？"我很想知道别人眼中的公务员究竟是一个怎样的职业，而我的家人一直希望我去考个公务员，安稳度过余生。

"肯定不是，我觉得公务员没有什么不好的，真的。只是我自己不喜欢这样的生活，也想给自己一个机会去做自己喜欢的事情。当然，我也知道每一座大城市的竞争都很残酷，也很现实。但是同时，广州宽容浩瀚的大舞台也带给我更多发展的机会，认可我大部分努力的同时，也紧紧追赶着我，时刻逼迫着我，让我成为更优秀的自己。"

我能够看到他眼睛里带着光芒，那一刻我深知，这其实就是勇气。

我们碰杯，敬年轻，敬梦想，敬自己。

其实，在长达一年的旅行时光里，我也经常问自己，我的下一站是哪里？前方有什么未知的东西等待着我？旅途的终点又会是哪里？

这些问题，很多时候都让我迷茫，使我有种像无脚鸟的感觉。无脚鸟找不到岛屿，只能不停地飞，飞到精疲力竭而死。不过，我很感谢这样的经历——不顾别人的眼光，遵从内心的选择。虽然我必须承认那时我没有找到安全的岛屿，但我用我的嘴，还有"翅膀"给后来的自己建造了一座岛屿。同样是死，一种是为了自己的目标累死，另一种则是没有方向地盲目飞死。

总归是不同的吧？

3

世界上最美好的事莫过于当一个人拥有自己的理想后，不顾一切地去实现它。就像有人说过的，每个人都有自己的发展时区，身边有些人看似走在你前面，也有人看似走在你后面。但其实每个人在自己的时区都有自己的步程，不用彼此嫉妒或嘲笑。

所以，重要的是我们能渐渐掌握自己时区的四季，知道未来什么时候要乘风破浪，什么时候要采撷收获。

十二年前，我还是个懵懂无知的小男孩儿。我抬头看到的"井口"，就是我们那个村的大小。梦想太虚太碎，我胆怯慌张地将其紧攥在手心里，生怕它飞走了。

六年前，我刚刚上大学，天真地以为自己长大了，成熟了。

但是在前途茫然的事实面前，我仍然胆怯无措，连去哪座城市、具体做什么工作都无法决定。

两年前，我跌跌撞撞地不顾别人的看法，遵从自己内心深处最真实的意愿，抛开桎梏，自由地挥洒个性，做自己想做的事，做自己应该做的事，成为独一无二的自己。

而今天，我在自己喜欢的城市里为生活奔忙，为理想拼命；在我舒坦地躺在它的怀里，享受着时光和生活的同时，也在一点一点地成为自己喜欢的模样。

显而易见，这个世界上从来没有绝对两全其美的事情：你想要诗和远方，就必须承担不安和压力；而如果你想要的是稳定与安全，就必须按捺住自己那颗躁动不安的心。

无论如何，我们都无法选择自己所处的这个时代。未来也许不可知，但未来可期。目前我们能够做的，就是努力活好现在，感受自己当下的快乐与激情，仅此而已。

至于我们到底应该如何向前迈进，其实鲁迅先生早就说过："这个世界本没有路，走的人多了，也就成了路。"我想，一个人走得多了，也能踩出一条路来。

也许安定是好的，奈何我骨子里有血，血里有风。

现在，我真的还过不起安逸的生活。

我们生而为人，在某种程度上，
就是为了这世间所有美好的事物而活。
总有一些人、一些地方、一些事情值得我们花时间去欣赏。
把时间浪费在美好的事物上，是幸福的。

把有限的时间，浪费在美好的事情上

1

2014年12月，雪在冬的授意下经常在夜晚造访兰州。当人们还在梦中时，雪花却悄无声息地行军布阵，将金城兰州捂得严严实实。

早上，我推开窗，发现世界只剩下纯白，就像一张巨大的白纸，人们可以在上面肆意描绘；也像刚上大学的我，内心干净得对这个世界没有任何想法。

午后，我一个人在学校外面唯一的咖啡馆里发呆，无意间在一个做公益的公众号里看到江一燕去广西山区支教八年的文章。我的第一反应是拥有如此光鲜身份的人，居然也做这么接地气的事情，实在难得。从那天开始，我便一下子喜欢上"江小爬"这个名字，就像蜗牛一样，即便爬得很慢很慢，也一直在坚持往前走。

她和别人不一样吧？带着这样的疑问，我特意上网了解了很多关于她的故事。最让我动容的是她完全不顾形象，不施脂粉和孩子们在一起肆意微笑时的样子。其实，我一直觉得当一个人"不要脸"的时候是最真实、最漂亮的。小江老师就是那种看起来简单却总是带着风、给人温暖和力量的女子。

当然，我也喜欢她走上旅途，拿着相机记录自己在路上的际遇——那是我一直向往的生活。那个时候，我也有了一个梦想：希望自己也可以给别人带去一些温暖，至少给身边的人带来一点好的改变吧。

说实话，长这么大，我很少去喜欢一个明星。小江老师说："我理想的状态是不用为了生活，说很多违心的话。"

我也希望自己能成为这样的人。

2

我从来没想过，一个素未谋面的人给自己带来的力量，竟然如此巨大。那年 10 月份，我刚好也买了相机。我辛辛苦苦攒了大半年的钱，把相机买回来之后却无从下手，只是偶尔拿出去拍几张照片，却总是拍不出自己想要的感觉。别人是一段时间后才会遇到"瓶颈期"，我则属于那种还没开始就遇到"瓶颈期"的人。

后来，有一次看小江老师的摄影作品时，我看到她写的一段话:"一个人旅行的时候,拍拍;一群人被感动的时候,拍拍。也曾问过自己,为什么如此喜欢摄影?细想,时光易逝,来去无形,又或许,时光凝静,流逝的是世界和我们。按下快门的瞬间,一切被定格在时光里,不再有熄灭的从前,不再有缺席的未来。于每一天的自己,于每一刻的生命,相遇,即成永恒。"

于是,我终于相信,心中有什么就能看到什么。小江老师的作品有着深刻的人文精神,显得悲悯而惊艳。

我想,自己应该坚持最初喜欢摄影时那种最简单的理由,看见什么拍什么,只将相机当作记录工具便好,其他的都留给时间好了。我计划"每日一拍",但很多事情都是万事开头难。主要是拍出来的东西,不能给自己任何成就感。还好每次气馁的时候,我都会去看看小江老师的作品或者她的公众号,不知不觉也就坚持下来了。半年之后,当我回过头再去看自己的第一张照片时,发现而今的那种变化已有了质的飞跃。

我坚持每口 拍这件事,像被施了魔咒一样,身边的人全知道了。每次在路上遇见他们,他们总会问一句:"又要拿着你的相机去浪费时间了啊?"我完全没有理会这些冷言冷语,因为其中的酸甜苦辣,只有自己明白就足够了,无须他人理解。

那段时间里,我发现自己变了,每天除了在外面奔波拍照,回到宿舍还舍不得休息。在夜深人静的时候,我读书、码字、修图、看电影……这些事在别人看来可有可无,但对我来说异常重要。

有同学问我:"你怎么有那么多精力啊?拍照已经那么辛苦了,还做这么多别的事,不怕把自己累死吗?"

累吗?确实挺累的。可是他们不知道,当我做着自己喜欢的事,努力成为自己想成为的样子时,即使身体是累的,内心也是快乐的。在一个既定的时间里,可以和自己对话,与自己相处,多好。我们生活在一个如此匆忙的世界,如果不是被自己小小的爱好吸引,还真难找到可以静下心陪伴自己的时间。沉下心来,让身心投入一项简单美好的事物中,灵魂就会得到放松。自己做出来的东西,是自己想要的。

把时间浪费在美好的事情上,其实,很大程度上就是活出自己。

3

那年寒假,身边的人都在抢回家的车票,而我一听说有去山区支教的机会,就毫不犹豫地填了报名表,没想到,我还真的被选上了。接到面试电话的时候,我也没有半点担忧,一口答应了下来。当时,我妈对我说:"你别浪费时间去这种地方,路费那么贵,又远又危险,还是赶紧回家老老实实待着。"身边的好朋友也是,几次劝我不要去,怕我不适应环境,而且觉得去了也改变不了什么……但我完全听不进他们的劝阻。也许是因为改变了自己固有的思想,也许是看了小江老师和孩子们的照片,我也想做一些力所能及的事情,去温暖一些人。

所以,我当时就对自己说:别把寒假时光浪费在吃吃睡睡上,去做一些更美好的事情吧。就这样,我去了贵州偏远山区支教。那是我第一次去贵州。当时天气极度恶劣,山林的冬雨夹着丝丝雪花悄无声息地铺面而来,真是让人猝不及防。我裹着那趟行程中最厚的一件冲锋衣,哆嗦着身子坐在司机老师傅的正后方,摇摇晃晃地往山里走。去过大山的人都知道,山区的路是越往里走,越是大雾笼罩。前方漆黑一片,我不由得睁大眼睛,却还是什么也看不见。可我们每个人都知道,下面是万丈深渊,稍微有一点偏差就可能酿成悲剧。

还好,直到行程结束我都安然无恙,而且收获很多……

4

大萌,这个名字就是贵州大山里的孩子起的。

当时,我作为四年级班主任教孩子们语文和体育。有一次在课堂上,不知道我做了一个什么动作,突然有个学生说:"老师你好呆萌!"这话被另一个志愿者听见了,于是大家在办公室里开我玩笑。

有位老师说:"要不你就叫呆萌老师吧?"另一位老师跳出来,说:"这样不太好,要不叫大萌吧。"于是大家都欢呼叫好。

第二天去上课,班长说完"起立"之后,所有学生竟异口同声地说:"大萌老师好!"我很惊讶。后来,学校里的人都这么叫我,听得习惯了,我也就坦然地接受了这个称号。

支教回来后的一天,我突然接到一个孩子的电话。他在电话里说:"大萌老师,我把你给我们家拍的照片放在箱子最下面。我想爸妈的时候,就把照片拿出来看看。"我拿着电话泪流满面,却不知道该说什么。放下电话后,我对自己说:"我一定要把公益摄影这件事做下去!"那也是我第一次感受到摄影的力量。

从此,我把自己所有自媒体平台的昵称改成了大萌。原因有两个,一个是当我觉得生活不易的时候,大山里那些孩子的笑容会浮现在我的脑海里,让我变得坚强和乐观;还有就是,我想用这种方式告诉自己不要忘记做公益的初心。

一开始做公益摄影相当艰难,那时我也只是个资源匮乏的普通大学生。夜里,我经常辗转难眠,一个明明很好的项目却总是因为缺少资金而做不下去。

好在我也赶上了众筹的好时代——第一次发起"时间忘记的,照片记得"公益摄影项目,我就筹到了六千多块钱,也得以去了趟甘南。之后,一些平台听了我的故事后也愿意帮助我,我就这么一点一滴一直做到了现在。

别人问我,你为什么去做公益?我不过是把我在路上得到的爱分一点点出来,回馈给这个社会。初心很小,却很有力量。

在过去的几年间,我八次走进大山深处,遇见一千多个孩子和家庭,按下五万多次快门,免费送出1万多张照片。我希望用自己微不足道的力量,为那些偏远山区的孩子记录下他们童年纯真美好的样子,并让他们对外面的世界多一分向往。

我会一直这么做下去。虽然有时候我也会觉得累,但停下来想想那些还在拼命工作学习的人,想想那些大山里的孩子还在坚强地生活着,也就觉得自己的辛苦不算什么。或者说,每当我想到读者看到我笔下的文字和图片中的故事会或多或少有一些触动时,总会感到有一种力量正牵引着我不断向上攀登,引领着我把时间"浪费"在美好的事情上。

在人生前二十几年里,我和很多人大同小异。不同的是,我为了把时间"浪费"在美好的事情上,遇到过太多别人的不理解和劝阻。我相信所有的豁然开朗都是源于一个通透的分析,凭着那股蛮力,心平气和地慢慢往前走。那一串串脚印带来的踏实,源于打开的心境。

而命运,也必会厚待那些认真生活的人。把生命"浪费"在美好的事情上,会使我们离想成为的那个自己越来越近。

吴晓波说过一句话:"生命从头到尾都是一场浪费,你需要判断的仅仅在于,这次浪费是否美好。"

所以,当我有幸按照自己的意愿去做一件事情的时候,我便会问自己:"你认为它是美好的吗?如果是,那就去做。"因为喜欢,所以明明知道很辛苦,但我还是愿意花很多时间和精力把事情做好。

年轻的时候,不妨多做一些喜欢的事、看似无用的事。

别总担心时间会被浪费,时间就是用来浪费的。

更何况,把时间"浪费"在美好的事情上,并不会吃亏。

发自内心地喜欢,才能乐在其中,不是吗?

沉下心来，
让身体投入一项简单美好的事物中，
灵魂就会得到放松。

有时候，我们不知道什么真正适合自己，
正如我们不知道，
当一件自己并不喜欢的衣服穿在身上时有多不合身一样。

你也喜欢，只是没有那么热爱

1

2017年12月，我去柬埔寨旅行时，和阿文老师同住在一间酒店里。他无意间看到我胸前的疤，说："每道伤痕或者疤痕，都有它的故事吧？"那天晚上，我们在金边的路边摊上撸串，喝着啤酒。他突然卷起裤腿，给我看自己脚上的伤痕，分享他自己的往事。

我发现，在路上遇见的一些人，他们身上发生的故事，有时候和我的经历会惊人地相似，也许这就是别人所谓的"物以类聚，人以群分"吧。

自从听过这句话之后，很多次早上起来洗漱时，我看着镜子里的自己，发现几年前留下的伤疤看着顺眼了很多。在过去的几年间，每次洗澡或者睡觉的时候，我都会不经意地碰到它们。这里用"它们"是因为我身上有三处伤疤，一处在胸前，一处在腋下，一处在右腰的侧后方 这都是同 次手术留下的。我从来没有见过一个病人在一场手术里需要开三个口子，说实话，我挺排斥这样的伤疤的。我想，每个人都会排斥吧，自己光溜溜的身上突然长了三个很难看的东西，看着就膈应。

不过，时间久了，慢慢也就习惯了。倒不觉得它们难看，反而越来越喜欢。"每道伤疤，都有它的故事"。

最起码，那是我的青春留下的痕迹，它们会提醒我要好好地活着，珍惜生活，敬畏生命。

2

从小到大，我一直觉得新疆很美。

2015年夏天，我在兰州上大学，一下子离新疆近了很多，所以脑子一热就想要徒步去发现不一样的新疆。我幼稚地把这项计划起名叫"用镜头去寻找真善美的新疆"。现在想来，我当时兴许是有点年少轻狂的"毛病"吧。我准备一路以徒步加搭车的方式，用镜头去记录旅途中新疆真实的一切。

我在网上发了帖子招募网友，说要去新疆旅行。随后，陆陆续续有人找我询问行程详情。一开始他们都兴致勃勃，可一听去新疆还要徒步搭车——他们都觉得那不是闹着玩嘛，因此大部分人都不了了之了。历经两个多月的招募，最后只有七个人加入。

不过，对我来说，七个人已经足够了，以当时那种冲劲，哪怕没人响应，我也会去做的。我开通了公众号，做了队旗，定了队服，做好了最详细的攻略，认真研究装备……总之，我做了所有自己能做的事情。你永远想不到，一个没有去过新疆的人，竟能把攻略做得那么详细。

7月14号，我在兰州等到了从河北、河南、安徽、重庆、江苏、上海奔赴而来的七名队友，一行人浩浩荡荡地出发了。我们先去青海，最终目标是沿着中国境内的丝绸之路走去新疆。

可是，第四天的时候，我的右胸突然剧烈疼痛。而当时，我们已经在小柴达了，正准备穿越整个柴达木盆地去敦煌，进军新疆。我以为自己只是没有休息好，所以也没有和队员们讲。到了中午，我右半边身体慢慢失去知觉，从脖子到脚底全都麻木了。实在没办法，在告诉了王兄弟后，我直接被抬进了一个很小的卫生院。经医生诊断，疑似气胸。但是因为没有设备，无法确诊，他们建议我立马回省城。

医院给我找了一辆面包车，回到了西宁。从小到大我连针都很少打，却一下子躺上了担架，这种反差像晴天霹雳，一时间让我难以接受。回到西宁，我被送进青海省人民医院。确诊的结果，是自发性血气胸。气胸这个病虽说不严重，却也有致命的可能，我属于后者。

从卫生院到西宁将近八个小时，车辆行走在漫天黄沙的土路上，极其颠簸。主治医师告诉我，我的肺出血了，如果再晚一个小时，他们可能就无能为力了。

第一人民医院的病人很多，没有剩余的床位，只能把我的病床安在一楼的楼道里，用一小块布遮住。最让我崩溃的是，医生居然直接就在我的胸腔开了一个口子，然后插了一根管子从肺里排气。

我醒来之后整个人就蒙了——吊着吊瓶，戴着氧气罩，没有一点力气，右半边身体还是没有一点知觉。就这样，我躺了一个晚上。我看着天花板，整整一晚没闭过眼睛。在举目无亲的地方发生这种事，对身心都是一种煎熬。

更糟糕的是，我连手机也丢了，别说家人的电话，连我自己的号码我都不记得了。最后还是在 QQ 空间发了一条消息，我才联系到我的家人。第二天夜里，姐姐连夜从上海赶过来。在见到我的那一刻，她泣不成声。而我还要装作没事的样子，笑着安慰 。

一夜间，我从一个钢铁般的背包客变成了肺里插着管子的气胸病人。我怎么也想不到这样的事竟然会发生在自己身上。说实话，除了我自己，没有人会明白那段过程中我承受了什么，因为那终究只是我一个人的感受。

3

我一连待了一个星期的楼道，因为医院都没给我安排上病房，所以家人不想让我在青海做手术。医生找我姐做思想工作，说一定要在那边把手术做了。说实话，做手术是可以，可是家不在西宁，很不方便。

咨询好无锡的医院之后，我们还是回去了。不过我不能坐飞机，只好肺里插着管子去坐火车。那时候还没有高铁，西宁到无锡也没有直达火车，我和姐姐只能先从西宁坐动车到兰州东站，再打车到兰州站，总共花了二十六个小时。就这样，我们一路一晃一晃地回到了无锡。

在此我也要感谢车站给了我绿色通道，不然在人潮涌动的车站我若不小心被撞一下，也是要命的。一路上，当火车摇动的时候，那支针在我肺里晃动的节奏我都能清晰地感觉到。

在离开西宁的火车上，我姐开玩笑地说："你看这些地方这么美，你却成这样了，造孽啊！我觉得你是世界上最倒霉的人了。"

我却暗暗地想，一切都是最好的安排。我坚信，当花开再度成海，当月光再度倾城，我终将坐在时光的门槛上，来完成我的梦想——7月花海般的梦想。

说实话，虽然那时候我是带着遗憾离开的，但是我不后悔也不难过，因为我知道我已经出发过了——出发过和从未行动是不一样的。

到无锡一下火车，救护车已经早早等着我，我便直接被送进了重症监护室。在电视上看到的画面，很真实地发生在自己身上：我戴着氧气罩，依稀能够看见我爸妈和我叔叔一路跑着跟在推车后面；我爸推着轮椅，我妈抹着眼泪。我能感觉到自己的眼角"唰"地滚出一串泪珠。那一刻，我突然发现，这么多年来，我并不是一个合格的儿子。我姐总是骂我爸妈没有把我管好，放纵我在外面浪。但是，我爸妈每次一说我，我姐都会第一时间站出来维护我。

也许，这就是家人，也是这个世界上最珍贵的爱。

那天晚上，重症监护室里还有别人。我清楚地记得，我旁边是一个四十岁左右的男人。深夜的时候，他在我的眼皮子底下永远闭上了眼睛，和这个世界再也不见了。他紧紧地握着手，极力挣扎，嘴里喊着什么——他好像不愿意就这么离开。他的家人站在他面前，使劲摇晃着他的身体，完全不知所措。

原来这就是死亡！太可怕了，我第一次如此接近死亡。

我突然间明白，我们的生活中有太多可能和不确定性，那些自以为为时尚早的想法不知道什么时候就会成为痛心疾首的遗憾。也许我们总是要在遭遇一次重创之后，才会幡然醒悟，重新认识自己的坚强和隐忍。

4

因为经历过这些事情，如今的我无比热爱自己的生命，也开始敬畏所有生命。我一直觉得，不是所有的记忆都很美好，也不是所有的人都值得记忆。岁月的河流太漫长，大部分人与事都会被无情地冲走。但是，与青春有关的一切总会沉淀到河底，成为不可磨灭的美好回忆。令我们念念不忘的，也许并不是那些事和人，而是我们逝去的梦想和激情。

生活中，很多人告诉我喜欢这个喜欢那个，但我想说，你只不过是喜欢，却不是热爱。

以上经历只是我的生命历程中小小的一部分。我不是很愿意去倾诉自己曾经的不幸，因为我并不想用不幸去证明什么。只是有时候，故事就这样情不自禁地流淌了出来。

不管对什么事情，我们首先是喜欢，然后是热爱，最后才是执着。请不要总说"你喜欢""你迷茫""你不知所措"……最起码说出这些话之前先问问自己："我为自己喜欢的东西做了什么？"

有句话说得好："只要你还愿意努力，世界就会给你惊喜。"

你长大后,想成为什么样的人?
在这个孤独的时代,我成立了『时间贩卖馆』。
等着每一个人开口,说真实的话。

二十四岁,我把自己卖了

1

黑夜漫漫,当人们沉浸于梦乡时,有这么一种人却打开电脑,对着屏幕敲下一行一行文字,默默陪伴世界里那些孤独的人。或者,很多时候,他们游走在光怪陆离的城市当中,给那些有需求的陌生人提供各种各样的服务。

我的职业正好就是这种——时间贩卖者。

"小沐,我做了一个决定,我要'出租'自己。"2018年6月25日,我跟好朋友说明了要出租自己的打算。

"什么?……'出租'……自己……啊?"小沐一脸惊讶。

"对,'出租'自己,你觉得……"即便我早已下定决心做这件事,可内心依旧渴望得到好朋友的支持和鼓励。

"就你这样,能做什么?"

"呃……"就我这样的人?我是什么样的人?我突然不知道该如何回复小沐。

"怎么了？"

"能做很多啊，摄影、旅行、写作，还有写明信片、做饭、跑腿，可以陪聊天，还可以……"

"如果我说不现实，你还会去做吗？"小沐突然打断我的话。

"会，这是我觉得值得花一辈子去做的事情。"我脱口而出。

"那就去做吧，我希望你听从内心，也坚持你的梦想。"

就这样，6月26日，我成立了"时间贩卖馆"。我写了第一篇推文，把自己卖给了这个世界里的每一个普通人。你一定很好奇，时间怎么可以拿来贩卖呢？人这一生好像在拼一幅拼图。我贩卖到你身上的每一块时间"碎片"，都是独一无二的，于是，我们都在让彼此有意义的时间更有意义。

我贩卖时间的对象是世界上的每个人，可以远程，也可以上门服务。简单来说，就是出租自己，满足别人各种各样的需求。当你的灵魂偶尔任性地离家出走了，我会找到它，陪它一起回家；或者可以让我帮忙带回一瓶冈仁波齐化掉的冰水，在酒吧的留言板上留一行字，给说不出口的他寄一本书；抑或如果你没有时间做攻略，我能够帮你制订行程计划，或者陪你参加公益活动……我的想象力实在有限，总之就是开放自己，满足别人的需求。

2

至于我为什么会成为别人眼中如此不切实际的时间贩卖者,有许多原因,但最重要的一条是——我不想错过。我可以给自己试错的机会,但是不想错过,因为错过的代价太大了。

2018 年 4 月底,我毅然辞去做了两个月的邮轮旅行策划师工作,生活一下子跌入低谷。整整一个月,我像大多数人一样迷茫、无助、不甘心,也慌张——未来的路不知道在何方,我也不知道自己要成为什么样的人。

你可能想象不到,一个身高接近一米八,平时看起来正能量满满的人,竟然在上海 1 号线上盯着手机屏幕当场哭了。原因只不过是看到一张海报上的文案:"追求梦想的过程是孤独的,其中难免会遭到许多质疑的声音",旁边一位阿姨用上海话问了句,你是不是失恋了?

后来,一个朋友说她要陪家人来上海旅游,问我可不可以跟着一起去转转老上海的弄堂,需要付多少钱。反正刚好没什么事,我平时也喜欢上海弄堂,就答应了她,当然最重要的是觉得自己也需要出来透透气了。我万万没想到,她人还没来,就在微信里面给我付了三百元预订金,以表自己的诚意。

她们找我那天是旅途的最后一天,刚好周五。提前一天和我确定了时间,约好在下午四点新华路 211 弄的某间咖啡馆门口见面。我提前十分钟到的,她和家人则准时出现在咖啡馆门口。她们和我打着招呼,就像我们是老朋友一样,彼此之间没有尴尬,更没有过多的见面仪式。

在我们一起走进新华别墅时,她说这种感觉很好,仿佛一下子穿越到了20世纪。

当然,来之前我也做足了功课,加上自己之前去过那个弄堂两次,因此给她们介绍起弄堂的历史一点都不含糊。我们在里面逛了两个小时,出来之后她的家人在附近逛,而她请我喝咖啡。我们聊起彼此的故事,很投机也很有趣。一个小时之后,她们要回酒店取行李直接去机场,而我则径直走向地铁口。

她走的时候,给我发信息说:"大萌,你这三个小时的陪伴,是我们上海之行最大的收获,谢谢你。"后面,她还加了一句:"你知道吗,你很棒!其实你现在完全可以做这件事,因为你自己本身就是一个很好的故事,会有很多人需要的。相信我。"

"我是认真地和你说这件事的。"还没等我回复,她又强调了一句。

正是因为这么一个暖心的鼓励,我彻夜失眠了。半梦半醒之间,我撞见了改变自己的那道曙光。我梦见自己走入一条长长的隧道,里面很黑,我怎么走也走不出来。突然,光线逆着黑暗的隧道,打在那块"时间贩卖馆"的招牌上。那家店那么熟悉,就像是一家经营了百年的老店。阳光穿过云层,铺洒在我的脸庞上。我站在牌子下，像个孩子一样笑得合不拢嘴……

醒来之后，我决定了，我要出租自己的时间。

3

那时迫于生活的压力，原本要去一家旅行公司做新媒体运营，项目地在北京。其实我也蛮喜欢这种模式——帐篷民宿，还能跟旅行挂上钩。

可当代总让我把身份证号报给他的助理，要给我买机票第二天飞北京的那一刻，我心里突然像有块重重的铁砣似的沉下来。后来一切风平浪静，我不再动摇，身份证号码最后也就没报出去。

我跟代总说了自己的想法，没想到他回了一句："如果你觉得自己想做，那就去做吧。"我很感谢代总当时没有打击我，让我这个决定掷地有声的同时，没有那么多杂音。

记得辞职的那天晚上，办公室里的几个同事要请我吃饭。其中一个同事借着酒劲，红着脸说："你确实不适合待在职场里，因为你把所有情绪都表现在脸上。"

我想了想，的确如此。"见人说人话，见鬼说鬼话"，我真的做不到。我也承认这是一种能力。我一直有一种错觉，认为只有经历过风风雨雨的职场生活，才能够写出那些感同身受的文字。所以，我做了一些自己认为当时对的决定。

但后来我发现自己错了，感觉像是没了灵魂一样，表面上得到了一份体面的工作，其实失去的更多。我想应该发自内心地去生活，而不仅仅是为了活着而活着。

其实，不用为你要去做的事情担忧的每一天，都是生活给你的恩赐，必须做点什么去好好珍惜。而我也做到了。

如今，成立将近五个月，我以不同方式将自己出租了百余次，有线上聊天的，线下见面的；租我写信的，写文章的；租我说早安晚安的，去做饭的；租我去拍照的，去旅行的；还有租我去山区做公益的……所有的出租故事，在未来的某一天，我都会一一写出来，分享给每一个人。

走过的昨天虽微不足道，但那铿锵有力的脚步声时时刻刻在与你交谈。那一瞬间深刻的觉悟拉伸了成长的身影，让这条路分外清晰。说实话，我很庆幸自己当初的选择，以及后来的坚持。

其实，当孤注一掷地把自己的命运押在某个"唯一"的时候，我们常常会处于自我封闭和焦灼无序的状态，内心满是虚弱和恐慌。但不知道为什么，我一直觉得生命的答案就藏在恐惧中，也是在恐惧中诞生的。

在贩卖时间的这些日子里，我经常静静地坐在路边的椅子上，一言不发地望着天际，思索着：这个世界到底怎么了？为什么那么多年轻人做着稳定的工作，但面向未来时却不知道何去何从？为什么在城市阴暗的角落里，有人过着苟且度日的生活？为什么许多人忙忙碌碌一生，却始终只能挣扎在底层？为什么还有那么多山区的孩子上不了学？为什么人总是把自以为是的"常识"强加到别人身上？……

太多的"为什么"在我的脑海里不停地回荡，使我无法停止思考。后来，我发现要想明白"人生何去何从"，也许可以尝试从认识自我出发。一切事物总有最好的解决方法，一切因果在于自己。所以，我给他们最终的建议是深度思考，然后让自己大彻大悟，再默默努力。

毕竟，对每个人来说，总得熬过那些无人问津的日子，才能拥抱诗和远方。到那个时候，你再也不会恐慌，任重道远的旅途也总会走向终点。

4

记得有人问我，为什么能做时间贩卖馆？

现在我更加有底气去回答这个问题了。是因为极度的真诚，不管任何人跟我讲任何事，我尽量不去评判，也不愿去揣测他过往的生活，更不会在倾听过后对他有偏见和微词。我只是一个安静的聆听者、默默的陪伴者。还有，要感谢曾经四处游走的经历,让我在不同的人面前能翻出些许谈资。类似"嗯嗯,对,是"这种回应,力量是远远不够的。最后,只剩下同理心了。

当然,也有不少人对我说过:"你的工作一定很辛苦吧?"

我好奇地问他:"何出此言?"

"见一个又一个不同的人,听一个又一个离奇的故事,大多数还是带有负能量的,能不辛苦吗?"

我哑然失笑,摇了摇头。

其实不然,我热爱我的工作,每次和平行时间里的另一个人不期而遇的过程,我都充满期待。虽然经常接受负能量,但我终究有一颗同理心去面对,同理心是很重要的东西,也可以说是能力吧,我在做公益的时候学到的。

最后,我希望来这里的人,可以借由这个出口,去往更加美丽的地方,做回真正的自己。

第二辑

你热爱的东西，
有一天会反过来拥抱你

在自己生活的城市里，
找一个温暖的地方种花种菜，
播种简单的喜欢，
播种豪迈的情怀，
也播种爱。
这是我能想到的平平淡淡的生活。

遵从内心，拒绝平平淡淡的将就

1

从小到大，我和数学一直是"冤家"，小升初的时候因数学差两分，没能去民族中学；中考的时候因数学差了六分，错失了州里最好的民族中学；高考的时候读理科的我数学只考了四十八分，全班倒数第二。我们班主任教数学，高考成绩出来那天，她打电话问我是不是答题卡涂错了，我在电话那头，通红着脸，根本不知道如何回应。连续在数学上失利，让我大学时特别讨厌高等数学。每次上课，我要么不去，要么去了也是打瞌睡。

有一回上课，我突然心血来潮，算了一道数学题：人这一生究竟可以活多少天？

如果按活八十岁计算，那么每个人的一生有两万九千两百天。我看着白纸上自己写下的几个大大的数字，感觉一下被它惊醒：原来我也就只能活两万多天而已。那么就算不能　年三百六十五天都过得丰富精彩，也决不能平平淡淡地将就着过一生，否则多无趣啊。

当然，人到某种程度，平平淡淡也没有什么不好。不过，我是指不要平平淡淡地将就，而不是平平淡淡地生活，这完全不一样。

就像我年少时在笔记本首页上写的那段话：我不想年纪轻轻就过着一眼能望到底的生活；不想在下午的时候还在挣着晚上的饭钱；也不想以后只能羡慕别人的成功，自己却碌碌无为，一事无成。

2

2017年6月份，我的"间隔年"走到拉萨，应某个公益读书会的邀请参加一场线上分享会。那天下午，我特意找了客栈阳台上可以俯瞰整个拉萨落日的角落。分享会七点准时开始。在最后的提问环节，突然有人问我："是什么信念支撑你一直不断地坚持下去？"

有那么几秒钟，我愣住了。往常被问到其他问题时，我能够连续说上半个小时，却不知道该如何去回答这只有寥寥十几个字的问题。

其实，我压根没想过自己为什么要坚持。

一瞬间，我的脑子里突然冒出这么一句：我不愿平平淡淡地将就。本来是语音分享，但这十个字我还特意敲出来，慎重地发送出去。点击发送键的那一刻，我有种头也不回的庄严感——说出去的话就像泼出去的水，说到就要做到。

八点半分享会结束，我抬起头望着日光之城上面的天空。金色麦浪般的夕阳穿过云层，照在我的手、鼻和额头上，照亮了桌上的酒瓶。

"坚持"这两个字，一直在我的脑海里回荡。我从小性格倔强，从不听劝，不撞南墙不回头，但凡选择了自己认为正确的道路，不管这条路行不行得通，我都会一直走下去。如果哪天真的撞了南墙，那我就把南墙撞破了继续走。

二十几岁的年纪确实很尴尬，没有钱，也无所作为。所有人都在说我们应该这样应该那样，应该去做什么而不能去做什么……后来，我意识到眼界的存在。眼界大概就是，在别人只看见一棵树或郁郁葱葱的森林时，你在观察年轮；在别人只看到一朵浪花或蔚蓝的大海时，你以深潜的角度望向太阳；在别人只看到一颗星星或无垠的宇宙时，你开始幻想一颗流浪的地球。

而眼界的高低，决定了看世界的深度和广度。当眼界慢慢变高，看到的东西多了，你会发现意愿越发清晰，而且有理有据。等到你的内心已经明白自己该往哪儿走的那一天，也就不必再在意别人的看法和评论了。

3

从西藏走到尼泊尔，我认识了小豆子，我们初遇的地方，就在加德满都的泰米尔。那天傍晚雨过天晴，夕阳染红了加德满都的半边天，我走上客栈的阳台，想要记录这一幕美到令人窒息的画面，结果发现阳台上面坐着一个人，身着格子衫配牛仔裤，白色的帆步鞋和她的天蓝色帆布包很搭。那画面干净纯粹，有种电影大片的即视感。

她先打破宁静："这里好美啊，用相机拍下来一定很好看吧？"

"是啊，你看这天空，是不是很怀旧？"说完这句话，我才反应过来原来她也是中国人。

"你是文艺青年哦？"她摘下耳机一脸茫然地望着我。

"你觉得是就是吧。"那时我总觉得这个称谓有种不可名状的贬义，但根本不想去辩驳。

当我得知她第二天和我坐同一时间的飞机返程时，我们之间的距离顿时拉近了。我们坐在阳台上有说有笑，回到客栈的休闲区又聊了很久，谈到梦想、情怀、生活、爱情……具体内容现在已经不记得了。

我依稀记得她说："在等待别人来爱你之前，一定要先学会爱自己。只有把自己变得更好，才能更好地显示自己的价值。

不管对待自己,还是对待生活,我只想让自己变得精致一点。"

我从未见过那种能够一直立于不败之地的女人,我见得更多的是,能让自己过得自在从容的女性。她们有的面带精致的妆容踩着高跟鞋,有的只是身着白色 T 恤牛仔裤配板鞋。在我眼里,她们活得都很精致,只是生活的形态和方式不同而已。

最近,小豆子突然联系我,打听我的旅行计划。

我问她:"怎么突然问我这个?"

她说:"想让你帮我拍一组旅途照,如果再不拍,以后就不漂亮了。"

我问她:"为什么要这么说呢?"

她说:"照镜子的时候发现自己越来越老了。"

作为一个摄影师,这应该算是我听过的最棒的拍照理由了。因为时空的阻隔,我没能为小豆子姑娘拍照。但我回复她,拥有精致生活态度的人永远不会老,不给自己机会平平淡淡地将就,那便是最好的活法。

小豆子告诉我,她要把这句话写下来,贴在自己的床头。

4

2017 年 12 月,我走到了珠海。有一天中午闲来无事,我去书店看书。

进门的时候，我被一张巨幅海报吸引，原来是下午三点有刘同新书《我在未来等你》的签售会。反正我也不讨厌刘同，不如就买一本回去看看吧。没想到，我在书店这一坐就到了下午三点。签售会现场人声鼎沸，格外拥挤，显然刘同在我们这个年龄群体中很受欢迎。排队轮到我找他签名的时候，我走到他跟前大胆地说出了自己的梦想："同哥，我也想写一本书。"

他笑着鼓励我说："加油，要好好写。"

为了纪念这个重要的时刻，我和他握手，拍了合照。没有留恋，也没有羡慕，我很自然地离开人群，转而在倾盆大雨中上了空荡荡的 22 路公交车。我望着窗外模模糊糊的一切，感觉内心无比满足与自信。

因为，我知道我一定会写一本书，或者三本、五本……

我在车上发了一条朋友圈："希望你们以后也可以来参加我的读者见面会。"一会儿工夫，就有几十条评论，其中最突出的一条写着："我们也在未来等你。"

那一刻，我心里就像小时候吃了一颗期待已久的水果糖。那种甜蔓延至一个在异乡漂泊的旅人身上的每一个细胞里，成为不可撼动的力量。

一个大学同学私聊我，让我帮他也签一本，说他也很喜欢刘同。我说签售会已经结束了，我现在在车上。然后，我们就一直在闲聊。

他突然说:"毕业之后,在我认识的所有人里面,也就只有你还在坚守着自己的梦想。"

听到这句话,我庆幸之余难掩悲伤,眼泪不自觉地开始打转。我回忆着一路走来的路,清晰又明了,却也充满了坎坷和不易。这过程没有人陪伴,更没有人指点,我在一个人的世界里独自承受。

其实,坚持做自己内心深处最渴望的事情,这条路也许不好走。但走在这条路上时,我却越来越明白,当自己已经选择最喜欢的一件事情时,就需要把它当成自己生命中最重要的一部分来对待。把自己热爱的事情做到最好,便已经是最美好的事情;而那些不断尝试着让别人看起来觉得你很好的心态,只是因为你对自己选择的道路不够坚定、不够热爱。

其实,不管我们生活在哪座城市,也不管我们从事什么样的工作,都会面临孤独的时光。当第一本书出版,刘老师给我寄样书时,我并没有想象中那么激动,更多的反而是一种平静,以及对未来的笃定。

5

所谓的执念,大概就是拼尽全力想要成为更好的自己吧。

我希望在自己生活的城市里,找一个觉得温暖的地方种花种菜，播种简单的喜欢，播种豪迈的情怀，也播种爱。

其实，我一直以来都在和这个世界较劲。我的方式很简单，就是坚持做自己喜欢的事，在这个过程中体验收获与成长。这些年，我好像变得比以前成熟了一些，其他都没有太大的变化。我还是当年那个不忘初心的我，还是那个脚踏实地仰望星空的理想主义者。但我也碰过壁，遇到过现实中的种种困境，体会过深夜孤独的窘迫感。庆幸的是，现实没有把我击退，我依旧按照自己的道路往前走，通往内心想要的生活。

我在想，很多时候，那些遗憾的过往，也许只是因为当时少了一点勇气罢了。

那么，在未来的日子里，希望你也不要平平淡淡地将就，或者说别太安于现状。

一瞬间,
我的脑子里突然冒出这么一句:
我不愿平平淡淡地将就。

不要一味地关注别人的光芒，
而忽略了内心深处真实的自己，
其实，你也会变得很好很好的。

别人的光芒，照亮不了你的前程

1

2017年5月，我刚好在成都。上大学时关系还不错的靳学姐突然找来，问我有没有兴趣去参加一个活动。当时她在某个政府部门的宣传部工作。

"重点是领导说还有红包拿！"学姐补充了一句。我当时没多想，反正在客栈里待着也没事，还可以帮学姐拍点照片，所以很爽快地答应了。我们约好提前在活动地点附近见面。我们在一家咖啡店里小坐了一会儿，学姐请我喝了一杯香草拿铁，絮絮叨叨回忆起校园生活。参加的活动是餐饮服务业交流会。活动开始，主持人介绍嘉宾的时候，我惊奇地发现自己曾经吃过的很多火锅店的创始人都在里面……

但是，到会议结束的时候，我还是没能和任何一个老总说上半句话。交流会眼看快要结束了，主办方说要建一个微信群，刚好把我也拉进去了。那次参加交流会的许多火锅餐饮行业的企业家都在里面。

他们在群里的昵称，每个人都有光鲜的头衔——创始人、董事长、CEO、顾问、会长……他们谈论的话题永远是上市、A轮融资等，在群里发的照片都是带着各种头衔去世界各地参加的高大上活动。

当时只要群里一有消息，我就点进去看看是谁发的、说了什么，无时无刻不被一种羡慕的情绪包裹着。我幻想自己有一天也可以创业，挣很多钱，也能发这样的"朋友圈"。

后来，我偷偷加了其中几个人的微信，偶尔和人家唠两句——也不能说"唠"，纯属自以为是地拍拍马屁、套套近乎罢了。其实人家根本不在乎你说了什么，我只是内心的虚荣心作祟而已。每次我都骗自己，肯定是因为人家太忙了，没来得及回复。

现在想来，这种虚荣心幼稚得让自己汗颜。

2

后来，一个老板对我说了一句话："年轻人，去做你该做的事情。"

我顿时整个人都在发烫，每个毛孔都在扩张，感觉自己就像被人狠狠地扇了一巴掌，准确地说，这种创伤比真实的打击更加让人难受。一个满怀希望的人，本以为抓住了一次机会，自己就可以一跃而起，最后却不幸地发现，你没有机会可言。

我看完了他们的朋友圈：他们时常半夜还在改方案，永远在赶飞机的路上，出席各种活动……他们的人生都是一部奋斗史，永远在以一种往前奔跑的姿态面对生活和工作。

我突然发现，其实所谓的成功，并不像自己想得那么轻而易举；别人的光环，也不是自己想象的那样唾手可得。我删了之前加的几个人的微信，默默退出了群聊，不再傻傻地去期待从天而降的礼物。

一味羡慕别人的生活，这个毛病，我以前一直有，在上高中时尤为明显。我来自农村，是住校生，一学期回一次家，所以我特别羡慕那些住在城里的同学。他们买衣服买鞋从来不用小心翼翼地翻看价钱，都有固定的零花钱，也不用担心下一顿要吃什么、花多少钱合适……在教学楼的走廊里，我时常能听见他们讨论周末看的电影、买的海报、去的好玩的地方。

回过头看看自己，长这么大了还没有进过一次电影院，手机是最老土的那款摩托罗拉，买一双喜欢的鞋子要攒很久很久的钱。我每天放学第一件事就是冲到食堂，害怕去晚了吃不上那几样好吃又便宜的菜，平时生个病都要咬着牙硬扛过去。

雪上加霜的是，初中时还算不错的成绩，高中跟城里同学的成绩一比，差得不是一星半点儿。任我再怎么追、怎么赶，还是被甩几条街。我渐渐变得不自信，和城里同学说话都很小声，生怕别人看不起自己。

那个时候，我特别喜欢"窥视"别人的精彩生活。可越是这样越封闭，最后只能在网络里找些零星的存在感。

于是，我得了焦虑症。可能大家不会理解，除了学习啥都不需要做的年纪焦虑什么？心理辅导老师说，焦虑症的症结在于，总觉得自己不够优秀。想变得优秀，想把每一件事情做到最好而获得大家的认可，却一直生活在边缘。没有得到认可，所以焦虑了。

那天，我在老师的办公室里，手里拿的笔记本不小心掉在地上。她帮我捡起来，无意间看到了我写的字，然后对我说："其实你很优秀啊，最起码字写得特别好。"

最后，老师在我的本子上写下了一句话："不要觉得自己不如别人，那是因为他们没有看见你的闪光点。"她还开玩笑说："你看我的字就没有你的好看吧。"

我看着这句话，眼睛立马就酸了。

我突然想起我的语文老师朱哥，他也时常在班里夸我作文写得好，而且字很漂亮。于是我在心里告诉自己，我也不差。在那之前，出黑板报这种事情，我从来不敢参与。但有一次，年级组织黑板报比赛，我主动参加了。同学们都说我写的字好看，班主任还让我负责黑板报的编辑工作。期末的时候，他给了我一个班级最佳贡献奖。

那一晚,我开心得不得了,尽管奖品只是一个小小的订书机。高中毕业后,我还是一个游走在边缘的人,成绩也没有多好,但缺失很久的自信,我好像慢慢找回来了一些。

有一年寒假,我去了昆明,找了高一时关系挺好的同学聚餐。吃饭间隙,我对她说:"你知道吗?上高中的时候我特别羡慕你们这些住在城里的人,无忧无虑,天之骄子。"

没想到平日里斯斯文文的女孩子,"啪"的一声拍了拍桌子:"天哪,你居然羡慕我们?我还羡慕你们呢,不用被家里管得死死的。那个时候,我特别希望像你们一样自由自在地生活,那是我做梦都想要的生活。"

我突然明白,很多时候自己以为的不幸,是别人踮起脚都够不到的东西,只是我们把自己限制在框架里,当局者迷而已。

现在,我经常说一句话,多去发现生活里细碎的美好,而不是始终提醒自己有多么不幸。

3

我刚开始写作的时候,微博火了一批大 V 作者,公众号又火起来一批自媒体作者,头条号也给了很多人另一种变现的机会。我很羡慕他们,一个个靠自己的才华赚到了钱。我经常翻看那种一个月靠写作挣了多少钱的文章，每次看完就幻想自己是不是也很快可以成为他们中的一员。于是，我每天拼命地写，每日更新，希望自己和他们一样优秀。

但是我写了半年，没有一分钱收入，反倒把脑海里的素材都写尽了。我特别失望，那段时间都已经忘了自己为什么写作。我的心中还产生了疑问：明明我也很努力，明明我也很拼命，为什么总是落在别人后面？

后来，我发现选择每日更新既是好事，也是坏事：好事在于这是主动输出的过程，在写作中可以时时审视自己，总结得失，养成良好的写作习惯；是坏事在于我把这件事当作证明自己很努力的标志，以为自己已经在优秀行列了。

于是我停止了每日更新，认真研究自己喜欢的几个公众号，开始向他们投稿。我的文章入选几次后，我便成了入驻作者、签约作者，开始有了稿费。

慢慢地我越来越有信心，开始转战其他的平台。虽然还是没能够靠写作月入几万、几十万，但我从此没有忘记自己写作的初心，也不会为了迎合谁而特意去改变写作风格。

过去的很多年，我藏身在别人的光环下，在别人的故事里反复搜索和游荡，耗费时光，放大他人成就的光芒，却忽视了别人付出的努力和背后的艰辛。为了想要的生活，我总是马不停蹄地向前跑，生怕错过了人生每一个让自己一夜成名的机会。

可是跑着跑着，我却一无所获——我还是我，平平淡淡的我。

感谢这一路走来所受的冷嘲热讽，不堪的过往。让我并没有原地踏步。至少这一路我丰富了阅历，学会了成长，看到了不同的人生，也懂得了生活。

现在，我已经不必活成别人的样子，即使别人拥有再好的人生，也没有必要羡慕。我很清楚，那是人家努力得来的，我看见的只不过是别人风光的表面。

如今，很多人也经常说羡慕我。

生活，究其根本是自己的事情。与其羡慕别人的光鲜，哀叹自己的不幸，还不如将更多的精力用在历练更好的自己上。

经营好自己的青春，不要负了每一次珍贵的机会。

二十几岁,
你一无所有,
但又拥有一切。

你有最美的年纪，不要辜负最好的自己

1

一个读者辗转找到我，从简书到微博，再到公众号，然后加了微信。她说的第一句话是："你觉得什么样的人生最好？"

在过去的二十五年里，我没有认真思考过这个问题。不过，有那么一段时间，我特别怕死，不管看什么书、做什么事、见什么人也克服不了这种心态。你说，人死后会变成什么，有没有天堂和地狱？

在经历迷茫、恐惧、改变之后，我终于想通，使我感到烦恼的并不是生与死这么宏大的命题。我只是害怕还没有体验过生的快乐，还没有留下任何能证明自己没有白活的证据，就这样在这个世界上消失了。仅此而已。

什么样的人生最好？现在我会答，自由自在的人生。

这种自由，不是随时随地可以出去旅行，不是永远不上班不受领导的约束，也不是要逃脱大体制的束缚独善其身。我说的自由，是在每一个自己想要做出改变，想要尝试另外一种不同的生活，想要再往前走一步的时候永远有选择的权利和能力，而不是只能被动地等风来。

所以，在最好的年纪里，只有不懈努力，才对得起最好的自己，包括我们都想要的自由。

2017年的夏天，阿枫在我们的群里突然宣布："告诉你们一个消息，本姑娘今天终于辞职了。"

"啊，你辞职了？"我的第一反应是诧异。虽然以前听她偶然提起过，但都没有像这次这么果断。我去找她私聊，原本是想劝她不要冲动，只是声音从喉咙里出来却变成了："祝福你吧，希望你以后过得快乐，成为自己喜欢的样子。"片刻的惊讶之后，我反倒觉得不正常的不是阿枫的冒险精神，而是我们的传统观念——是我们的自以为是禁锢了不走寻常路的勇者。

2

我们几个朋友是在西安的一家青旅认识的。那时我们都很青涩，懵懵懂懂地溜出来看世界。因为我们都特别喜欢旅行，所以不约而同地组队去了华山。平时谁出去旅行都不忘在群里分享自己一路的见闻，也会彼此提示和建议。没有血缘关系的我们却像一家人相互温暖，彼此陪伴。所以，当得知阿枫进旅游公司时，我认为对她来说已算是一个不错的归宿。

其实，阿枫并不是江苏人，她从四川一个人来到南京上学。大学时，她谈了一个江苏男朋友。因为爱情，她毕业后没有再回四川，而是从南京去了南通，然后进旅游公司工作。她的职位是语音客服，常常要不厌其烦地与酒店、客户、代理商沟通，不文艺，也不高大上。

阿枫的工作时间是上两天班休两天，因为工作要求精神高度集中，休息时间也很充裕。但很不方便的是，她平常根本抽不出大段时间来。工作三年，阿枫春节没有回过一次家。别人的假期，正是服务业最忙碌的时候。加上现在春节出国游成了热门，而阿枫负责的正好是出境游业务。

她工作第一年的除夕，我在云南陪外公外婆，一整晚都守在电视机前看春晚。凌晨一点，阿枫发消息说，晚上加班很晚，外面鞭炮齐鸣，并陆陆续续响了很久，再加上漫天漂亮的礼花，她才接受除夕孤零零的现实。而烟花再美，她也无心观赏……

我能理解那种心情，走在最热闹的市中心，却感觉被全世界抛下。好似周围的一切都是寂静无声的，外面的世界和自己没有半毛钱关系。很多时候，当我们懂得故乡的意义时，已经离家千里万里。小时候我们还是个宠儿，长大后却成了游子。在一座陌生的城市中，如何消化一个人的孤独？

这种时候，总是让人糟心的，没有一次例外。

后面两年的除夕夜，我们另外三个人都不敢主动在群里发红包，也不敢在群里晒团圆饭，甚至那几天发个朋友圈也要刻意把她屏蔽掉。不是我们小题大做，只是害怕一不小心就戳到她那柔弱而又敏感的内心，担心她在我们看不到的角落里独自落泪，却还隔着屏幕发个笑脸，对我们说她自己过得很好。

3

我拨通了她的电话。还没等她出声，我先开了口："你……真的准备好了吗？"我还是没有底气鼓励她说"你就大胆地去吧"，毕竟阿枫是个女孩子。也许那时在我的观念里，也残留着"女生就应该安稳点"的俗念吧。

"我知道你要说什么，先给你发一篇我昨晚写的文字。"然后阿枫把电话挂了。

我爬起来打开电脑，她写道：我还是果断选择了去创业这条路，终将会在自己喜欢的事情上死磕到底。其实今天的所有决定并非自己的一时冲动，而是在别人看不到的地方努力了很久很久……

读到这句话的时候，看不看中间的内容其实已经无所谓了，我直接翻到了最后一句：生命的勇气，我已经准备好了，希望自己能够在现实里温柔地坚持做自己。

在现实面前,我们每个人都是一样的,都会或多或少地遭遇一些无常和困境。但反过来讲,我们每个人又是不一样的:有的人在这些人生难题面前茫然无措,有的人则遇山开山遇水架桥,努力让自己变得更加美好。

阿枫属于后者。

网上有一句很流行的话,我一直记在心里:有人二十二岁就毕业了,但等了五年才找到好的工作;有人二十五岁就当上CEO,却在五十岁的时候离开了人世;也有人直到五十岁才当上CEO,然后又活到了九十岁……我把这些话发给了阿枫。

阿枫回复我,命运为你安排在属于自己的时区里,不早不晚,一切都很准时。

4

在有限的圈子里,我经常被认为是那种认真努力、积极上进、乐观开朗的典范。慢慢地,很多人把我这里当作树洞——他们自然地来,也自然地离开,就像线上版的"解忧杂货铺"一样,每天都有人向我诉说自己的喜怒哀乐。于是,身边的人给我起了个外号叫"大萌姐姐",还有些人更顽皮地称我"萌妈"。

有一次,我收到一个倾诉者的留言。她说自己一直想活得特别简单,最近选择了去支教。身边的人总在问她:"你支教有没有工资?""虽然明白有时候他们也可能是为了自己好,毕竟刚毕业总得先养活自己。但你不觉得很多事情现在不去做的话以后就更没有机会了吗?"我打了很长一段文字准备发给她,还没按发送键她就先给我发了这句。我告诉她,有些事没必要解释给所有人听,也许别人也只是随口一问罢了。如果你坚信自己的梦想,你有这么好的年纪,干吗辜负最好的自己?

虽然最终也没能帮上什么忙,但我总觉得在他们选择对我和盘托出的那一刻,其实已经给自己做了决定:我不过是那颗掷出来有了回音的骰子。而我喜欢这种角色和感受,庆幸自己兜得住那么多别人的"秘密"。

平时没事的时候,我也喜欢看看电影。我时常会想一个问题,为什么影片里的人物那么坚强洒脱,而现实中的我们常常会感到生活的无奈?后来我发现,这都是编剧大笔一挥,把所有的困难和艰险都一笔带过。而被裹挟着前进的我们,像罐头鱼一般穿行在地下,却要在每个夜晚苦苦煎熬。我们努力过、认真过,也拼命过,却怎么都等不到电影里时常出现的那句许多年以后……

每一个面对生活不易然后再奋力向前的人,终究会明白,现实往往比电影要精彩得多,也比电影现实得多。

曾经看过一句话:人生最大的悲剧是二十岁和四十岁都怀

抱同样的理想,而事实上,绝大部分人四十岁的理想还不如二十岁时来得远大。好在我们都还拥有最美的年华,好在我们还有机会去尝试更多的可能,好在我们还可以在现实里温柔地坚持着做自己……

仅凭自己的认真勤奋就能做好一件事,这该是多大的幸福和幸运啊。

毕竟也才二十几岁,干吗要辜负最美的自己。

活着，任何时候都可以觉醒，
不过说实话，
为什么不趁早呢？

趁年轻，把生活折腾成你喜欢的模样

1

路遥先生在《平凡的世界》里写道："每个人都有一个觉醒期，但觉醒的早晚决定个人的命运。"

是啊，一个人觉醒的早晚决定了一个人的未来道路。五六十岁也同样可以觉醒，不过对于大多数人而言，那还有什么用呢？

在关于怎么活这个问题上，其实没有谁对谁错，但我们每个人都应该趁早努力把生活折腾成自己喜欢的样子。

我曾经参加过一个线下的读书会，在一个阳光明媚的午后，约在一家咖啡馆。窗外花园里的花儿开得正好，七八个人的空间正好，一壶玫瑰花茶的香味正好……在所有的"正好"之中，我们选择自己做一回朗读者，朗读《活着》。没有彩排，也没有规则，每个人随意翻开一页就可以朗读，在字里行间体会徐福贵一生不断经受的苦难，也感悟活着的意义。

小伙伴的朗读声渐渐成了背景音，像有一束光打在头上，我问自己："你想要什么样的生活？你是谁，又要到哪里去？你选择朝九晚五的稳定工作还是诗和远方的田园生活？在这个物欲横流的时代，你的梦想被淹没了吗？"

闲情逸致的读书会，最后变成了一个自我反思、接纳新生的过程。书中的世界让我们与自我对视，客观地观察内心，审视自己活着的意义。

读万卷书，行万里路。就像我曾经独自徒步旅行一样，在短短的行走中唤醒内心深处最真实的自我。一路上所遇到的人，遇见的事，以及所看到的一草一木，都有可能改变自己对生活的认知和感悟。

所以，我喜欢在路上，也一直努力让自己拥有在路上的能力。

2

读书会结束之后，我们找了一家附近的素食餐厅吃饭。餐厅里几乎没什么人，里面的陈设很简单，特别符合我这个极简主义者的口味。

我们在一个包厢里围坐着聊天，交流生活现状。其中一个女生的经历让我印象特别深。她叫小茜，是位自由插花师，也是视觉设计师。

2013年秋天，小茜从市区回郊外探望父母。午后，她坐在自家门口的小院里。阳光暖暖地洒在脸上，院子里花草嫩绿粉白的样子，刹那间就击中了她。

于是，她"噔噔噔"跑到妈妈面前问："妈，有不用的瓶子吗？我要插花。"

这句话把这个当中学老师的母亲吓了一跳："就你那女汉子的手，还想插花呢？"可她母亲还是笑着把玻璃瓶子递给她。小茜就这样捣鼓了两三个小时，差点没废寝忘食。人真是奇怪的生物，不到半天的工夫，就能把一种渴望捏出五颜六色的形状，插在往常用来做梦的床头。第二天清晨，暖色的阳光透过纱窗窜进房间里，把小茜轻轻叫醒。

她将整个花瓶捧起来，闭上眼睛深深地呼吸——那种从骨子里透出的畅快，让人迷醉。就在那一刻，小茜爱上了这种感觉。那天中午，她索性找来一个哥们儿，两人跑到花市扛了一堆花回家自己摸索。靠着视觉设计师的底子，她天马行空地搭配出了十几种风格的作品。

爱上插花之后，她发现自己掉进了一个大坑：总想学更多的东西，想去走访各种有趣的花艺工作室，想去认识优秀的园艺大师，想把花艺跨界做到极致……总之，她的心里满满当当的，全是花花花。

直到有一天，她再也按捺不住，决定放弃视觉设计师的身份，重新来过，从零开始。她此举的第一步，就是先花上半年时间跟队去森林里面研究植物。家里人一听都急了。爸爸妈妈的反应是"弄杂刚度（上海话"神经病"的意思）"。他们不理解，女儿放着好好的设计师不做，为何非要去当一个没有薪水的志愿者，去森林里喂蚊子。

"花的前身是植物，我想了解得更透彻一点。"

"我是一个比较理想化的人，决定要这样做就会开始行动，绝不会过多纠结。"

小茜就坐在我对面，眼神坚定。当落日的余晖透过玻璃铺洒在她娇小的身子上时，餐厅显得格外清新明亮，而我们每个人都沉浸在她的故事里，完全没有分神。

3

去原始森林的半年，她说对自己有了更清晰的认知，终于可以回答一直以来的那个问题："自己到底想要什么。"以前工作稳定，拿着高薪，但心里依然是空虚的。而当时的她，更像是一种修行——通过植物，不断地接触到好玩的事情。

回来之后，她就开始全心全意投入到"花花世界"。可是，她总觉得自己的作品少了些什么，于是干脆跑到日本和荷兰去溜达一圈。她想知道，这两个脾气迥异却都以花闻名的国度，到底有什么奇妙的魔力。

她发现在日本花是可以吃的，大街小巷里贩卖杂货的铺子门口也浮动着盈盈的绿色。而荷兰呢，每户人家窗口都隐约透露着花草的身影，现代的植物活在韵味悠长的中世纪风韵里，毫无违和感。

漂洋过海去了那么远的地方，她才发现，花草不是点缀，不是生活的附属品。从花草间，你甚至可以看出一座城市里居住者的脾气。在那里，植物就是生活的一部分。

回到上海之后，经过一些花店，小茜看到花束们都摆出一副"开业大吉"的喜庆模样。她忽然明白为什么自己总是感觉少了什么：在我们的城市里，植物和生活是分开的——它们总是孤孤单单地美着，真是尴尬而又生硬。

后来尽管家人反对，她还是开起了自己的工作室。

有人问工作室会开多久，小茜没有回答。其实她自己也不明确，可是她说自己喜欢不明确的东西，也不想把自己限定为一个花艺师，更希望成为一个植物研究者，对植物能有不一样的表达，让它们具有设计感，变得很酷、有性格。

其中一个伙伴按捺不住："一路走来，你累吗？"

"专注做喜欢的事，趁早把生活折腾成自己想要的样子，我享受这种状态。"她说享受的时候，语气里带着点暧昧的"小确幸"。

那一瞬间我想起了我的死党,他和我一样也属于狂放不羁爱自由的一派。毕业后,我"间隔年",他也没有像大多数人一样急忙找工作,而是选择和朋友合伙在昆明古镇附近开了一家餐馆,一门心思当起了老板。这个餐馆从成立到倒闭,仅仅两个月的时间。时间虽短,但是成立之初从筹钱到开业,其中付出的心血无法言说。只是他不曾想过,这段源于梦想的放纵如此短暂。

餐馆的倒闭有诸多原因,地理位置、市场的饱和度、餐馆的特色性、合伙理念的分歧……最重要的一点是在管理餐馆的过程中,他发现自己并不适合,也并不钟爱这份餐饮事业。他是不幸的,梦想的代价是,餐馆倒闭了,背上了债务;他又是幸运的,在践行"让人生没有遗憾"这一理念的同时,又找到了人生的另一种活法——发展家乡旅游业。

他去了一家旅行社上班,从导游做起。那段时间他经常找我诉苦,每天过得很辛苦。可我虽然左耳在听他吐槽,右耳却还是辨出他有些许欢欣——这就是苦中作乐。一些客人的好评带给他的不仅是成就感,还有扎扎实实的幸福感。我原本以为他只是玩玩,没想到他现在一头扎进去,爱上这件他能做并喜欢做的事情,活得自在满足。

相信不久的将来,他可以壮大家乡的旅游业——虽然已经过去了两年,他依然是一个导游。

其实,梦想并非一定要多么光鲜亮丽、遥不可及。梦想不分大小,没有贵贱。理性地随心所欲,不断验证梦想,让自己走上正确的轨道,小人物也很了不起。

4

"大萌,你什么时候可以安稳点?"我已经记不清有多少人和我说过这样的话了。不管是家人,还是朋友,在他们的认知里,端着个金饭碗,工资稳定,吃穿不愁,顺遂地过活就是安稳!

可是,什么才是安稳呢?

先安稳与沉淀,再去"冒险",这观念本身没错。但是,先去经历,折腾出自己喜欢的生活方式,再去慢慢沉淀,就硬被扣上顶"不靠谱""不安稳"的帽子,我坚决不同意。

做好文字工作和成为人文旅拍摄影师是我的梦想,它们是我原原本本呈现真实的生活、归结经历的方式与工具,也让我能够通过这种最朴实的方式去温暖别人的岁月。当然,我不否认自由码字和约拍可能比不上一份稳定职业安心,但我也知道,它是让我披荆斩棘、快乐前行的动力,足矣!

东野圭吾在《彷徨之刃》中写了这样一段话:"下西洋棋

的时候，一开始我们拥有全部的棋子。如果一直维持这样，就会平安无事。但是我们要移动，走出自己的阵地。越移动就越可能打到对方，可是自己同时也会失去很多的东西，就像人生一样。"

在梦想落地的这条路上，肯定有得到，例如经历，例如体验，例如思想的提升；也会失去，比如安稳的环境，比如变差的身体，比如时间的自由。我们处在花一样的年龄，过着花一般绽放的日子——年轻最大的好处就是有无限的可能性。因为年轻，我们的人生还有无数种可能，我们才可以用不同的体验方式让生命变得辽阔而有深度。

你总是抱怨生活不易、工作辛苦、前途渺茫，可当机会真的降临时，难道眼睁睁地看它溜走？

追逐梦想的道路注定荆棘遍布，但只要咬牙向前走，那一两个伤口，未来便会结痂痊愈，成为你的资历。所有的苦，以后都会笑着说出来；而你想要的，生活都会给你。只不过前提是，你必须一如既往地努力。

最后，愿你趁早把生活折腾成你喜欢的样子。

读万卷书,行万里路。
就像我曾经独自徒步旅行一样,
在短短的行走中唤醒内心深处最真实的自我。

你不用成为我,我也不用成为你。
你是你,我是我。
你要努力,我也要努力。

你所有的努力,终将会得到回报

1

有人写信给我说羡慕我这样的生活,可以选择做自己喜欢的事情,特别羡慕我"旅行体验师"的身份,不用自己花钱还可以到处玩。作为旅行体验师,最大的好处便是免费游山玩水,还把钱挣了。有时候我也会慢下来,翻看曾经的旅行足迹,真诚地感恩自己在尚有体力和心力的时候,能尽可能多地去看世界。

不过,我很少听到有人问:"你是如何成为旅行体验师的?"

四年前,我在一旅行网站上闲逛,第一次接触到"旅行体验师"这个概念。它像沙漠中的海市蜃楼,远远地、清晰地立在那儿,看得见却摸不着。也许好奇跟欲望永远是相辅相成的吧,我很想知道旅行体验师是一种什么样的存在,或者说我想知道自己能不能成为这样的人。

幸好身处伟大的互联网时代,我在百度上搜索:如何成为一名旅行体验师?当时一个被顶到前面的高赞回答是:"当你写过不低于一百篇原创游记的时候,答案就有了。"

自此,我便不再问任何人,只用心行走和记录。

我把自己大学前三年走过的地方在崭新的本子上一一列出来,然后一篇一篇地写。我有时候一天可以写两篇,有时候一天一篇,有时候却好几天都写不出一篇来。一年之后,我写下了一百零八篇旅行和摄影文章,相当于每三天左右写一篇。回头看看,我也搞不懂自己当时哪来的毅力和创作灵感。有时候,我也觉得累,写不下去,只是这种累很快就被心中"我要成为旅行体验师"的念头打消了。

我天真地以为自己写了一百多篇文章就可以成为体验师,于是便信心满满地报了一个旅行达人招募活动。报名表里有一栏是自媒体粉丝统计,微博、豆瓣、知乎、公众号……目测列了十来个平台。

可你知道我填了多少吗?全是零。我那会儿连公众号都没有,只是偶尔在旅行网站上无关痛痒地发几篇游记玩玩。大概一周后,工作人员用一封邮件回复:你的文字和照片还可以,不过你知道什么叫达人吗?不知道的话,可以去百度查一下资料。这短短的一句话,比我全写了零的那一栏报名表还要刺眼,而且冰冷。我怔在那里好几分钟,羞愧、尴尬、愤懑……字典里抓一把词捣碎,也不及当时的心情复杂。

2

不过,我算打不死的小强吧,越是这样我就越勇敢。没有什么就添什么,自己捣鼓开了微信公众号,把以前的文字往上搬。可是哪有什么人看?关注的人翻来覆去也就身边那几个朋友,"出人头地"于我来说遥遥无期。突然有一天我又翻到简书,研究了两天之后开始在上面写。我写了三个月,文章阅读量最高的一篇也就是"9"。一般人遇到这种情况估计都要疯掉的,可我偏偏是个"二"般人。好在,所有的努力最后都得到了回报。突然有一天,我的阅读量破百了,之后就慢慢上千了,再过一段时间上万了,然后突破了十万。我的文章被很多大号转载,开始有很多人找我约稿,请我去做他们的体验师。

如今,我走遍祖国大江南北,也去了十几个国家,一直做着旅行体验师的工作。它其实不是一份工作,而是一种身份。所以,我一直觉得自己只是一个体验信息的传播者,有一颗热爱生活的心以及一双发现细微之美的眼睛。如果还要说点其他的,那一定是努力和真实——因为两者结合,我才能积累读者。

后来我才明白,很多时候看起来很厉害,其实也只是自我感觉罢了。"你看起来很厉害"与"你很厉害"中间差了"10086本书",也许还远远不够。

所谓成长,不就是这样吗?不再畏惧明天,真的用尽全力,才能成为更好的自己。

2018年年末,我组织了一场泰国旅行的活动,两天内招募了七个人和我一同出发去曼谷。其中一个名额是免费的,我写了文案想招募一个能打动我的人。但直到推文发出来的那一刻,我自己都不知道打动我的会是什么样的人。

一天过去,报名的人虽不算多,我还是花了一整晚的时间仔细翻阅报名信息,却依然没能筛选出那个"打动"我的人。报名者提交的介绍多半是自己参加过多少场活动,有多少粉丝、几项才能。第二天,我照常登录后台,一个新报名者的话一下子抓住了我的心:"我报了不低于一百次旅行体验师招募,从来没有人发现我。也许这次也一样,像之前的一百多次那样石沉大海。但如果,您要是看到,也刚好有时间看看我的视频的话,我感激不尽。"

我把那个视频连看了三遍,画面里全是她自己在各地旅行的场景,加上她独特的旁白,让我感觉到这是一个独特的人。那段视频的最后她说:"不管生活怎么样,别人怎么看,我都要给自己一场'间隔年'。"

那一刻,我有一种强烈的错觉,那不就是曾经的自己吗?

我立马拨通她的电话,很老土,但还是问了:"你觉得梦想是什么?"

她停顿几秒:"过好当下的每一天,在往后的日子里回想起来还能嘴角上扬,这应该就是梦想吧。"

我告诉她:"准备好护照,和我去泰国吧。"

后来,她问我为什么会选她。我说,如果你要感谢就感谢自己的坚持和努力吧。她不再说话,拿起手中的啤酒向我致敬。

旅途结束的那天,她再次发消息感谢我。我回复她,希望你不再畏惧明天,真的用尽全力,成为更好的自己。

3

我一直相信生活中那些看似得心应手的人,只是在过往经历困难时,付出和承受得比谁都多。像我自己,像欢欢,也像我的同学六哥。

六哥的意思就是他很"66666"(熟练的意思)。六哥成绩很渣,"6"的是跟我们的专业八竿子打不着的电脑技术。那时我们遇上任何关于电脑的问题,都直接找他,方便得连脑子都快要退化掉。大部分情况下,他按几下键就能轻松把问题解决了。由于我们都是学化学的,而关于六哥去学电脑的动机大家众说纷纭,至今他还是保持神秘。

我眼看六哥一路打怪升级,从最基础的软件应用、软件维修,最后到 C、C++,再到 Java。没有名师指导,也没光顾过电脑培训机构,他孤独又坚定地一步一步崛起。在他宿舍的书桌上,从大一开始到大四毕业,其间没有断过有关电脑的书。他经常四处收集那些别人不要的电脑摆弄,沉迷其中无法自拔,甚至一度拒绝跟我们一起去吃饭,因为费时、费话。

六哥在毕业后不久,就在老家的一所大学附近开了一家电脑维修店。虽然日子过得不是很滋润,但他最起码做了自己一直想做的事情。

有一次,我问他:"你当初为什么那么执着于学电脑?"他反问一句:"那你当初为什么执着于去旅行,去看世界?"哦,对啊,其实我们都一样,明白自己想要什么样的生活。

六哥的彪悍之处,并不在于他的背景有多么雄厚,或者人脉有多么广,而是靠着在看似平庸的日子里每天为喜欢的事情挤出一点时间,一个人,一步一个脚印地默默前行,完成了自己人生中一段马拉松式的长跑。

所谓谁比谁更厉害,不过是机会在相人时,多看了那些有准备的人两眼。

4

我们总会迷茫,但是年轻的时候,我们大可以多给自己一些时间去试错。在试错的过程中增长见识,拓宽眼界,寻找正确的方向。趁着年轻,找到自己,发现自己,别等到了我们不再年轻,也不再耗得起精力的时候才去谈"找方向"。

在爱情这道命题上也是这样。我有个兄弟肥葱,挺不起眼的,还"色胆包天"。从小学起,他就觊觎隔壁班班花,那时便偷偷发誓要娶她当媳妇。他前后花了十多年时间,她每年换一任新男友;不管她人在哪儿,都二十四小时免费接送;班花随口一句想吃水果,一转眼桌上就跟水果摊似的任她挑。他这种喜欢到后来还上升为大爱——班花家族聚餐吃火锅,他都跟服务员似的在桌边站着默默煮菜。

如今他成功娶到这个比他"混"得还好的班花,生了两个高颜值的娃,成了人生赢家。可班花在一次吃烧烤喝啤酒时说,嫁给肥葱是她这辈子最浪漫的决定。其实哪来的逆袭,不过就是人家已经在泥淖里逆着风摔了十多年,才抱得美人归。

你总说自己没办法坚持一件事,那就努力改变这一点。不管是喜欢一个人,还是写文章、摄影、跳舞或画画,再小的行为,喜欢上了就去保护它,总有一天,你会发现这一切都是值得的。

虽然我向来认为一味地"熬鸡汤"是一种不负责任的行为,可到了这种时刻,与其怨天尤人、自怨自艾、唉声叹气,还真不如就干了这碗"鸡汤",重新上路。不为别的,只为明天不比今天年轻。

不论你多少次想象过放下一切,去追求自己想要的生活,回归现实，你仍将继续着眼下苟且而又不堪的生活。

　　青春本该恣意张扬，而不是在朝九晚五的重复中消磨时光。

　　总有人过着你想要的生活，而你也可以。

所谓成长,

不就是这样吗?

不再畏惧明天,

真的用尽全力,

才能成为更好的自己。

起初，我们来到这个世界是因为不得不来，最终，我们要离开这个世界是因为不得不走。那么，这中间的过程就尽自己的努力活得像模像样一点吧。

活法不止一种，希望你做的是自己热爱的事

1

2018年年末，拉萨下了很大的雪。晚上九点，洛桑在朋友圈发了一句话："今日清晨，有风，略有冷意。阳光穿过云层，将拉萨城照得格外明亮。"下面配一张图片，天空湛蓝，远处的群山白雪皑皑，布达拉宫巍然屹立，美丽的圣城拉萨显得格外宁静、朴素。

我默默地为洛桑点了赞，然后走到电脑前，在数不胜数的照片堆里，终于翻到布达拉宫的照片，翻出了那些走过西藏的岁月：宇拓路摆地摊的背包客们，和藏民一起在布达拉宫前跳锅庄的游人，以及当初因为拉萨聚在一起、如今已各有各的精彩人生的好友。

2013年夏天，在一家藏式客栈的阳台上，天南海北的我们，聊起了"活法"。我说最大的愿望就是有一天能够在大理这样的地方拥有一家民宿。客栈不需要很大，但是要有家的感觉。

最好有一台可以冲咖啡的机子，能够包容我深夜所有蓄势待发的情绪。

突然耳边传来一阵风，伴随着一句话："我的梦想是有她和音乐，足够了"。洛桑是我认识的男生里，为数不多的可以把脏话说得好听的人。他说他就是个俗气的男人，有着最俗气的梦想：带着自己心爱的姑娘和吉他，用双脚走遍世界。那时，一个叫夏夏的姑娘在旁边傻傻地笑着，洋溢着浓浓的咖啡般的味道。

曾经，他的梦想并没有得到家人的支持，甚至到了差点决裂的地步。这些年里，他一直漂泊着，也一直坚持着，并付出了常人难以想象的艰辛。即使如此，他还是觉得自己是世界上最幸福的人。

后来，我听说洛桑的歌唱得越来越好了；后来，我听说洛桑接手了一家酒吧；再后来，我还听说，洛桑和夏夏穿着婚纱快走遍西藏了……

我很佩服这样的人，坚持自己热爱的事并总能苦中作乐。在我看来，他们都是有智慧的人——他们常常把苦痛随手丢在风中，把快乐放大了藏在心里。

2

除了洛桑，我还在这里认识了阿冲。阿冲温文尔雅，谦谦君子，眼睛里有读不尽的温柔。我第一眼看见他的时候，他就坐在青旅的大厅里和女友聊天。他们手里各自拎着一瓶啤酒，嘴里不断地说着什么。

他们一起举杯时，阿冲看见了我，然后冲我笑了笑。那种感觉，就像是一种无言的邀请。

青旅很奇妙的地方就在于可以和天南地北的人谈天说地，即使彼此互不相识。

于是，我下楼自然地坐在那张桌子旁，像是坐在认识很久的朋友身边。

阿冲是一名摄影师，他的女友欣姐是一名导游。多年前，自从两人与神圣的西藏有了第一次交集，他们就爱上了这里。因为着迷与热爱，敬仰与虔诚，两人每年将自己三分之一的时间都给了西藏。他们来来回回多次，每次用不同的视角、不同的情怀，默默地触摸着圣地的山风云雨、人情冷暖。

因为这份热爱，每次遇到第一次来西藏的朋友，他俩都像当地人一样尽可能地给他们介绍旅游景点、分享旅行经验，并提供资源帮助。那天晚上，听说我要一个人去纳木错拍星空，阿冲担心地说："那里的天气，就像孩子的脸，说变就变。你一个人去不安全,不如我们一起去吧,反正上次去我们也没见到星空。"阿冲的话让我心潮腾涌,半晌无语,心里充满感激和温暖。

果然如他们所料,我们没看到星空,还遇到了风雪。由于我出现了高原反应,又只穿了一件轻薄的羽绒服,导游的车也过不来,只能靠我们徒步过去,半路上我冷得直哆嗦。阿冲把他的冲锋衣脱下来裹在我身上,他自己则和欣姐相拥取暖。我们走得特别缓慢,本来半个小时的路,那天晚上我们走了两个多小时。回来之后,阿冲感冒了。

我很内疚,他却笑着对我说自己只是口渴、咳嗽而已。

欣姐说:"我们前些日子刚从珠峰大本营回来,亲眼见过因为高原反应而死去的人。为了我们热爱的事情,我们都应该好好活着,不是吗?"

我感激地点了点头说:"谢谢你们。"

他们相互看了一眼,笑了——那是发自内心的开怀大笑。第二天,我们道别。夕阳的余晖照射在下过雪的大地上,美得令人窒息。我双手合十,面朝阳光,把我最美好的祝福留给了他们。感谢给过我帮助的人,在我今后的孤单旅行里,给了我阳光般的温暖回忆。

我们平时很少联系,准确地说几乎没有联系过。幸好这个时代还有朋友圈,我每年都可以看到阿冲和欣姐在各地的旅行照片。三年前,他们有了孩子,本以为两个人会稳定下来,但我想多了,他们依然像以前一样生活着。

这是属于他们的活法,既普通又不普通的生活方式。

这些年,我一度以为自己是因为想要看风景而一次次上路,只是后来无数个想要放弃的夜晚,我才反应过来,真正支撑我的往往是那些出现在我生命里一直坚持自己所爱的过路人。他们对梦想生活的那份坚持与热爱感染着我,也鼓励着我一路向前。

3

我特别喜欢听身边的人说"我想要如何如何,非常非常想"这种话。

为什么喜欢听到这种话呢?

因为能说出这种话的人,几乎都很"幸运"。要知道,很多人活了一辈子都不知道自己想要什么。我始终觉得,能说出这种话的人,都值得我们去尊重!毕竟,当我们试着去热爱这个世界的时候,世界也会热爱我们。

2019年年初,老洋从上海回了青岛。她是我大学时的朋友,一直给我发语音。我不知道该如何去描述她说话时的语气,只是感觉她的声音有气无力。总之,听着让人挺不舒服的。后来我才明白，其实她不是懒得打字，而是太累了。

记得她当时聊着聊着突然跟我说："我觉得你之前和我说的话很对。"

我说过的话？我已经完全不记得给她上过什么"心灵指导课"，毕竟像她这样的女强人，也用不着这样的课。

于是我问她："是我当初说了什么大话吗？"

"我是不是该静下心来把一件事做好啊？我现在做的真的是自己热爱的事吗？"她忽然这么一说，我还真有些不习惯，但又似乎有点明白她的意思。

上大学的时候，她是我认识的人里面最忙的一个，每天东奔西跑，早出晚归。经常是我问她一件事情，她大半夜才会回复，而那时的我多半在梦中。她做过各种代理，几乎垄断了学校的兼职市场。参加各类大学生创新创业大赛，去做暑期辅导班，忙着找老师，招学生……

她就像个陀螺一样，总有事情做。不得不说，我真的很佩服她。如果说要评这世上令人尊敬的某种人，那她肯定数得上。

一开始我也会跟着她做一些事情，比如做代理，或是参加比赛。不过，三个月之后，我就退出了。我离开团队的那天，跟她说："或许，专心去做一件事会更好。"再后来，我就一直坚持着旅行、摄影，慢慢喜欢上写作，直到现在依然如此。

毕业之后，我们很长一段时间没联系。当时我正在环驾中国的路上,她忽然发消息问我有没有兴趣去做景点共享单车的推广,我谢绝了,一来确实没有空,二来不感兴趣。

老洋说:"我累了,这几年伤痕累累,突然想休整一下,把工作放下。"

我告诉她青岛有一座小岛,挺适合散心的,可以去看看。一个女孩子,究竟要承受多少压力才会去质疑自己走过的路?那一刻,我突然觉得,老洋改变了好多,应该真是累了吧。

从头到尾我都只是个旁观者,所以没办法感同身受,那就好好坐在有阳光的角落里,体会彼此心底的寒意,斟酌着各自的伤悲好了。

"一切都会好的,毕竟你一直那么努力。但话说回来,希望你现在做的事情,都是你热爱的。"

4

记得有人问过我:你觉得这个世界上什么是最难的?

做自己太难了。这是我唯一不经大脑就有的答案。做自己热爱的事情到底有多难?至少对大多数人而言,比年复一年地上班难多了!几乎一无所有的二十几岁,我们正火力全开拼了命地往前跑,要承受生存的压力,还要去抵御固有的惰性、直面无穷的欲望、计算时间的成本,而比这更难的是,我们还要与世俗对抗,还要与偏见作战!

但是村上春树说,人活着,就是要做自己喜欢的事情。我多希望你最后能实现你的梦想,就像其他人希望实现自己的梦想那样。

或现世安稳,或颠沛流离。

愿你们都能过上自己热爱的生活,喜欢这个世界。

这些年里,他一直漂泊着,也一直坚持着,并付出了常人难以想象的艰辛。即使如此,他还是觉得自己是世界上最幸福的人。

不要在盛夏寻觅春风的方向，
也别在严冬追寻秋月的影子，
更别把所有的梦想，都留给明天实现。

不要因为来日方长,就把所有东西都留到最后

1

家里的营养品堆积成山,其中还有几盒月饼都快过期了。我不是第一次看到这种情况,每次都告诉我妈这样不行,万一哪天吃坏身子怎么办?但这已经成了她改不掉的习惯,有好东西她总想着留到过年的时候拿回去给老家的亲朋好友分享。

好东西都放坏了,扔掉了又怪可惜,到头来损失反而更大。这让我想起吃香蕉的学问:一根好香蕉和一根烂了一半的香蕉,你选择吃哪根?先吃烂了的,隔天再吃好的,而好的那根隔天也熟过头了,结果你整天都在吃烂香蕉。

其实,我们的生活也如此,每天都充满不确定性,不知道哪一刻好东西就变成了坏东西。因为我们无法预测未来,也不知道明天和意外哪个先来临。"来日方长"有时候真不是什么好词,给我们借口把很多东西都留到了最后,比如努力。

小时候,我虽然常常听隔壁哥哥姐姐们一遍又一遍地背"明

日复明日，明日何其多。我生待明日，万事成蹉跎"，却根本不知道他们到底在背什么。而现在，我们这帮人长大了，大家散坐在水泥城各家屋檐下的马桶上，专注地刷手机。

明日何其多？反正天一亮，明天又唾手可得，对吧？

2

我的初中三年都在农村度过。在此之前，我没离开过那里。每天放牛，看云起云落，游走于各种鸡毛蒜皮的小事之间。后来上高中，我跳过县城直接去了市里，突然发现自己只是一粒尘埃，无人问津，一无是处。从鹤立鸡群一下子变成"鸡立鹤群"，我有点抬不起头的无力感。我索性破罐子破摔，成绩一度在全班倒数的边缘试探。班主任徐老师找我谈了好几次话。每次一站到她面前，我就启动表演模式，把自己塑造得明天会特别努力。我也学会了撒谎，给家人打电话的时候，假装成绩还不错，语气故意装得很轻松。可事实呢，我上课走神，不做笔记，在课堂上偷偷看小说。每天晚上宿舍其他人都去自习室了，我躲在床上玩QQ、聊天……那个时候，我居然没有任何负罪感，因为觉得还有无数个明天，耗得起。

这种状态一直持续到高考前的两个月，各种科目几乎全亮红灯。每次模拟考试我都紧张得不行，手心冒汗手还不停地发抖，往往要花十分钟左右来恢复，才能继续答题。这个毛病一直持续到了高考那天，结果可想而知，我上了一所普通的二本学校。

分数出来的第二天一早，我没有和任何人道别，一个人悄悄地回了镇上。我也不知道在那样一个节骨眼上我是怎么走到车站，怎么买票回去的。

几天之后，初中的语文老师请我吃饭。我拗不过就去了，那是初中毕业后我们第一次见面。

她还记得我毕业时写给她的贺卡："风华是一指流沙，苍老是一段年华；夜雨染成天水碧，有些人不需要姿态，也能成就一场惊鸿……"没想到我当时是这种"画风"的。

陈老师看了我写给她的贺卡后，一直认定我会很有出息，没想到再次见面，我出乎意料地站在了人生长河里一个相当平凡的节点上。

陈老师安慰我："你呀，也不用太在意，去哪里读大学都一样，关键看你今天有没有真正努力过。"

人呀，一旦不努力，连一句安慰的话听来都带着讽刺。

回家的路上，我苦笑，笑得泪流满面……

3

有时候我在想，若真的没有了明天，我们应该都不会彷徨了吧？

我有一个好朋友，她叫小鱼儿。前些日子，她在凌晨打电话给我。我们聊了将近一个小时。我那时候很困了，犯迷糊，具体也记不清楚到底说了什么。第二天一早，她给我发了一段话："跟你一番长谈以后，让我有了重新拾起梦想的勇气。我很后悔自己曾因为家人的期盼，留在这里过着朝九晚五、毫无意义的死水一般的生活。现在，我终于鼓起勇气，跟过去的自己说再见，去寻找一个全新的自己。"

看完这段话，我似乎看见她离开繁华的街道，走到一片绿意盎然的草地，去呼吸新鲜空气的样子——大概那是一种如释重负、自由的感觉吧。

总之，我是非常开心的。小鱼儿的流浪梦做了两年：说流浪不太贴切，她想在父母未老、自己未嫁的情况下，出去见识更多新鲜的事物，开阔自己的眼界。她要去云南、西藏、新疆、台湾，还要去缅甸、柬埔寨、非洲、北美……

但是以前，每次她和我讲完自己的宏图大志之后，永远不变的一句话是：我以后肯定会去的。有时候我问她，为什么现在不可以去？

她说，现在只想好好挣钱，以后再去也不迟。我无力反驳，勉为其难地应付道："希望你早日挣够钱。"

想来两年过后的现在她说出这些话时，也许是真的挣到了钱，去完成自己的梦想。她辞职的那天，让我给她推荐丽江的民宿。她说要一边工作一边看世界，这样才能走得更远。我找拉姆姐帮忙，成功介绍了一家靠谱的民宿给小鱼儿。

现在，她依旧在路上做着自己的流浪梦。

从遇见小鱼儿的那天起，我就觉得她有一种与生俱来的能力，能够把你隐藏在内心的东西，从角落里翻出来给你看；能把你习以为常甚至是无视的东西，揉碎重组，变成崭新的事物，让你不能忽视。

她喜欢透过表面看本质，这也是我和她成为好朋友的关键吧。小鱼儿走到台湾的时候，给我寄了一张明信片。明信片上面写着一段特别有深度的话："幸福的方式在我们心中日益繁杂，追求幸福的脚步便也跟着凌乱起来。而幸福本身，其实一直就在它原来的地方纹丝不动，只是我们那越发贪婪的心，却在找寻的迷途中越走越远。"

也许，活得明白通透的人，才能说出这样睿智的话吧。

我不禁想问，假如你现在都不敢去选择自己喜欢的生活方式，你觉得，你往后的人生还有机会吗？

4

2015年去敦煌旅行的时候，我见到活着的骆驼——大沙漠傲慢与艰难的产物，像仙人掌一样，经受得起地球上关于"等待"的一切磨难。当时我问了同行的武老师一个愚蠢的问题："骆驼有明天吗？"在我看来，它们的世界里只有茫茫的沙漠，我甚至不知道它们能不能走出沙漠。

武老师反问一句："你觉得明天是什么？"我哑口无言。

这个问题曾经困扰过我很长时间。那些年，我一直想弄明白却一直弄不明白，所以就活得不明不白的。因为不知道为什么而活，所以不知道为什么而学。到现在很多事情不答自明，可终究是错过了。我一直觉得努力从来不是什么值得表扬的东西，努力是一种习惯，所以不努力自然也是一种习惯。我们总是把努力留给明天，久而久之，我们安慰自己，来日方长。

可是明天究竟是什么，我们都不知道，不是吗？

前两年，网上有一段很火的话：十八岁你读大学，问你理想是什么，你说环游世界；二十二岁读完大学，你说找了工作以后再去；二十六岁工作稳定，你说买了房子以后再说；三十岁有车有房，你说等结婚了再带老婆一起去；三十五岁有了小孩，你说小孩大一点再去；四十岁孩子大了，你说养好了老人再去。然而到最后，你其实哪里也没有去成。

我现在行在各地，总有人会和我说："你以后再去就好了啊？"

可是我二十几岁能做的事情为什么非要等到六十岁才去做呢？

不要因为有太多的明天，就把所有的东西都留到最后，这样反而会一直停留在原地。明天不是我们停滞和松懈的理由，把握每一个当下，我们才能拥有更值得、更问心无愧的明天。

祝你，祝我们！

都能笑对明天的太阳。

以及黑夜。

选择一件真正喜欢的事情坚持下去,这很重要。
你恰到好处的喜欢和投入会被别人看见,
也终将被时间奖赏。

真正坚持到最后的，是恰到好处的喜欢和投入

1

变成自由职业者之后，咖啡馆和书店成了我码字的最佳"办公室"。在此之前我年少无知，整天看不起那些天天跑咖啡馆里办公、写作、学习的人，觉得他们在装。后来，自己不知不觉也成了他们中的一员，才发现其实并非我之前想象的那样。

咖啡馆是一个有点吵却不喧闹的地方。人很多，但每一张桌子都是彼此独立的场所。换句话说，你可以看到许多人，但你无须跟他们发生联系。除此之外，我每次在去咖啡馆的路上都有一种奇特的感觉——一个人就那么走着、活着、思考着，会突然发现整个世界安静地待在自己身边，秩序井然地运行着，却又看似和自己没有关联。

运营"时间贩卖馆"的第二个月，一个叫二丫的在上海工作的姑娘从网络上找到我，她说的第一句话是："你这里有什么服务？"

我客气地回了一句:"没有服务,但我会尽力满足你的需求。"

"那你经常去咖啡馆吗?"

"咖啡馆,现在确实是我的第二个家。"

"那我能不能租你,去记录咖啡师冲咖啡的样子?"

"你为什么会有这样的需求?"我真的是一个好奇宝宝。

二丫自己也是一名咖啡师,在一家私人咖啡馆工作。她说平时工作很忙,几乎没时间去做别的事情,更别说去走走,但她又很想看别的咖啡师工作时专注的样子,那是她坚持下去的某种动力——这个社会需要抱团取暖。

她说,没有顽强的毅力千万别进这行。

听到这句话的时候,我突然想起一个人。在大理认识大郝时,他说:"咖啡是我喜欢的,制作的过程也很有趣。"他也是店里的一名咖啡师,而我呢,仅仅是他们眼中的一个外地游客。

2

大郝原来从事的工作与咖啡完全无关,只不过一次偶然的机会让他接触到了手冲咖啡。那次接触后,大郝便像着了魔一样,翻阅了大量有关咖啡的书籍,走遍了一家又一家大大小小的咖啡馆。他告诉自己,他想踏入这个世界,想趁着年轻去做一些自己感兴趣的事情。

于是他辞去了高薪工作,开始真正接触咖啡。

"那你也没必要辞职,可以一边工作一边完成梦想啊!"我略微惋惜,用疑惑的眼神看向他。

"活了大半辈子,我第一次这么清楚地知道自己喜欢什么、想干什么,我想把这份喜欢持续到最长的期限,这样才算没有辜负自己的热爱。"大郝一脸平静,眼神毫无波澜。

谈起热爱的事情,不应该是热血沸腾,不应该是激动不已吗?他这么平静,是被现实磨平了棱角,被现实征服了吗?那时的我对大郝的言行充满困惑,却不敢去问,只是默默地听,我觉得时间应该会告诉我答案。

后来,大郝给我发了一张他冲咖啡时的照片,那是别人偷拍之后发给他的。暖色调装潢的咖啡店内,敞开式的咖啡台前,三张高脚椅静静地待着,好像在听,听咖啡杯与勺子撞击的清脆声;也好像在看,看大郝耐心地为客人调制咖啡。照片里,我还看到了他微微上扬的嘴角。

那一刻,我突然能够理解大郝热爱咖啡的方式和为咖啡所付出的一切。

那时的大郝,已经把对咖啡的热爱当成一种与吃饭睡觉同等重要且不可缺少的行为习惯。他脸上的那种平静,不是热情的消退,而是恰到好处的喜欢和投入,是打算坚持到最后的淡然，像老夫老妻的相处模式。

虽然已经两年没去过大理，我却常常能在朋友圈里看到大郝，看到那家咖啡店。好几次隔着屏幕，我仿佛闻到了醇香的咖啡味，看到了大郝时常挂在嘴角的淡淡笑容。

原来，真正能坚持到最后的，不是向全世界宣告你的热爱时的轰轰烈烈，不是一时疯狂的无止境付出，而是恰到好处的喜欢、恰到好处的投入，就像大郝一样。

3

2015年，我在登巴连锁客栈旗下的"泰山老友记"做特约编辑，采访过一个叫Papa的女孩。她从2012年开始，再也没有吃过一次荤。

她的话我还记忆犹新："我只是一个穷得只剩下梦想的人。"当时的我就在想，她该有多么"富裕"，才会说这样的话。

后来我才得知Papa的爷爷和外公相继因为癌症去世，而在这些疾病到来的时候，家人们都表现得不知所措，只能眼睁睁地看着亲人离去。她开始了解一些关于癌症的治疗方法，发现了很多素食治愈的案例。虽然关于素食治愈癌症一事并没有得到权威认证，但是她铁了心要吃素，也许只是一种情绪宣泄罢了。

有一次，Papa 因为在外地写生而没有去参加堂姐的婚礼，她就罚自己一个星期不能吃肉。但万万没想到，这一惩罚把自己推向了素食主义者的道路，一走就是三年。

我问她："是什么让你坚持那么久？"

她说是梦想。她的梦想是开一家素食餐厅，里面有菜园，素衣素食，耕田种菜。而对于很多人来说，在这座车水马龙的城市，梦想总是在变化之中无法成形。

很久之后我们相见，我再次俗套地问起她的梦想是什么。

她依旧说："开一家素食餐厅，里面有菜园，素衣素食，耕田种菜。"一点儿都没有变。

其实，Papa 并没有多了不起，她和我们一样平凡。当我们把自己喜欢的事情真正坚持到最后时，结果是好是坏，好像都无所谓了，至少我们在这个过程中会有所感悟，会成长。

这就像 Papa 说的一样："相比起以前，我把吃素挂在嘴边，现在我更喜欢称呼它为'我的植物性饮食习惯'。"

4

我们生活在一个自媒体时代，有很多普普通通的人借此得以给自己的文字一个"名分"。我们发表文章，被阅读、被关注、被点赞、被打赏；有些能力强的作者还可以靠此养家糊口，把爱好变成职业；有些入行快的，三个月到半年就可以签约平台，月入过万……在这些人中，有我一直很羡慕的小 A。

在一篇年末总结的文章里，小 A 写道："这一年，我觉得我就是一个赚钱的机器，我不配被称为作者。"

小 A 刚进入某自媒体平台没几个月，就写出了很多篇爆文，阅读量和粉丝量大增，同时也收到了一些知名公众号的约稿。于是，小 A 开始给各大公众号供稿，热点、干货、书评她都写过，稿费颇丰。她还开过课，出过一本书，在写作这条路上的进度之快让人望尘莫及。

很多身边的朋友都调侃说小 A 成为大作家指日可待。

后来，小 A 为了让自己的文字被更多人看见，开始写商业化的稿件。有时候，她一天写好几篇这样的文章，写到最后发现自己不过是个文字搬运工。一篇篇缺乏新意的文章，一笔笔巨额的稿费，令小 A 在自我迷失的道路上越走越远，远到连小 A 自己都害怕，远到小 A 开始迷路、不辨方向。

我在下面留言："如果回到从前，你会怎么做？"

她回复："如果还能回到过去，我希望自己不要走得这么快。"

我只能隔着屏幕发出感慨：有的人来的时候轰轰烈烈，走的时候却悄无声息，安静到只能听到旁人的惋惜声。这些年，我遇到过很多写手朋友，那些一心想要赚钱的，后来悉数转行了；那些一心想要成名的，都销声匿迹了；那些天赋异禀却耐不住寂寞的，也大多误了才华，废了光阴。

我突然想起三毛说的话："如果写作妨碍我的生活，那我宁愿放弃写作。"

这么一来，何止写作，煮咖啡、摄影、旅行……它们最初的目的，都是为了更好地去生活。如果生活一塌糊涂，要这些又有何用？

我刚开始写作的时候，基本上每日一更，创造力很旺盛。于是身边一些好奇的人问我："写作，你能够坚持多久？"

能坚持多久？或许第二天就会放下笔，或许我永远也不会合上电脑，我自己也说不清楚。当然，写到现在快两年了，其实我也还没有一个明确的答案。我能做的仅仅是每一天都恰到好处地投入和全心全意地付出，至于能坚持多久……

我坚信，二十几岁，能有自己热爱的事，并为之努力，真好。

第三辑

在薄情的世界里，
深情地活着

没关系,即使没准备好,你也要勇敢地往前走,就像城市钢筋水泥里的一株爬山虎。

没有人准备好，只是不得不而已

1

三年前，我有幸成为《中国青年》杂志生活专栏的作者，公众号每天都会推送新内容，我会习惯性地在睡觉前浏览这些文章。倒不是说里面的文字有多么字字珠玑，配图有多么意味深长，如果必须找一个喜欢的理由，那就是这些文章大多源于最真实的生活。包括我自己写的，我再去看时又是另一番感受。

其中有一篇名为《一个保安的北漂生活》的文章感动了我。开始我以为又是讲述千篇一律北漂成功的故事，直至看完，文中保安小周的一段话，打破了我的先入为主和自以为是——在北京没啥可开心的，一个人开心有什么意思呢？我就想找个对象娶回家，住在我家小二层的房子里，在楼下开个超市卖卖菜，不再出来了。

北京，没啥可开心的，他却在北京漂到了第八个年头；只是想找一个对象回家过好余生，他却在北京寻找了八个年头。

为了生活？为了梦想？为了挣钱娶媳妇？还是仅仅为了北漂而北漂……我想对一个已经北漂了八年的人来说，这是各种复杂现实的结合体。

我想起上海静安别墅的弄堂里同样是保安的顾大叔，他曾走进我的镜头。他坐在凤凰牌自行车上，在65弄的岔路口转过身，对着我笑，憨憨的样子。顾大叔十九岁就来上海，一晃已经五十二岁。

他没有结婚，没有孩子，没有存款。我问他喜欢上海吗，顾大叔脱口而出"不喜欢"，差点没把天给聊死。不喜欢的地方他能待三十多年，到底人生有几个三十年？

"只是为了糊口而已。"顾大叔说得那么淡然，然后扬长而去，留下我独自纳闷。

我总觉得，类似小周和顾大叔这样的人生太过于矛盾。不喜欢却依然要苦苦坚守，不甘心却也没有勇气换个地方生活——他们一边努力着，一边妥协着。但谁的生活不是充满了困顿、矛盾和层层迷雾，谁又是完全准备好了的呢？只是很多时候为了生活，不得已罢了。

毕业三个月后，大学室友栓哥突然给我发了一个定位，地图上显示的地址是江苏省无锡市梁溪区，而我家正好也在那儿。我原本在写尼泊尔旅行游记，看到定位的瞬间，猛地站了起来。对他的到来我实在很意外，内心开始各种猜测——按理说这个时候他应该正在家奋力备考。

"难道是为了来看我？不可能，他明明知道我现在不在无锡啊！"

"来江苏玩？这家伙心可真大，说好的考研呢？"

始终没有一个合适的理由来为这个定位解释，正当我准备"质问"时，他给我敲来了一句话——"我在去往上海的火车上，路过无锡，给你发了一个定位，没有别的意思啊。"

"去上海干吗，你不是应该在家复习吗？"

"转一圈看看，不想再复习了，也许我就没有读研的命。"

"是要去上海工作吗？还是只是出来玩一下？"

"嗯嗯，想找工作，去试试看呗。"

晚上，因为害怕打字表达不清，我拨通了他的电话。还有，我担心他会处理不好各种事情，毕竟他第一次离家这么远，而且是放弃考研去求职。

最后，我问他："你真的准备好了吗？"

"哪有什么准不准备好的，只是不得已罢了。不过既然来了，我一定会好好努力的，你放心吧。"

挂了电话，我还想再发点什么，突然看到我们大学室友四人微信群名变成了"一路向前走"，名字是栓哥改的，我觉得没有必要再多说了。每个人都在做自己的选择，前路如何，一切未知，没有对错。

我放下手机,喝了一大口咖啡,继续码字。

没有人生来就能力挽狂澜,我们永远也不会准备好,只是不得不而已。我不知道在我和栓哥分别的这些日子里,原本那么坚定地要考研的他到底经历了什么。考研是一件考验心力的事,也是机会成本很高的选择,需要有背水一战、破釜沉舟的勇气。

可不管怎么样,我只能在心里默默地说:"祝你好运,兄弟。"

2

堂姐毕业那年,跟着男朋友"私奔"了,从云南跑到了河北邯郸,不顾我二爹二妈的阻拦就这么走了,甚至都没有告诉我,先斩后奏。就连我姐结婚的时候她都没有出现,以至于我二爹二妈还有叔叔,开始怀疑她是不是进了传销组织,一再嘱托我一定想办法把她救出来。

其实,我知道她并不是进了传销组织。我问过她为什么去北方,堂姐说:"从小到大,一直生活在南方,没有出过省,就是突然想去一个陌生的地方尝试过另外一种生活,去看看不一样的世界。"我理解她的选择,只是不知道怎么劝她,一方面是希望堂姐能够按照自己的意愿生活,一方面希望她也能够理解父辈的不易。但是，三年前堂姐突然回家了——就在二爹二妈打算放弃说教的时候，她回来了。全家人大跌眼镜，叔叔还在微信群里打趣："终于明白外面的饭没有家里的好吃了吧？"

有一年春节，我回去看望他们一家人，而堂姐还在二楼没日没夜地忙着准备公务员考试。庆幸的是，2017年10月份她如愿考上了公务员，去了一个乡镇当村干部，只是至少要待五年才能调到县里。那时候，我问她："你真的放弃更大的世界，放弃去探寻想要的生活了吗？真的准备好去那个偏远的地方了吗？"

她说："没有准备好，只是不知道何去何从，我已经过了那个可以放下一切去闯荡的年纪。"我听到这句话的时候，突然莫名地为堂姐感到难过——就像曾经的自己，走在一条黑暗的找不到方向的路上，孤身一人，彷徨无助，想停下来却又怕错过前方哪一个出口。

一年之后，我打电话给堂姐："你现在后悔吗？"

"如果我说没有，你信吗？我已经习惯了这里的生活，早上伴着鸡叫声起来，拿着茶杯坐在办公室等着下班。不过忙的时候，我连吃饭的时间都没有。"堂姐在电话那头笑着坦白。

但我听得出来她其实不太喜欢这样的生活，只是怕我担心，骗我罢了。好在，生活不都是糟心的——堂姐和男朋友至今没有分手。他还为了她回到县城,而且他们已经准备结婚。

席慕蓉说:"翻开那泛黄的相册,我一读再读,不得不承认青春是一本太仓促的书,因为仓促,所以美好。其实人生依旧仓促,时间推着人往前走,哪有什么对错分明。前路光辉灿烂,不过是柳暗花明,坎坷前行。没有人可以挽回时间或者青春,就像春天不能留住百花一样。"

我把这段话发给堂姐,也趁机告诉自己:没关系的,我还年轻,没准备好也没什么了不起,没准备好也要往前走,像是城市钢筋水泥里的一株爬山虎。

3

经常有人对我说,你准备好了吗?

面对未来,我不认为自己做好了任何准备,现在的我也不过是一个大学毕业两年仍被世俗允许迷茫的人。我已经是一个可以结婚生子的人了,但其实我什么都不会,什么都做不好。

玩摄影,没有高超的技艺和专业的设备;做自媒体,没准备好素材和知识储备去支撑我的观点;做公益,没有充足的资金让我能放下后顾之忧……但是,自我猜疑只到这里,我不会轻易讨厌这个没准备好的自己。

相反,我要义无反顾地向前,主动或被迫地学到更多。我允许自己没准备好，但我不会允许自己以此为借口，错过更多。

其实，我一直觉得我们可以不优秀，但对待生活绝不能不尽心。生而为人，没有谁是完全准备好才来的，很多时候只是不得已而为之。

你说，没有梦想的人生是什么？是没有胶卷的放映师？或者是没有谷物的磨坊主人？

好像什么都不是。

既然没有人是已经准备好的，那就大胆地去准备吧。

尽管我们都是普通人，但总有一天，也会在梦想的指引下，不断变道、超越，直到走到顺畅的道路，站在最亮的地方，活成自己曾经渴望的模样。

如果说,
你不喜欢现在的生活,那就不要犹豫,
攒够失望了就离开,去迎接新的生活吧!

愿你早日攒够失望，重新开始

1

"大萌，我要结婚了。"有一天我突然接到小左的电话。

听到这个消息，我的第一反应是惊讶。一方面我是为小左高兴，希望她可以过得开心幸福，另一方面又有点小伤感，好像我们这个年龄段的人，忽然间就到了人生的另一个阶段。我清楚地意识到，那些放肆的日子已经一去不复返了，像做了一场漫长的梦，梦醒了，人也散了。仿佛转眼之间，无数个日子就这样从我手中溜走，如同一滴水滴在大海里，没有声音，也没有任何踪影。

但我想象之中的结婚应该是相爱的两个人，在亲朋好友面前许下白头偕老的誓言，一同踏入婚姻的殿堂，然后开始幸福的生活。而电话里的小左仿佛积压了某种情绪，有气无力地吐出了"结婚"两个字。

"之前怎么没听你说过交了男朋友啊？"我的惊讶劲儿

还没过。

"是最近才决定的,家里催得紧,实在没有办法了。其实……我和那个男的都还没有吃过几顿饭。"小左说得越来越小声,像个犯了错的孩子。

我们聊了将近一个小时,基本上都是她在说,我就当一个安静的倾听者。自从小左过了二十六岁,每次和母亲打电话,她们都会大吵一架。撂完电话后,小左就一个人在出租屋里哭很久。

小左在医院工作,平时上班经常日夜颠倒,节假日少得可怜,几乎没有时间交朋友。而母亲呢,一辈子生活在甘肃一座名不见经传的小城里,见过的世面还没有巴掌大。在她的观念里,女孩子过了二十五岁没有成家的话,这辈子就完蛋了。

小左的母亲总是这样问她:"你就不能积极一点,主动一点儿吗?"

我一直认为反问句带有某种刺激,特别是人在极度疲惫的状态下更是如此。听到这种话,就会像是炸弹被点燃一样,人心里的负面情绪再也压抑不住,像鲜血从受伤的大窟窿里喷射而出一样。最终的结果,只能是两败俱伤。如此一来,小左和母亲的矛盾也走向深渊,没有回头路。

小左说,来自家人的不理解才是这个世界上最让人难受的事。我想,这句话从一个二十几岁的女孩口中说出来,不仅仅是北岛的杯子碰撞之后，听见梦破碎的声音那样简单吧。字字句句之中，无不透露着她对生活的失望。

我很想告诉她："你为什么不跟你家人说，你不愿意和一个没见过几次面的男人结婚？""你明明不愿意，为什么还是妥协？"可是，我始终没有问。人生啊，有时候好像就是这样，当你没法改变的时候，只能选择将就。

小左结婚那天，用一张看不到脸的结婚照发朋友圈，只说了六个字：再见，不负遇见。

我突然发现，时间总是残忍的——这不是你我的错，也不由你我控制。这条路不会一眼望到头，恰如我们曾经共同期许的梦想，都已经和现实混为一谈。时间过去，我们终将成为和以前不一样的人。

不过，面对生活的苦难，有的人也不会选择将就，而是绝地反击吧。

2

你认识小穆吗？在日本早稻田留学的那个。

我初识小穆，是在昆明的"爬山虎"，一家义艺的青年旅社。那天在阳台上，他那细嫩光滑的皮肤在阳光的照射下显得更加白皙。一开始，我还以为对方是女生，开了口才敢确定他是个男的。

他说喜欢云南，想顺道从昆明去泰国北部，毕竟机票便宜。他是一个人从湖南株洲坐火车来的，拖着一个很大的箱子。他睡在我的下铺，在同住的四个人里面，他是最安静的那个。

可是我没想到，如此文静的一个男生，第二天晚上居然拿起吉他唱歌了，还和大凉山彝族小伙阿虎PK。我看着他认真的侧脸，突然想到凡高的那句话："每个人心里都有一团火，路过的人只看到了烟。"

但是总有一个人，总有那么一个人能看到这团火，然后走过来，陪我一起。

多么有幸，我能看到这一幕。我不敢移开视线，生怕慢一点他就会被淹没在岁月的尘埃里。

后来他自己也写道："曾经的自己拼尽全力走在路上，为了自己心中的梦想而活。曾经的自己咬紧牙关勇敢坚强，为了自己向往的生活而活。而我今天的继续远行，是为了不辜负曾经的自己，是为了做和曾经一样努力的自己，是为了对得起曾经的那份隐忍和坚持。"

写下这样话的人，像不像一位尝尽愁滋味的老者？不管经历了多少酸甜苦辣，我们都不再有心情告诉这个世界。

我总感觉小穆先生带着一身的故事，恰是这种"美而不自知"。

我总是很想去了解他，因此有空的时候会时不时地找他聊会儿天。

然而对我的诸多好奇，他总是回答得轻描淡写。小穆对我说，他考了三次才考上早稻田大学，而在那个过程中，连家人都劝他放弃，身边的人也劝他别浪费时间。他轻描淡写的背后，一定隐藏着无数次失望。

后来，在学校的日子里，他每天认真地上课，超前完成导师布置的课题。即使是在实现目标之后，他的生活依然只有学习和睡觉。

突然有一天，导师语重心长地对他说："你过的就像是六十岁老男人的生活，乏善可陈。年轻的时候就应该去做一些crazy（疯狂）的事情，老的时候才有回忆。"

他觉得很委屈，学习有什么不对吗？慢慢地，他却发现，身边和他一样优秀的人，在学习之外依然有很多兴趣爱好，每天的生活都很丰富，很充实。他再反过来看看自己，就像导师说的那样，他甚至都已经忘记自己喜欢什么了，忘记曾经考早稻田大学是为了什么，每天宛如行尸走肉一样单调地活着。

后来他开始试着去改变自己，周末和朋友去参加 barbecue party（烧烤聚会），去做中文家教挣生活费，拾起儿时的吉他梦，放假的时候用攒来的钱偶尔来一场说走就走的旅行……

我遇见的那个小穆，是改变之后的他——努力并认真地生活着。以前我看到过一句话："愿你早日攒够失望，继而彻底绝望，然后开始新的生活。"一开始我觉得这话逻辑不对，但转念一想，对于那些陷入深渊无法自拔的人而言，这种逻辑实在是抚慰人心啊。

我问过小穆："在你改变前的那段时间，一定不好受吧？"

"是啊，我才明白有些路你只能够一个人走，有些黑暗你只能够一个人穿越，有些孤独你需要一个人去品尝，有些痛苦你也只能够一个人去面对。等你熬过了这些，你一定会成为自己喜欢的模样，活出更好的自己，这才是对生活最好的报答。"

人生的失望，有时候是自己给的。我们总是把自己圈在一个圈里，画地为牢，始终不肯踏出去。其实只要走出一步，也许我们就会发现外面已经春暖花开了——不一定面朝大海，但一定花香四溢。

3

杨绛有一句经典的名言："有时候，我们不得不坚强，于是乎，在假装坚强中，就真的越来越坚强。"

现在想来，这是对的。

三小姐是我的学妹。毕业后，很多同龄人都在纠结是回家还是去大城市的时候，她已经背上行囊从兰州到了广州。父母劝她女孩子要安稳点，拼命挽留她，可是三小姐内心笃定，不想二十岁刚出头就过上退休生活。她记得自己离开家乡的那天，头也不回地就走了，只留下一个拖着行李箱的细长细长的影子。

在快到广州的火车上，她很激动，特别喜欢这座城市散发的高大壮观的气息。可很快，这种激动一点点被恐惧所吞噬。她走出火车站后，一个人拉着行李箱，拿着手机导航地图寻找落脚点，这时才感觉到行李箱的笨重。一周下来，她不停地在网上投简历，总算找到了一份差不多的工作，紧接着是要找房子，还必须押二付一。离开的那刻，她就决定不再问家里要一分钱，于是向朋友借了个遍。在持续两个星期的孤军奋战中，她终于算是安顿下来，开始好好地与这座城市纠缠。鸡血打下去不到二十天，经理就把她辞退了，原因是三小姐给客户的邮件发错了。她求经理再给她一次机会，可是经理没给她任何商量的余地。而且因为工作没有满一个月，三小姐一分钱都没有拿到。

接下来的日子，跟中了魔咒一样，她又回到了刚来广州时的生活。公司离住的地方很远，她每天上下班都感觉自己像被泡在鱼罐头里的咸鱼一样，全身漏气，却不知道哪里破了。三小姐告诉我，7月的广州湿热的空气让人窒息，为省电费晚上睡觉不敢开空调，她在闲鱼上买了一台二手电风扇，开一阵关一阵，熬过了整个夏天。还有，作为地道的北方人，二小姐吃不惯广州的食物，那段时间经常拉肚子。

因此，她对这座城市越来越失望，对自己越来越失望，甚至想跟自己的梦想一别两宽，乖乖地逃回家。

有一次，三小姐问我："学长，你说有多少人，拖着重重的行李箱，一个人来到陌生的城市，没有亲朋，没有好友，一个人仗剑走天涯？"

你想要什么样的答案呢？在勇敢者里你仍是先锋，还有太多同行者在不曾察觉的地方安慰你的孤独？你看，光火车站的广场上，就晾晒了太多彷徨和对这个世道的咒骂。

我在深圳待过一段时间。那段时间刚好在找工作，我住在青旅里，每天早出晚归，完全没有上大学时住在青旅里谈天说地的感觉。当一个人最基本的生存都成了问题时，其他东西都是扯淡。有一天晚上我突然接到老妈的电话，她嘱咐我一定要想方设法去一家大公司，这样咱家才有面子。我走在深圳繁花似锦的大街上，眼泪止不住地流，完全不顾及路人的眼光。

那一刻，我很失望，对城市，对自己，对我妈的这种想法。

三小姐后来没有一走了之，因为她忘不了自己走的时候头也不回的身影。只有她知道，没有转过去的那张脸，当时咬着牙时有多愤懑和不甘。现在她在广州一年了，也没有攒到什么钱，但是找到了还算满意的工作，换了一处离公司更近的房子，过年的时候给了爸妈两千块钱，给弟弟和爷爷奶奶买了新衣服。

我一直觉得，无论我们走到哪里，都是我们该去的地方，那就勇敢地去经历，去遇见。

新的一年，三小姐的签名换了："我们都应该明白，不是每段生命的渡口，都有承载命运的船，但别抛弃梦想，也别放弃追逐。"

我想，她是打算告诉自己，这个世界上没有那么多的摆渡人，你要学会自渡，因为没有谁能够容留你。从一个懵懂天真的少女，到现在内心独立且拥有主见的小女人，她终于拥有了一身盔甲。

这样的人真的很棒。

4

生活不易，且行且珍惜。我在外面行走的这几年，听过太多漫无目的的倾诉。他们失望过后的绝地反击，让我明白，其实生活可以过得更好。

我很佩服那些隐忍世间的艰难，只分享美好而将生活不易放在内心深处独自消化的人，也同样尊敬那些行走在苦难边缘可以微笑着生活的人——即便命运没有眷顾他们，他们仍可以在安静中不慌不忙地选择坚强，改变，开始新的生活。

我想，生活中我们都会遇到很多事，但正是因为那些事情，才让我们的人生真实可爱。不要怕，不要丢失自己最初对生活的那份热情和期待，岁月终会让每个人过上想要的生活。

即便最终没有，你也会和自己认真走过的路和解，因为它就是《小王子》里的玫瑰花——带刺，却也和你互相驯化过。

愿你做生活的勇士，坚强而勇敢，坚韧而善良。

你想要什么样的答案呢?
在勇敢者里你仍是先锋,
还有太多同行者在不曾察觉的地方安慰你的孤独?
你看,光火车站的广场上,
就晾晒了太多彷徨和对这个世道的咒骂。

你要时常感谢命运，也感谢自己，
感谢一路勇敢的自己，
选择了那条喜欢但并不容易的路。

余生很长，不如用自己喜欢的方式度过

1

在我们很小的时候，经常会被问起，长大之后你想要成为什么样的人，或者以后想干什么工作？我也曾反复地问过自己：我要做什么？我适合做什么？我做什么才会让自己感到快乐？

后来我发现，其实很简单，主动的生活最让人感到快乐。这个"主动"意味着可以自由选择，而不是被生活牵着鼻子走，被动地接受一些我们不喜欢又偏偏无法拒绝的忧愁。

可大部分人依旧按部就班地过着被动的生活，只有少部分人真正遵循内心的意愿，过得洒脱而又自由，哪怕是选择了不容易的路。

去年冬天，一个朋友推荐我去看上映后悄无声息、演员都籍籍无名的一部电影——《生活万岁》。本质上，这是一部纪录片，讲述了十四组中国普通人的真实生活。他们并无交集，分布在天南海北，看似命运各不相同，但每一个人都过着六十

分以下的人生。

其中一个叫简伟明的人让我印象深刻，他是在夜宵档上卖石螺的，三十余年不曾换过职业。他经常用歌曲来招揽生意，谁买他的石螺，他就给谁唱歌。由于他经常穿一身奇装异服，亲戚朋友都看不起他。

他问女儿："你同学的父母是在马路边扫地、剪草的，你嘲笑过他们吗？"

女儿说没有。

"那你凭什么笑我，我又不偷又不抢，我是凭自己努力做到的。"听到这样的对话，我才发现原来自己对生活一无所知，而每个人都在用自己的方式努力向喜欢的方向靠拢。其实，脱掉艳丽服装的简伟明，和夜宵档上烤鱿鱼、卖牛杂的人没什么两样，也只是一位拼命工作养家的丈夫和父亲。他遵循着自己的心意活着，在炒石螺和卖唱中找到快乐，被更多人所认可，收获了真心实意的理解与喜爱。

也许，走过平湖烟雨，岁月山河，那些经历劫数、尝遍百味的人，会更加生动而干净吧。

2

一毕业，我就听说米小易去了石头城。她男人是20世纪

90年代末在石头城竖起酒吧第一支旗杆的元老。米小易现在芳龄才二十五，想想就知道他俩的年龄差距了。外人一眼看去，估计会觉得这简直是美女配野兽，但认识米小易的人大概就明白，不管她这一生再怎么兜转，她的归宿终究不会经由寻常路抵达。

她是我大学朋友的同学，朋友评价她，"如果我是个浪子，我会喜欢很多姑娘，清纯的、矫情的、奔放的、像芙蓉的，但我此生只会爱她一个"。从那之后我偶尔会忍不住偷偷打量她，尽管这样的机会并不多，因为她总独来独往神出鬼没，几乎没人知道她的行踪。

她从不施脂粉，扎个马尾辫，清爽的长相也许根本就不该有任何粉饰。那会儿周围还不是很流行格子衬衫，因为整不好很容易显得土里土气，但她把格子穿成了自己的符号，蓝白的、粉绿的、橙黄的，怎么混搭都从不落俗套。

有一天晚上快十一点了，米小易的闺密冲进宿舍和我朋友嘀咕几句就把他带走了。后来，我得知他连夜叫了辆出租车，花了好几百块钱，赶到邻市某酒店去"监视"她。她不久前去了趟石头城，文艺到骨子里浑然天成的气质就这么把酒吧元老招惹来了。

他们初遇那时，一个是在"江湖"打滚已久的老手，一个是才念大二的黄毛丫头。朋友给酒吧老手的简介只用了一个字"怪"，但他对米小易与酒吧老手的关系的总结却很大方地用了两个字"应该"。很早以前,他就有了神预言:如果米小易的男人是个"正常人",那就真不正常了。

之后,米小易每个学期都只出现十来天。每门课她都是开课去报个到,考试时再出现,在试卷填上自己的名字,余下的日子她都在天上飞,在地上奔驰,在海里漂泊。我在枯燥的有机化学课上流着口水睡到天昏地暗时,她正穿过埃及法老墓摸着上千年前遗留的温度;我在食堂啃着比塑料还硬的糖醋牛排时,她的红酒正被晚霞映出层层叠叠的暧昧色调。我只能从朋友零星收到的明信片上,得知她当下身在何方。

后来关于她的流言蜚语不绝于耳,很多人觉得她对自己的大学生涯相当不负责,可我觉得,只是有些人选择了万卷书,而她选择了万里路。

我跟米小易交集不多,但我从心底里喜欢这个姑娘。她把"如沐春风"这个词诠释到了极致,面对自己所有的对立面,她都能真心找到美好的存在理由。毕业两年后,我恰好经过石头城,也知道她就藏身在那一条条千兜百转的小巷里。但我没问朋友要她的联系方式,就随缘吧,不必费心去找,我相信该见到的总会见着。

"众里寻他千百度,蓦然回首,那人却在灯火阑珊处。"这句宋词我曾经听烂了,而就在我钻过拥挤的人流不经意间与正在泡咖啡的米小易四目相对时,我终于明白这词写得有多绝妙。

我们欣慰地笑，像绝处逢生。

她的酒吧就建在江边，白天有咖啡、果汁也有芝士蛋糕，文艺的民族风挂饰肆无忌惮地张扬着；晚上即便灯红酒绿，也还是不觉这家店有任何浓妆艳抹之嫌，大概是店的风格似主人脾性吧。

我俩坐在江边的木桌边，我啜一口她亲手调的玫瑰奶茶，彼此话并不多，好像心照不宣地都不想入侵对方这两年的空白。她那"不寻常"的男人远远地坐在吧台旁，时不时望向她，木木的却又温情脉脉。我很讶异二十多年"江湖"生活竟没给他留下任何风尘仆仆的气息，他反倒像个披着中年男人外衣的孩子，到底是怎样安心的守护才能回归平静？

我俩默默望着江上的小舟，旅客在拍照，在打水。午后的阳光照进店里，照着她的脸颊。我仿佛看到六年前第一次见到她时，她穿着件蓝红相间的格子衣，干净地冲我微笑的样子。

很快，我回归到蚯蚓般缓慢移动的旅行人潮，而她再次搅动起她的奶泡，拉了一朵心形的咖啡拉花。我们的生活重新被放逐到两座城市、两种场景。

有一天我听到马頔在哼《孤鸟的歌》，里面有句歌词"总有一天我会放弃天空步履蹒跚，你在你的未来双鬓斑白"。

我突然想起米小易，想到她一直在飞的人生，却过着比我们更脚踏实地摸得着的日子，真好。

3

去年 2 月,我从云南回无锡时,朋友小鹿邀我去南禅寺喝咖啡,带了一个新朋友大周给我认识。我们在咖啡馆里待了一下午。聊起大学,大周分享了他第一次去南京实习的经历。实习期三个月,公司给他安排了一个师父。实习一个月之后的一个周末,部门聚会,他和师父刚好坐了一桌。大家都很开心。喝了点酒,师父突然问他:"你就那么迫切想成功?"

大周很笃定:"对,我觉得五年后,没准儿我就能挣很多钱。给我五年,我就是一个完全不一样的我。"没想到师父大笑,而大周却丝毫不晓得自己哪里可笑,满是错愕。

"年轻人,你何必太急躁。这世上哪有什么成功?如果单纯论成功而言,只有一种,叫作用自己喜欢的方式过一生。"

大周当时也不明白为什么师父要和自己说这些话,只是后来听说师父年轻时辞去家乡稳定的公务员工作,来到南京为自己最喜欢的广告行业打拼到现在,他才恍然大悟:用自己喜欢的方式过一生,值了。

后来,我也问过一位为了创业而辞掉高薪工作的人,为什么愿意这样折腾。他告诉我,听来派头十足的名校头衔、去出席活动时被细心安排到全场最重要的位置,还有父母向他人炫耀自己时眼睛里藏不住也不想藏的自豪,都比不过完成一件真正热爱的事情之后所获得的快感，更能让自己安心和雀跃。

是啊，世界上最幸福的，莫过于经过一番努力后，所有东西正慢慢变成你想要的样子。

而在心中修篱种菊，能够每一天从阳光里醒来，在夕阳下奔跑——这就是我想用余生度过的生活方式。

希望你外表坚硬,
但内心依旧柔软,
足够宽容。

太多人问你挣了多少，却很少有人问你过得好不好

1

冬天的夜空在白茫茫的大地衬托下更加深邃幽蓝，让人感到孤独和凄凉。窗外还可以看见几颗星星在远处跳动着，一会儿工夫，它们便隐没在夜空中。

上海的冬天真的是寒风刺骨。我蜷缩在床上，电脑隔着被子放在腿上，忙着第二天要发的文章。手机突然闪了几下，好久不联系的朋友阿福突然找我。

他问："过年要回家吗？"

肯定是要回的，我现在陪伴家人的时间本来就一年比一年少，春节再不回去，怎么也有点说不过去。

其实慢慢地，父母不再能理解我们身处的新语境，想融入却无能为力，他们只能在电话里一次又一次地让你保重身体，然后一边垂垂老去，一边盼你回家。以前我总觉得要离家远远的才好，后来慢慢发现离得越远，心中越是牵挂。

可阿福说他不想回去了。前几天，一个亲戚在吃饭时，当着大家的面炫耀自己的小孩拿了多少钱回来、给他们家人都买了什么，顺便问阿福的妈妈："你儿子今年挣了多少钱？"

阿福听得出来妈妈有点抱怨的意思——当时自己动身去南京，家里就没有人同意，想让他留在家里，在县里考公务员，给家里挣点面子。

最后，连妈妈也问他今年挣了多少钱。

阿福是贵州人，毕业后去了南京。其实，他毕业也就半年而已。在南京这样的地方，一个刚毕业的应届生，半年能够存多少钱呢？

他的一些朋友也来问他挣了多少钱，有的甚至还向他借钱。"为什么从来没有人问我，一个人在城市里过得累不累，有没有受委屈？"

他说这话的时候，我突然鼻子一酸。其实在城市里混，并不会面临太多不友善，打击人心的更多是事不关己，是你被隔离在所有热闹之外，更是万分孤独时依旧等不来亲人的一句"我懂"。

可第二天醒来，你除了坚强，也别无选择。

我也不知道应该怎么安慰阿福，只是违心地给他发了一句话："有钱没钱，还是回家过年吧，家人不会在意这些的。"

2

我不想赶春运，提前一周回了云南。路过昆明时，我停留了几天，大学两个玩得不错的同学约吃饭，这也是我们毕业后的首聚。昆明冷得让人瑟瑟发抖。我们约在一家火锅店，刚好赶上周末，特别堵车。

说好四点见面，硬是等到了六点，人才到齐。

大学同学见面毫不手软，一上来就翻各种囧事互相伤害。那阵势相当热烈，嗓门又大。但这些终归只是前戏，声音总会越来越小，就像我们的防备，在这雾气重重之中变得越来越脆弱。

浪哥说毕业之后，像是从监狱中刑满释放的罪犯重获自由，却也开始体会到被整个世界遗弃的真正的孤独。实习第一个月，浪哥拿到了一千零九十八块钱工资，把该还的钱还了，又变得一穷二白。在最落魄的时候，经理正好让他替同事去签一份价值百万的合同。

可那天他发现自己口袋里一共就十块钱，四块钱要留着坐公交车。在路上饿得不行，他想去吃一碗粉，可最便宜的也要七块钱，只好去超市买了一个面包啃下去。

昆明的夏天，天气就像变脸谱，没有任何征兆就下起了大雨。公交车站离约好的地点还有大概两公里的路，他只好冒着雨拼命地跑。怕把合同弄湿，他就把它塞到衣服里面，贴着肚子用手捂着。

可最后，他还是迟到了。客户一点颜面都不给，直接让他出去，拒绝与他们合作。他被老板劈头盖脸骂了一顿，不知道那天自己是怎么从办公室里出来的。

那天晚上，浪哥站在高架桥上，望着下面的车水马龙，两边是灯火通明的高楼大厦。他突然觉得一切静止了，世界就像死了一般沉寂……

回来之后，浪哥发现自己的脚已经被雨水泡了七个多小时，泡出了白白的一层皮。他用力把它抠掉，脚疼，心痛。但哪里更难受，他不知道。

我们一直在这个叫社会的体制里，颤颤巍巍地学着长大，成为一个大人。经历了一番阵痛后，有的人已经独当一面，有的人却停止了生长。然而所有人都必须适应这个社会，适应不同行业不同职位的游戏规则。

聚会结束，我在昆明南屏街的寒冬里，给了他们每个人一个拥抱，那一刻，也把我心里最真挚的祝福送给他们。

如果说这次相遇是久别重逢，希望下次见面的时候，我们都别来无恙。

3

何小曼曾经在朋友圈发过一段话，我印象很深："毕业半年了，这半年像十年一样长，也像十天一样短，不知道做了什么就半年了。在经历了试用期刚满公司就倒闭等一系列奇葩问题之后，我真的发现自己没有想象的那么坚强，会累会难过会寂寞……"

那天晚上我特别感慨，十一点多的时候也发了一条朋友圈："为什么我们在一座城市里会孤独？"没想到有很多夜猫子回复我："因为你没钱。"

有的说："不要发牢骚，不要抱怨。"

有的说："想想那些最底层的人，你心里顿时就平衡了。"

还有的说："我们都一样，看似热闹，实则孤独。"

其实，在朋友圈发一条情绪消息时，我们到底想得到什么呢？短则几个字长则几十个字的安慰吗？

反正我不指望，只是有时候觉得生活很空，有个回声也挺好，就像每年的春晚，只要那熟悉的旋律响起，年味就还在。

"90后"正在朋友圈里集体消失，也许是因为他们成长到足以理解，当别人问你挣了多少钱时，你大可不必回答，或甩一句"关你屁事"就好。

而过得好不好，也只对当下正在过着那份生活的人而言有点重要。

旅行不是去遭罪，
而是学会更好地活着。
做好充分的准备，然后出发。

你羡慕的说走就走，只是别人的"蓄谋已久"

1

我初次赴西藏，是因那句"来一场说走就走的旅行"。

那时的我，对于旅行还是懵懂无知的，不知道去西藏要买好点的冲锋衣，不知道带帐篷一定要有防潮垫，也没有想到要买面罩和太阳镜，连水杯都没有带，更可笑的是连日常的药都没有备，甚至将高原反应这些最为重要的考虑因素全部抛在了脑后。那么真真切切一场说走就走的旅行，我背上几件简单的衣物，选择了一个人用徒步的方式启程。

可就是那一次旅途，让我陷入了前所未有的困境。

在青海湖边，恶劣的天气冻得我瑟瑟发抖；在昆仑山，帐篷被吹到几十米外；翻越唐古拉山时，强烈的高原反应差点让我搭上自己的性命；在拉萨，为了所谓的仗义走天涯而被人追杀……种种经历，旅途堪忧。

因为身上资金所剩无几，又苦于买不到硬座票，四十八小时的火车回程路使得原本身心疲惫的我更加苦不堪言。

当我走出火车站时,姐姐和妈妈竟没认出我来,她们戏说我是不是去整了容。回想起那段经历,我仍记忆犹新。在佩服自己勇气的同时,我也为自己的懵懂无知而感到后怕。

因此,之后的每一次旅行,我都会告诫自己:永远不要盲目行动,除了感性的向往,更多的是需要理性的思考和充足的准备。

第二次去西藏时,我在拉萨遇见了一位旅人,我叫他辉哥。我们相识在八廓街的一家客栈。当时的他衣衫褴褛,嘴唇干裂到起了白皮,面色憔悴苍白。

我们坐同一张桌子喝茶,他聊起自己的那次旅程:从青海到西藏,他徒步了将近四十天,慢的时候一天能走二十公里左右,快的时候差不多能走三十多公里。在那一个多月的时间里,他关掉了手机,拔掉了电话卡,摆脱了世俗事物,只身走进西藏,进行着他一个人的朝圣。长期车水马龙的城市生活,让很多年轻人产生辞职、休学甚至退学去拉萨的想法。旅途中偶遇的辉哥,此时正过着无数人羡慕的生活,远离了城市的喧嚣,不用再长时间伏案执笔,更不必再忍受上司的虎视眈眈与客户的紧迫催促。

我问他:"看你现在的状态,一路上也很辛苦,这又何必呢?"

他说:"真累啊,我当时就只是想看看自己是否真的还能活着。"

"那……你还继续走吗?"

"不了。"这倒让我有些惊讶——作为一个旅人,他居然才走了这么一小段路程就放弃了。

"为什么?"

"呃,因为没钱了……"

这个回答着实更令我感到惊讶,是啊,再简朴的旅行都是需要资金的。

"那你回去之后有什么打算呢?"

"回去认真过好每一天。"他似乎很坚定。

他停顿了一会儿又说:"虽然这一次没钱了,但是以后我还是会继续这段旅程,只是不会像现在这么盲目了。"

我也渐渐明白了,所谓的自由,第一步便是财务自由,否则,自由对于我们,只不过是空中楼阁罢了。

2

在环驾中国边境的时候,途经腾冲,我在和顺古镇遇见一位摆摊的男子。他留着一头长发,像极了电影里的海盗。他摆摊有个习惯,只把东西卖给有缘之人,无缘之人连合影都是不允许的。当时我正想做纪录片，便连续几天守着，想拍这个男人。两天过去了，男人并没有开口的意向。到第三天晚上，他终于在不录视频、音频，不拍照的情况下，向我们讲述了他的故事。

他是山西大同人，曾是一家手鼓店的老板。四年前，他和两个朋友合伙开了手鼓店，平时会收一些学员。就在两年前，店铺倒闭了。

没过几天，他女朋友也跟别人跑了。原本情绪低落的他，一下子几近崩溃。次日，他背起行囊，带着几千块钱，坐火车来到了成都，开始一个人的行走。

从拉萨到云南再到阳朔，他用两年的时间一路流浪。

我问他："你现在是不是也还迷茫？"

他没有说话，在微弱的灯光下我看见了他眼里闪着的泪光。

我明白，他活得很累。表面是人人都羡慕的光鲜旅途生活，内心世界却是万般滋味。走的时候，我问他："你为什么不回去面对该面对的生活，而在这里逃避现实呢？"他没有回答。

回望我们，不也常常如此吗？生活的挫折、工作的不如意、爱情的不顺遂，让很多年轻人想要逃离自己生活的城市，背上背包，买上车票，去浪迹天涯，不在乎目的地，只在乎沿途的风景。他们带着负面的情绪上路，最后，之前的问题一个都没有解决，却发现了更多的问题。

其实，没有充分准备的旅途，不可能给你所谓旅行的意义，相反，遇到的问题也会越来越多。旅行能给我们独处和思考的空间，充足准备的旅行才能使我们更轻松，才会是个更好的开始。

我也曾遇到过一位青年老板，一位二十五岁的文艺女青年。她从大专毕业之后就一直待在海拔将近四千米的香格里拉，这是她经营客栈的第四个年头。从她的客栈放眼望去，两边全是山。前方便是一座云雾缭绕的雪山，那是城市里的雾霾到不了的地方。客栈里住着各色旅人，有许多是国外的背包客。在这里，你每天都能够听到来自五湖四海的声音。

那种宁静，那种自由，是无数朝九晚五的城市人所羡慕的生活。然而，那天我们闲聊的时候，她却笑着对我说："其实我很羡慕你们的生活。"我有点意外，试着问她："你不知道有多少人向往你这样的生活方式？"

她说："我知道啊，大家都这么说，可是你知道吗？这个客栈是我爸爸留给我的，并不是我想要的。你知道我羡慕你们什么吗？你们可以选择在这里或者那里生活，而我，没有选择的资本。"

至于为什么没有选择的资本，她没再说了。碍于人生体验的狭隘本质，我们常常对另一种人生无法理解。她爸留给她的，她就一定要收？

她不会转手卖了,或找人全权打理?

你真的认为,这么简单的解决方案,能阻挡一个人整整二十五年?

我想起几年前去支教时,一个学生对我说:"老师,我不喜欢大山里的生活,因为我每天都要干很多活,不上学的时候差不多要干四五个小时。我想去大城市上学,考到上海去。"庆幸还有很多人,能有一双想走就走的自由的脚。

我问她:"接下来怎么打算?"

她说:"我想要去大城市,然后在城市里结婚生孩子。"

我多少有点理解她,毕竟每个人都有权利去追求自己的生活和梦想。

客栈里有一本留言簿,首页写着一句耐人寻味的话:"重新开始也许最终会回到原点。"

可是,这样至少这辈子能多一些选择。幸福,不就是多了一些选择的权利吗?

3

不止一个人问过我同样的问题,你每一次旅行都是说走就走吗?

当然不是,周边游我可以说走就走,但远途旅行我是肯定会做好攻略的。确定好住哪里、周边有没有什么特色美食、想去的地方交通是不是方便、提前了解目的地的风土人情……只有这样做，才能在旅途中节省时间，不然就会彻底耗在酒店房间里找寻下一站的落脚点，旅行宅非你莫属！

其次，提前做攻略可以预防被坑。我之前做了一个对比，看做攻略和不做攻略两种旅行方式哪一种踩的坑更多。结果是一旦没有做旅行攻略，踩了坑爬都爬不出来，或者踩一脚"牛粪"恶心自己。

有一次去重庆，突然遇到下雨，我没有提前了解目的地的交通情况，问了一个老人怎么走。她指着前面的一条路让我直走，然后突然从背后拿出一块牌子，上面写着问路三块钱。我顿时想打人的心都有，但是只能悻悻地离开，这事严重影响旅行的心情和质量。

说走就走很酷，但是，真的不大聪明。

那些相约好同行的人,
还没启程,便在某个渡口离散,
余生隔岸干杯,各自欢喜。

你期待的远方,都在向你走来

朋友圈的人数，
是你孤独的指数

1

小时候，我多么希望遇见的所有人都能喜欢我、认可我。长大后我才明白，这是一个多么奢侈的愿望。

有那么一段时间，我患了严重的"交友饥渴症"。不管参加什么活动，我都巴不得把所有到场的人的微信二维码都扫上一遍，以为认识就是朋友。

但是后来我发现，那些所谓的"朋友"，真的只是"认识"而已。我们有可能真的见过也聊过，可能还吃了一顿饭，或者一起喝了几杯酒，但是彼此再无往来，也永远不会被想起。

我们只是彼此手机里一个陌生的名字，连怎么存进去的都忘记了，也只是彼此微信里的点赞之交，还时不时收到对方测试自己是否被删掉的荒谬信息。

我每去一个地方之前，都会在朋友圈预告，顺便调侃一下看看有没有人可约。一会儿的工夫，评论刷屏，最多的一句就是:"我也在这个城市,到了之后记得找我玩啊。"

有一次实在没有找到沙发主,我就真的联系了评论里的一个"好友",提前一个礼拜说好要去他家打扰一晚,而他也答应了。去的那天,我在火车上给他打电话,结果却是"您拨打的电话已关机,请稍后再拨"。

火车外面近三十摄氏度,而我心里却拔凉拔凉的。我们常说,人家帮你是情分,不帮你是本分。有什么资格怪别人呢,只能怪自己,把一句玩笑话看得太认真。

那次之后,我的旅行预报戛然而止。

2

我一直想去新疆没去成,倒是先交了不少新疆朋友,其中就有木雅。

和木雅是在健身房认识的。平时我并没有去健身房的习惯,只是碰巧去找朋友。她从更衣室洗完澡出来,头发还湿答答的,和我搭话。木雅毕业于川美,是个游戏原画设计师,很有烹饪天分。每个周末她都会邀请朋友去公寓的小天台聚餐。认识木雅是件赏心悦目的事情,每天起床刷朋友圈,我必定能看到她发的早餐图,配上满满正能量的文字。有时候是牛油果鸡丝沙拉,上面撒上草莓和薄荷叶;有时候是炭烤大虾,再煮上点南瓜奶昔。她每天还特意根据每道菜的配色，搭配不同颜色的花。可以说，木雅的存在，就是为了给这个世界增色添彩。

很久之后我才明白，这样的形象，木雅经营得有多艰难。为了拍那样一张早餐图，她每天天还没亮就起来准备食材，花上个把小时做好，还得摆盘调光。我就曾经试过为了吃上一口她做的饭，等了整整四个小时。而这一切的不厌其烦，都只是为了能拍出一张更好看的照片，好不好吃已是其次。

有回我跟她吃饭，她突然抢过我的手机，说："你能不能帮我拨个电话骂个人。"原来她爱上一个口口声声把她当妹，背地里却耍她、只跟她玩暧昧的有妇之夫。刚开始，两个人在微信相识，没见过面。

木雅太热衷于塑造美好，每次上传照片都修得有点不像本人了。线下见面那天，她叫上的另一个好友，没想到正好是有妇之夫的师妹。有妇之夫戴着厚厚的镜片，两只眼睛小小尖尖的，压低眼镜从镜片往外瞄人，言谈中有藏不住的自负。分别时，木雅有急事先走，师妹和有妇之夫同路，一起走了段路程。路上他突然冷冷地跟师妹说："呵，修成这样，可真好意思啊。"接着，他把木雅贬得一钱不值，那种语气让人恶心。

木雅知道后，打电话、发微信、发短信去要说法，觉得自己受到了侮辱。可这一顿闹，换来的不过是随手被拉黑。

其实木雅五官很清秀，可因为微胖，她很自卑。然而白卑这件事，连她自己也没有察觉。每次我们一见面，话聊不到十句，她就开始有意无意地引导我去称赞她。刚开始我觉得很不适应，一度很尴尬。直到有一天她醉倒了，在电话那头冲我号啕大哭，我才通过那些闪光的表面，看到她如死水般的内心。

木雅上初中时，爸爸出车祸走了。妈妈偏爱她弟弟，平时很少关心她，一个月也打不上一个电话。上大学时长相可爱的她还蛮讨男生喜欢，可因为生一场急病，药吃多了有副作用，从那之后，她的脸跟身体一直浮肿，怎么都瘦不下去，于是他们也都不再对她感兴趣了。

在陌生的城市，她常常感觉全世界都在狂欢，唯独她不被关注，无家可归。木雅已经好几年没回家过春节了，一是不想花机票钱，二是那个家也并不比漂泊的城市温暖。

也许正因为这样，她总是把自己精心包装好，再晾晒到别人眼皮底下。一旦发现有异性稍微表达好感，她都会急于求成，不是一开始就遇人不淑，就是把别人吓跑了。她还常常跑各种同城活动，疯狂加别人微信，好像随着好友人数的增加，就能填满心里那个沙漏，跑赢孤独的时间。

"我哪里做得不好吗？我不过希望当我很累很累的时候，知道有人在等我。世界这么大，就不能有一盏灯为我而亮吗？"她哭得很累，而我只能说一句晚安。

3

我快毕业的时候，认识三年的学妹小裕说一定要请我吃顿饭，算是饯行。那天下午我刚好要给一个寝室的毕业生拍照，绕着学校拍了一圈。最后到校门口，小裕就在那边等我。

去餐厅的路上，小裕偷偷问我，一个寝室不是六个人吗，她们怎么才五个人？

"另外一个和她们关系都不好，没来，你们女生寝室不都这样吗？"我淡淡地说。

小裕发出一声很长的叹息。吃饭的时候，她给我分享了自己的故事。小裕家境并不好，所以大学的时候她努力给家里减轻负担。有一次她和室友说自己想要去做兼职，没想到室友们纷纷表示也想去。周末她们一起去面试，只有小裕一个人被录用了。

小裕成了宿舍里最忙的那一个，忙着兼职赚钱，忙着社团和院学生会的事，忙着参加各种有趣的比赛。所以，小裕经常缺席宿舍的集体活动。

渐渐地，她发现室友们出去玩都不会叫上她了，连偶尔几个人都在寝室、她们谈论饭点吃什么的时候，也没人问过小裕。很多时候，小裕兴冲冲地和室友分享她最近遇到的趣事，却没有一个人回应她。

小裕自己也想不明白为什么会变成这样，隐隐觉得是那次兼职的原因。可是又不能辞掉这份兼职，于是她尽可能地推掉学生会的事，还把其中一个社团退了，抽时间和她们一起去逛街，也一起去看电影。

但是她也发现，每天在那一条街上走来走去，自己怎么也没办法发出像室友们一样的笑声。

小裕和我说，有一次一个室友过生日，说好一起在寝室吃火锅，她好心买了一个蛋糕送给室友，和她们说好自己兼职回来一起过。

可没想到的是，小裕回去的时候，室友们已经吃完了，锅底还有一点土豆，连她买的蛋糕也没有剩下。宿舍里热热闹闹的，欢声笑语。

小裕打开门的那一刻，心都要碎了，感觉自己就像一个外星人站在不属于自己的星球上一样。

小裕说，那一晚的心情无法用语言来描述。她一个人偷偷地跑到楼道哭了好久，快要关灯的时候才若无其事地回去。

从那以后，她没有刻意去维护关系，也没有特意去做自己不喜欢的事情。她还是回到了之前的自己，自己喜欢的样子和生活方式。

后来，小裕依旧忙碌，参加活动，参加比赛，好好学习，拿奖学金，也和志同道合的人做朋友。

有的人真的只是认识，未必会成为朋友。既然这样，性格不合，观点不同，生活方式也不一样，又何必牺牲自己的追求去迎合他人呢？

4

以前我发过一条微博，到哪儿都有朋友是一种什么体验？

大部分人的回答是，在这座城市不会觉得孤单。当然也有人说不知道，因为没有那么多朋友，其实我也是。

很多人问我，你微信好友好几千了吧？真羡慕你能认识那么多人。我只能说有时我们看起来很熟，其实不过是看似很熟的客套罢了。

我可以说我认识很多人，但我从来不会说我有很多朋友。不是我不需要朋友，而是不会自以为是觉得认识的人就会成为朋友。

对那些三观不合、话不投机、一举一动都像走过场、脑门儿已被弹幕压塌的人，还能保持友善姿态，其实全靠教养了。

你认识多少人和你有多少朋友一点关系都没有，不是所有人相识一场都能变成朋友的。

所以，每个人都不需要为了讨好别人而改变自己，喜欢你的人，会欣赏你的所有特点；不喜欢你的人，你改变多少人家也不会喜欢。

自己是什么样就是什么样，不需要装，也不需要改。

当你不再迎合他人改变自己、坚持走自己的人生道路后，相识一场的人会渐渐发现你本身的特点，会愿意和你从相识一场变成真正的朋友。

在陌生的城市,她常常感觉全世界都在狂欢,唯独她不被关注,无家可归。木雅已经好几年没回家过春节了,一是不想花机票钱,二是那个家也并不比漂泊的城市温暖。

愿你的每次旅行都有惊喜，
愿你所到之处都会阳光遍地，
愿你面对陌生亦能笑靥如花。

远方没有那么美好，
却教会我们如何面对陌生

1

张爱玲说，成名要趁早。我觉得，旅行也一样要趁早。

小时候，我对《橄榄树》这首歌印象特别深，是因为外婆经常放。每次听完，外婆都对着天空愣上几秒，然后继续做事。不知不觉中我也就喜欢上了这首歌。我一直觉得，外婆虽然不识字，但能听懂歌词大意。

也许对外婆来说，那是一种归属，以及对家乡的思念。可是对我来说，每次听到"不要问我从哪里来，我的故乡在远方"时，我总是不禁生出一种想浪迹天涯的感觉。我想像三毛那样洒脱和自由，我想用心、用眼、用脚去远方追梦。

长大之后，这样的梦想如愿以偿。我十八岁时第一次独自去旅行，在二十三岁之前，踏足过许多城市。但从任何角度，我都觉得旅行虽美好，却没有想象的那么美好，只是旅行教会我太多事情。

如今走得多了，相比看风景、吃美食、拍几张照片证明到此一游，我更注重那些在旅行中做选择和决定的时刻，那些才是回归生活后真正能带来成长的历练。

而这些，在我看来是更可贵的人生体验，更有价值的精神收获。以前，我特别不喜欢独处，一日三餐都必须拉上三两个好友同行。我总以为，那样会显得"热热闹闹"，自己也不会感到孤单。更别提要挎上背包独自旅行，别人眼里说走就走的旅行，对我而言是遥不可及的梦。

因此，每次出门之前，我总会提前约好同行的小伙伴。但是有那么几次，万事俱备只待出发之时，答应同行的小伙伴会突然甩来一句"不想去了"，或"临时有事去不了，你自己去吧"——总之，他们就是不去了，还能有根有据地给你列出一堆理由。

后来的某一次，依旧是我被毫无预兆地放了鸽子。那一次我非常生气，便在心里恨恨地想：不去算了，大不了我一个人去，反正也死不了！那会儿我也就是逞强嘴上这么一说，其实那晚我彻夜未眠，心里惴惴不安。

然而，天亮了，我竟鬼使神差地一个人坐上校车呼啸而去。那一次独自旅行结束之后，我恍然发现：原来一个人旅行并不是一件多么可怕的事情，独自行走也并不像自己想象的那么孤单。从那以后，我仿佛变了一个人似的，一下子从害怕独处转变成爱上独处。我可以一个人吃饭、一个人看书、一个人逛商场、一个人走很远的路，也能够一个人跑步、一个人坐车，甚至一个人去看电影。

独自旅行，会加速一个人的成长——这是我慢慢坚信的一句话。

每个人在出发前，总是期待未来的旅程能够一帆风顺、万事如意，于是，总会做足准备——找攻略、搜路线、定酒店、买门票，总想着事无巨细、面面俱到。但从来没有一趟旅行是完美无瑕、没有遗憾的。

旅行途中，你总会碰到各种各样的意外：走错航站楼搭错摆渡车，算错火车开车时间，未拧紧的洗发水把行李箱的衣服弄得黏糊糊的；因担心街头摊贩的卫生问题而错过地道的美食，为没有立刻买下心仪的东西而后悔，因繁重的行李而让原本不长的路变得遥远而曲折；坑爹的热门景点和无情的乞丐骗子……这些都在企图一点点浇灭你对旅途的热情。

也许你会后悔自己就这样出来，一个人忍受孤寂落寞。但你也会在看到不同的风景和美丽的事物后，止不住地惊叹，深感不虚此行。

不论长途跋涉的疲倦，还是孤独无助的绝望，都不过是旅行中的小小插曲。正因为这些小小的插曲，你的旅途才变得更加真实饱满，也更加鲜活具体。

当你的旅行结束,回归原有的生活,你会发现人生这条路好像突然出现了一道光,照耀着你前行。你会更加珍惜生命,更加热爱生活,因为这世界还有那么多未知等待着你去发现和探索。

2

2018年7月19日的夜晚,我印象特别深刻。有的人瘫在地上,歪斜着身子,一遍又一遍刷着掌中的手机;有的人在大厅昏暗的灯光下,拖着疲惫的身子互诉衷肠,谈笑风生;有的人躲在机场狭长的楼道里,给喜欢的人道晚安,却怎么也舍不得挂电话;也有的人,完全不顾个人形象,随意找个座位,而后沉沉入睡。

时间:23点23分,7月19号,候在东京成田机场,我睡眼蒙眬,等待着黎明的到来。

由于香港飞日本的航班延误了六个多小时,我们完美地错过了东京的最后一趟地铁和最后一班机场大巴。我原本打算打车去酒店,但是查了一下价格,两万五千日元(人民币一千五百元)——这价钱几乎可以再买一张返程机票了。想想,我还是在机场待上一宿吧。

我不会说日语,大狗和林博也不会,重点是英语还不好。

大狗憋了半天，用仅有的词汇去问机场工作人员。但没想到对方说了句"对不起，我们下班了"，然后就没有然后了。我去过福冈和鹿儿岛，但好像也没有过类似这样被冷落的经历。之前听朋友说东京蛮冷漠的，那一刻，我觉得也不无道理。

我们上上下下，左左右右，不知道应该在哪里停留。正当我们念叨着明天应该怎么去赤坂的时候，一个穿着西服的女人突然停下匆忙的脚步，问我们要去哪里。她会说点中文，不流利但也能让人大概明白意思。我拿出地图和酒店名字给她看，她用自己的手机查了路线，然后让我们拍照，说明天按照路线走就可以到达赤坂。没想到的是，过了大概十分钟，她又出现在机场大厅，迈着大步微笑着走过来。她说她找到了一个最便宜的方案，特意回来告诉我们，说话的时候还有点喘气。

看着那个日本女人消失在走廊的尽头，我突然又觉得很温暖。在一个陌生的地方，遇到善良的当地人，所有的疲倦和抱怨瞬间化为乌有。

"东京，真是一座矛盾的城市。"大狗深吸了一口气如是说。

我们找了一个人相对较少的角落，我用背包当枕头往长椅上一躺。我没有带外套，由于脚受伤还不能穿袜子，所以虽然外面很热，但在中央空调下我冻得瑟瑟发抖。而且断断续续的机场广播和凌晨打扫机场的机器声响不断传来，让人无法入睡。

大狗十分无奈地掏出一个灰色眼罩，披着刚从澳洲带回来的小毯子躺下。而林博呢，把刚出机场顺手接过的广告单盖在脸上作为遮光眼罩，旁若无人地昏睡了过去。

至于我，比较惨，下半夜两点半还是没有睡着，反而越来越清醒。中间我上了一次厕所，发现许许多多的人肆意躺在某个角落，安然地睡着。我有点诧异，转念却觉得一切都再正常不过。我无意间摸到了自己的相机，索性就起来到处走走，这样就不会觉得冷了。没想到，一楼跑到了三楼，记录下了深夜机场很多动人的画面。

中途，我遇到一个要从东京去京都考试的中国留学生。我们坐在幽长的候机厅畅聊至凌晨五点，我全程录音，就像是一次采访。

聊到旅途的变数，她笑嘻嘻地说："不然我们也不会认识了。"我把照片分享给她，内心无比感慨——说不上为什么会这样，只是觉得照片里的一切都很真实。

早上坐电车去市区的时候，我对一个玩摄影的朋友说："我以后不拍看不懂的东西，只拍我眼睛能看到的一切。"

后来，我在东京的游记里写道："我原以为旅行便该是做一个追求自由的亡命徒，见别人见不到的风景，走别人没走过的路。做一个旅行体验师，让人请着吃喝玩乐，再把钱赚了，这就是最幸福的职业。

"但我现在希望在一个不熟悉的遥远地方，慢下来静静地享受天地之间的清静幽玄，找到并回归生命里的本我。"

其实，旅行并不总是那么美好，但也教会了我们如何面对陌生。何况，旅行教会我的不只是面对陌生事物那么简单。

3

陌生的意义是什么？我曾深思过这个问题。

陌生的意义，并不在于换一座城市，换一个景点，而在于换掉你周围的人，即所谓的圈子，还在于走出自己心中的舒适区，去接受新的事、人和挑战。已知的事情是让人舒适的，但并不一定是最好的，也不一定是最适合自己的。然而，走出舒适区是需要勇气的。对我来说，它的美好在于，在面对陌生时能在极短的时间里展示出生活的无数种可能性，它给了我无数故事的开头，让我看见无数种人生。哪怕每年只有那么一次，也是如此。这就是我在二十几岁时对陌生的理解，可能会有些狭隘。

当然，我不是鼓励青年朋友要不顾一切地去旅行。也许走着走着最后才发现把身边的一切都丢掉了，只有眼前的世界，而眼前的世界虽然美丽，却根本不属于你。我不敢向你保证，旅行一定会给你带来什么样的改变，况且这改变是因人而异的。但我可以满怀信心地告诉你。旅行，一定是一段经历，也必然是一种锻炼。

我不是一个典型的「90后」，不清楚也不在乎所谓的典型「90后」应该有什么样的特质。但我想做一个善良的人。

你只管善良，上天自有安排

1

上大学之前，我不知道什么叫公益，但想帮助别人的种子一直埋藏在心底，因为我也曾被温暖相待，心怀感恩。后来参加了青年志愿者协会，在接触了一些募捐活动之后，我才真正开始接触公益。

从大一到现在，我曾为西北贫困家庭的孩子筹款捐衣过冬；为了让孩子们过一个集体生日跑到千里之外的山区；为乡村儿童爱上喝水的计划徒步了五十公里；还为了让乡村的孩子能够拥有一张属于自己的照片深入大山十余次……

从仅凭一腔热血做公益，到现在视野更宽广、参与公益更理性。"公益"两个字已然在我的生命里扮演着举足轻重的角色。我一直用自己微不足道的力量，为那些偏远山区的人，记录下他们最真实的样子。

每一次去分享这些经历的时候，都会有人问我记忆最深的公益故事是什么。每每此刻，我的潜意识里都会出现三个字：大凉山。我已经忘记了在电视上知道大凉山的具体日子，只记得那是一天晚上，突然看到天梯小学的报道，内心为之震撼，一整晚翻来覆去睡不着，思绪万千。总之，那种感觉并不好受。我终于相信，这个世界上总有人过着你想过的生活，也总有人过着你意想不到的日子。

在 2016 年之前，我没有去过大凉山，"贫穷落后""野蛮"等，是我听到关于大凉山的最多的词。那年 12 月，我终于有机会代表某公益组织去大凉山探访。接到组织方电话的时候，我没有丝毫犹豫就答应了。匆匆收拾好行李出发，跨越了两千多公里，历经约五十个小时车程，我带着心中种种的疑问和隐隐的不安来到这个期盼许久的地方。

关于地貌，大凉山和西北一望无际的平原很相似，麦垛和荒草、枯枝与飞鸟、贫瘠的土壤和弯曲的屋檐……唯一和西北不同的是，这里目光能及之处都是山。

如果还要说点什么，那便是小英了。我第一眼见到她的时候，觉得她是那种让我想要忍不住去保护的孩子。透过她的眼睛，还有她的微笑，我感受到的是满满的希望和纯真。

2

我原本以为走访会很顺利,没想到困难重重,从西昌到目的地沃底乡就用了两天时间。村里基本不通车,翻山越岭不算,中间还要过一条很宽的河,很多学生家需要乘船再走上两三个小时才能到。

那次刚好排到我和另外一个志愿者走访小英家。那天天刚蒙蒙亮,我们就出发了,一直走到下午一点左右才到小英家,用"风尘仆仆"来形容一点都不为过。我们还没有到她家门口的时候,她就看见我们了。她一路飞奔过来,有点紧张,于是在十只手指"打架"之中轻轻地说了一句"老师好"。

进家门后,她给我拿了一条凳子,然后很主动也很自然地坐到了我的旁边。她用手撑着下巴,憨憨地看着我笑。这是一种尊重和礼貌,至少我这么想。

小英是一名孤儿,三岁的时候父亲和母亲因为肺病相继去世。幺爸(叔叔)说可能是因为他们一直在水泥厂工作造成的。除了幺爸,小英没有其他亲人。他们像一家人一样生活,如果我没有听错的话,她喊叔叔婶婶是叫爸爸妈妈。我本以为小英会是那种闷闷不乐的孩子,没想到她却出奇地活泼和懂事,很乐意倾听,也不吝啬分享自己的生活。

小英的梦想是当一个医生,大概是因为父母亲的病吧。不过话说回来，我们走访的这些孩子的梦想不是当老师就是当医生。可能因为他们压根没有接触过其他职业的人。从小，他们就是和老师一起长大，如果家里面的人因为生病去世了，他们便又会想当一名医生救死扶伤。

我偷偷地问小英的新年愿望，她说想要一张自己的照片，还有一块香皂。想要一张自己的照片好理解，因为我一直在做公益摄影项目。而想要一块香皂让我有点不知所措。

"为什么要香皂呀？"我问她。

小英说："好几个同学都有香皂，我也想要一块，想每次把手洗干净了去吃饭，还可以洗澡，有点香。"

那一刻，在我听来，"有点香"三个字比我之前听过的任何话都动人和浪漫。

我突然有点哽咽，很心塞却又不知道说点什么才好……小英是我在这次走访中遇到的最喜欢的一个小女孩。才上二年级的孩子，没有父母却活得那么快乐。我在这个小女孩身上看到了希望和爱。

每当想起这一点，想起自己的付出有了一个交代，我就觉得这一路走来都是值得的。

只有那些心中藏着期待的人，才会看到花开吧——我希望小英是这样的人。记得我离开大凉山的那天，阳光是明媚的。一缕缕阳光透过树叶的缝隙映射在脸上，让我体会到前所未有的温暖。

回来之后,我想了好几天,想帮她们实现小小的新年愿望。我把小英和另外一个孩子的新年礼物寄给了她们的班主任,里面有香皂还有彩笔,加上给每一个人写的一封长信。我把自己的故事分享给她们,也许其中某些故事稚嫩得她们还不懂,甚至连里面的字都认不全,但我相信有一天她们会明白的:曾经有人和自己一样,坚韧努力地活着。

收到礼物的那一天,她们用班主任的手机给我打了一个电话,只说了一句话:"老师,谢谢您的爱,我们会好好学习。"

第二年元旦,班主任给我发了一个短视频。视频里的小英用稚嫩的声音表达心声,让我感动不已。我翻出那次去大凉山的相册,一张张地看完,看着每一张熟悉的脸庞时,没有泪,只有深情的回忆。我深领孩子们的情意,那是无言的心灵悸动。我捧着孩子们的祝福,没有激动不已,只有沉默的反思。

那一刻,我恍然明白,公益——其实到头来收获最多的是自己。

3

这几年,我接触过很多大山里的孩子,不管是甘肃青海,还是云贵川的孩子,他们都有一个共同的特点:每个人都在认真地活着。虽然他们常年离开自己的父母，但对父母没有一点责备，反而更加感恩父母为他们做的所有努力和付出——这是他们对爱的理解。这一点让我很是意外。

关于公益，我时常扪心自问：你真的是去帮助那些孩子的吗？还是去给自己的人生攒故事？或者是去寻找一份自我感动？还好，我去做公益，不仅仅是一次服务于自我的旅行，更多的是跟孩子们学习彼此感恩和付出。

因为我始终坚信，带上爱出发是旅行最终的信仰。

也许，没有经历过的人，永远体会不到一个山区孩子对知识的渴望、对理想的憧憬、对生活的热爱，还有对老师的爱戴与寄托！

有时候，我确实觉得命运不公，可是孩子们就像天使一样，让我忘记自己身处贫瘠的土地，也让我暂时忘却他们是弱者。这群可爱的具有乐观精神的"贵族"，似乎只是在山的那边过着另外一种生活。

我曾经试图定义什么是幸福，一直没有结果。在接触了许多山区孩子之后，我有了答案的雏形。幸福是拥有一种能放大幸福的能力，不管生活是什么样子，都能从中辨别和筛选快乐，并真心感谢快乐。

很多时候，在我们看来是非常小的需求，有可能是他们眼里的奢望，所以他们描绘起愿望来，眼神害羞而又清澈，那便是他们所认定的幸福，用彩色笔画一次画、拥有一双过冬的雨鞋，又或是村头的那颗果实成熟了……幸福如此简单美好。

生活方式不可比拟，但这种能力，或许是我们这些城市的大人也可以学会的，学会认真并努力地热爱生活。

不管是孩子，还是我们自己，但愿每一个人都能够被这个世界温柔以待。

第四辑

你逆光而来，
配得上这世间所有的美好

我总在某个瞬间，
因为一个场景、一个人、一句话，
感动得泪流满面。

这个年纪的我们，
比从前更容易感动

1

好友小目找我，说看完某个综艺节目之后，发觉自己早已泪流满面。

她问我："是不是一旦相似的经历出现，就可以轻易左右我们的情绪？还是我泪点太低了？不是说年纪越大越淡然的吗？"

我调侃她："要是把你的人生拍下来，好好剪辑，说不定也能编排出感人肺腑的节目呢！"

"去你的……"小目画风一变，哈哈大笑。

确实，随着年龄的增长，我们变得越来越成熟稳重，渐渐褪去单纯和稚气的一面。不过，并不是年龄大了就会走向漠然，也并非足够强大了就不会有脆弱悲伤，反而很多时候，一句贴心的话，或者一个温暖的动作，就能让我们这个年龄的人幸福满满。换句话说，这个年龄的我们，比起从前更容易感动了。

2015 年去贵州山区探访，怕赶上春运，我很早就买了回家的票，但最终也只抢到一张软卧。十天探访快结束的最后两天，我的脑子突然"短路"，在网上看到还有几张硬卧，想着可以节省一百多块钱，就把已经买好的软卧退掉，想改成普通硬卧。没想到不过短短几分钟，票就被急于归家的网友哄抢一空，而我的手机页面却一直下不了单。

我再返回去准备重新买软卧时，票也没有了。那天晚上，我给外婆打电话，吞吞吐吐地说起，今年恐怕不能回家过年了。

外婆突然着急，差点哭出声来："你一年都没回来了，明知道过年票难买，怎么还退了呀？现在不是有机票吗？没钱的话，我们给你打过去。我和你外公就你一个外孙子，你不回来我们怎么办啊？今年养了好几只鸡，你外公也给你养了好几条鱼呢……"

想必外婆已经在电话那头满眼泪光，而我在电话这边也一度哽咽，说不出话来，隐约还能听到外公在一旁，温柔地劝慰着外婆。我放下电话，顿时一股暖流涌上心头，仿佛看见远在千里之外的外公外婆为我忙碌的身影。我打开手机，一咬牙，花了一千多块钱，买了张全价机票，在大年三十赶回了家。

外公外婆额头的皱纹和苍老的面容，让我感到了岁月无情。我对他们说："只要你们还在，不管在何方，我每年都回来。"直到现在，我才终于明白，有些事情真的必须只争朝夕——你可以有所损失，但不能犹豫，比如春节回家这件事。

尽管我们会因此付出高昂的代价，但某些东西，是金钱和物质都无法衡量的。

不要等待，也不要犹豫，更不要畏惧没有结果——每当遇到挫折，或者感到举步维艰的时候，我都会在心里默念这句话。

人生那么短暂，没有那么多的时间去摇摆不定。

2

我一直觉得自己不是感性之人，但每次一碰上那些没有经历过又渴望体验的事情，我的情感总是受到"牵连"，心绪泛滥。也许因为我是个平凡的人，而平凡的人在这个平凡的年纪里总是容易被感动。

徒步搭车318国道去西藏的时候，我为了亲眼一睹色达五明佛学院的风采，先走了317国道，途经汶川映秀镇。2008年的那一场天灾，让全国人民记住了汶川和映秀这两个名字，我也从此对这个地方心心念念。但后来的九年里，我就只去过那一次。

去映秀的路上，道路拐了一个弯，一个崭新洋气的小镇呈现在我面前。排列整齐的小洋楼，花团锦簇，看得我精神一振。进了映秀镇，我第一感觉是冷清。小洋楼之间的街道都是空的，几乎没什么行人，只有偶尔路过的游客拿着手机不停地拍照。

我走到映秀中学，迎面就是坍塌的主楼，时钟在灾难来临的 14：28 那一刻裂开，石碑上刻着醒目的日期：2008.5.12。

去地震馆的路上，一位没有右腿的阿姨引起了我的注意，我便借着买东西的名义和她聊天。据她说，当时从地下喷出三十米高的岩浆，整个村子瞬间被淹没。她被掩埋在黑暗的屋子下面长达四个多小时，手无法动弹，眼睛上全是灰尘，也没办法去擦拭，而心里想的全是家人的安危。四个多小时之后，村子废墟里幸存的人陆续得到救援，她才得以生还。

而她在地震中痛失了三位至亲，也失去了自己的右腿。在她的一生里，从来没有遇到这么大的事情。当时她还以为是世界末日了，直到救援部队进入灾区，温总理冒着余震的危险来到映秀，鼓励受难的人民，安抚他们，调集了一切可以调集的力量，她才知道"希望"这两个字的意义。

如今逝者已矣，留下的一片废墟成了"景点"。这个小镇受到了国家的高度关注和来自各方的扶持，已从废墟中重建。当年的工业小镇，成了现在川藏线上独特的一份"人文景区"。

但是阿姨告诉我，即使灾难过去了这么久，在汶川老百姓心里痛苦的记忆仍挥之不去。所以，我很不喜欢某些游客轻描淡写地说，是地震让这个名不见经传的小县城经济得以发展，觉得这样的观点未免有些荒唐。失去至亲，看着昔日的家园瞬间被夷为平地，就算给你一座城、一座金矿，你愿拿家人来换吗？

政府鼓励他们再创业，阿姨就在山下开起了卖工艺品的小店维持生计。也许，这就是她延续"希望"最好的方式了吧。

听了他们的故事，我一个大老爷们儿"光天化日"之下哭了。我甚至怀疑自己越活越怂，变得多愁善感了。

那些和我一样越来越容易被感动的人，是不是也早早学会了知足和给予，内心柔软，蓄满了力量和希望？

3

大二那年暑假，在无锡回兰州的火车上，我遇到了一对老夫妻，他们坐在我对面，没有买到卧铺，所以也挤在硬座车厢里。从天水到宝鸡的那段路，老太太突然有些不适应，在一旁的爷爷一直细心地照顾，紧握着她的手。

后来爷爷主动和我说话，分享他们的故事。

"我们现在年纪大了，但我每年都要带着老太婆出去玩。年轻的时候没有机会，如果不趁还活着的时候一起出门走走，就没有机会了。"

这是我在旅行中遇到的很特别的一对夫妻，他们的话击中了我心里最柔软的地方。

还有，在徒步滇藏线的时候，我将车停在路边喝水。一辆越野车飞驰而过，车上的人在东张西望，估计是只看到我的背包放在路边而没看到我的人——我当时正在树下躲太阳。没过一会儿，那人又开车折返，从车窗里伸出大拇指，清瘦的脸庞冲我鼓励地笑了笑。

这是我在旅途中遇到的善意，我庆幸、感激他们没有朝我"下手"，让我在陌生的环境里孤独而又胆战心惊地被温暖到。这也是我喜欢在路上的原因——一个人去收获风景和感动。遇到的那些人，像是冥冥之中就注定会出现在我的生命里，带我找到柔软的自己。

朋友阳光小姐说，她也有同样的感受。

她在武汉念大学，待了四年，对这座城市有了深厚的感情，于是决定留在这里工作。但学校和社会是完全不一样的，她和每一个刚来大城市的年轻人一样，为了找工作而每天四处奔波。那种辛苦和疲惫，她又不想跟父母说，跟朋友倾诉，朋友也不能感同身受。

后来，她找到了人生中的第一份工作，租了一间虽然小却足够自己居住的房子。她叫了一辆出租车，准备搬离寝室。她搬出来的时候是室友帮的忙，她们彼此不舍，很热情同时也很难过，因为这意味着她们见面的机会越来越少，甚至有些同学可能一转身就是一辈子不再见了。

搬到出租屋时，就剩她孤零零一个人。她租的房子在六楼，需要来来回回搬好几趟。就在她气喘吁吁地搬过一趟之后，门口扫地的阿姨过来说："我来帮你吧。"大热天的，没有任何酬劳，阿姨还是管了这件"闲事"。

搬完以后，阳光小姐冲到小卖部给阿姨买了水，算是道谢。两个人相互看着对方大汗淋漓又脸颊通红的样子，笑了起来。

她想，在一个人的时候，有个人帮忙的感觉，真好，哪怕大家只是萍水相逢。

阿姨接过水关切地说："女孩子一个人出来工作都很不容易，不知道我家那个孩子在上海怎么样了。你要多多注意，别太委屈自己，凡事对自己好点。"

那天，阳光小姐一边收拾屋子一边哭得像个孩子。

她说，坚强了那么久，那一刻的心理防线瞬间崩塌了，或者是因为前段时间找工作的压力，或者是因为那些可能再也见不到的同学，更或者是因为这突如其来的帮助和温暖的话语。

她说，她会记住阿姨带给她的帮助和感动，努力生活，成为更好的自己。

4

以前我发过一条朋友圈：感动是什么？

没过多久，下面有一些朋友评论。有人说，感动就是当你看到或者听到某句话的那一瞬间，内心会不由得一颤，眼泪会在不经意间流下来，那句话会在你的脑海里无数遍回放；有人说，是自己很久没有感受到的别人给的意外惊喜；还有人说，那些所谓感人的故事之所以会让你红了眼眶，是因为那些故事套在你身上同样适用。

过了半个小时，评论上升至几十条。很多人觉得感动变得越来越难，也有人觉得感动好像越来越容易。

我记得曾经有人说：人容易被感动，是因为这个人很孤独。现在，我并不是很认同这种说法。

相反，我个人更倾向于认为那是发自内心的温柔，愿意慢慢地轻轻地去感受世界，接纳世界，这种东西会在内心生根发芽。一个人的成长与年龄无关，有的人一夜之间就明白了许多事，有的人也许一生都处于孩童时期，但就我而言，这个年龄是越来越容易被感动了。

这个年龄，究竟是什么年龄？其实我觉得没有人能给出一个准确的答案，也许每个人对这个年龄的理解都不一样。

我的这个年龄，是煎熬于现实与理想之间的无奈，**懂得越**

来越多的心酸,意识也越来越模糊。只有在那些情不自禁感动的时刻里,我才能突然穿透迷雾看到真正的自己。

不管怎么说,之所以这个年纪的我们比以前更容易感动,因为我们都在拼命留住最真实的自己,留住生活琐碎的美好,留住那些珍贵的小感动。

至少在我们感到冰冷的时候,可以拿出来温暖自己。

一定意义上,
每个人在世上都是孤独的,
愿我们都有勇气接受孤独,
并享受孤独。

孤独是旅行的常态，
但旅行不是孤独的解药

1

经常会有人问我："你一个人旅行，会不会觉得孤独？"

其实刚开始出去旅行的时候，我根本体会不到孤独，反而每天都觉得很充实。路上的所见所闻都是自己未曾经历过的，全身的每一个细胞都充满新鲜感。特别是见到一些从未见过的风景，或者吃到第一次尝试的食物，不管好不好看、好不好吃都要认真地拍下照片，带着仪式感分享到朋友圈。还有，我第一次去陌生国度旅行的时候，常感觉发现了新大陆。眼光触及的地方，全是不一样的肤色、不一样的语言。

我不好意思搭讪，只好站得远远的偷偷拍他们。总之，每一天我都带着强烈的探索欲望去寻找新的事物，而且充满能量。

那个时候，如果有人问我会不会孤独，我会怼得他们没办法接下一句：每天从早上忙到晚上，哪有时间孤独？

也许是少不更事，我总觉得在旅行中谈孤独真是扯淡，无病呻吟，矫情罢了。可是，后来我一个人去了很多地方，特别能理解旅途的孤独，原来孤独才是旅行的常态，长期在外旅行的人，大多是孤独的。

和大家分享一个让我记忆比较深的关于孤独的故事。2015年12月，我想去敦煌，看看诗里的"大漠孤烟直"真实的场面究竟长什么样，也想看看沙漠。于是，我告诉朋友我要去沙漠看星星，见着一个人就跟他聊敦煌，不仅是希望得到祝福，还希望寻得一位志同道合的朋友同行。最后两个同学说一起去。可是在出发前的一周，他们不但自己放弃，而且还开始劝我也不要去了。

后来，我一个人从兰州坐十二个小时的火车去了敦煌。我买了硬座，冻了一整个晚上，在青年旅馆跟好几个人同住一间房间，还是男女混住那种。我住了七天，房间里来来往往的人，从自西藏回来准备去新疆的湖南女孩到"间隔年"的东北学长，再到曾经是军人的西安老大哥……每天几个人一起搭伙吃饭，拼车穿越"魔鬼城"。我看着他们到来，又离开，到最后房里只剩我一人。

剩下我一人的那天夜晚，青旅的院子里响起了歌声。本来睡着的我被音乐吵醒，面对身旁空空的几张床，有点落寞。然后我走上楼顶，此时夜正浓，楼下的院子里，男男女女，举杯畅饮，勾肩搭背。

我的眼角竟然有点湿润，拿出相机对着漫天的星空却什么也看不到，孤零零的身影像是一个流浪汉……

第二天一早，我去看日出的时候碰到一条狗，脏兮兮的，和我一起往山上走。我们到了山顶，它独自站在那儿。我走到它身边，它给我挪了位置。和它一起看着太阳升起时，我的眼泪终于忍不住掉了下来。

2

除此之外，路上孤独的时候还真的蛮多。比如 2017 年去西昌的火车上，有的人抱着刚满月的孩子回老家，有的人提着大包小包回家过彝族年，还有准备结婚的情侣在商讨该如何结合汉族和彝族的习俗办婚礼……那一瞬间我觉得自己融不进去，无比孤单。

还有去尼泊尔旅行时，中间等飞机、大巴等各种交通工具的时候，我都特别无聊和孤独。我不敢把行李搁下去上厕所，只能自己大包小包拖着进去。在曼谷机场等回国航班的时候，因为去太早累得不行，我抱着行李坐在椅子上就睡着了，头发和书包带绑在一起，脚绕在行李杆上。醒来之后，发现自己流着口水……

所以，走到现在，我去了那么多地方，终于明白很多时候孤独不是坏事，反而是一种很好的自我审视的方式——与自己对话，问自己是谁，将要去哪里。

我也不得不承认，其实孤独是旅行的常态，而我要做的、能做的，就是学会去接受这样的孤独，并在这孤独中思考和成长，尽力让自己走过的每一步路，日后想起来都不觉得虚度。

也许，这算是旅行的意义吧。

然而，我现在倒不建议一个人在孤独的时候去旅行，也并不认为这是一种明智的选择。

记得有一晚，侯姐凌晨两点发消息给我，那时候我早已进入梦乡了。第二天早晨，我才看到她的留言。她说："如果我对孤独上瘾，可又不得不处在闹市之中，在某个时候有那么一个想法灵光乍现，那是不是也该来一场旅行？你一直是一个人流浪吗？流浪的感觉是怎么样的？"

那一刻，莫名的伤感涌了上来：为什么很多人在孤独的时候都会想到出发，或者遇到芝麻绿豆大的小事就想要去远方、去旅行呢？至少对我来说，我不会在自己孤独的时候去旅行。

我回复她："我个人认为应该在路上面对孤独，而不是逃避孤独。不要把旅行当作排解孤独的方法，每一个决定都需要三思。"

3

我在加德满都一家华人客栈里遇到过一个女生。

那天雨过天晴，午后，我从泰米尔街区拍完照回客栈，见她一人坐在客栈的大厅里，皱着眉头，面无表情。

我坐下来对她笑了笑，算是打了个招呼。她有气无力地看了我一眼，然后问道："You can speaking Chinese？"（英语真是比我还烂哪！）

我说："我是中国人啊！"

也许是因为我们都来自中国，在异国他乡，国人相遇自然亲切很多。

我作为一个听故事的旅行者，倾听了她的"秘密"。原来她是因为和快要结婚的男朋友吵架，所以请了一个礼拜的假出来散心。吵架的原因是她父母要求在贷款买房的房产证上加上她的名字，但全部贷款必须由男方担负。两家人谈彩礼的时候，更是闹得不可开交。就这样，本来很甜蜜的一对情侣，结婚的事说没就没了。生活中很多有情人最终没能走到一起，好像都是因为家人的反对吧。

"你不觉得，有时候来自家人的不理解，是这个世界上最难受的事吗？"她黯然神伤。

"好像是这样，可是你们那么相爱，这些困难真的能阻挡你们在一起吗?"

她没有说话,低着头。

"既然在吵架,那你为什么来尼泊尔啊?"我很诧异。

"在网上看到别人评论说尼泊尔是世界上最幸福的国家,所以我就买了一张机票飞过来了。"

"我什么也没准备,而且对尼泊尔除了知道它是最幸福的国家之外,其他一概不知,关键是英语还说得一塌糊涂。"她又补了一句,好让自己显得没那么尴尬。

我问她:"在这里你感受到幸福了吗?"

"一点都没有,感觉这里的阳光都是多余的,街上乱七八糟的,比中国最差的地方都要穷很多。"她露出失望的表情。

"因为你心里装着阴暗,所见之景也无色彩,以后出来不要这么任性了。这样的旅行什么也改变不了,反而是'举杯消愁愁更愁',回去之后还是要面对这些事情的。"我丢下这段话后离开,留她在原地沉默不语。

她的旅行源于孤独,不被亲人理解和支持,让她孤立无援,想依靠旅行找到心理上的慰藉,但旅行只是使她暂时逃离了那个孤立无援的地方,却不能解决问题,也不能根除内心的痛苦。

4

在我们这个时代，旅行对很多人来说已然成了"逃离"最好的方式之一。人们想着走陌生的路，看陌生的风景，遇见陌生的人时，心底里那点微不足道的难过一定会被冲散。

世事哪有那般简单，真正的难过又怎么会是一场旅行就能冲散的呢？当你痛苦煎熬而又一个人远在他乡的时候，那些痛苦会像潮水一样将你团团围住，你会深切地感到窒息般的难受。

我并不是反对旅行，相反，我热爱旅行。只是，很多人对旅行寄予了过高的希望，将它当作逃避生活的一种方式，这在我看来也是不妥的。如果本身就是个精神空虚的人，没有自己的世界观，那么旅行根本不能解决任何问题——别什么都指望旅行。

朋友小丁的同事，因为工作和感情双重受挫离开了公司。为了重新获得心灵的平静，他从生活了六年的城市消失，也就是换了一个地方生活，说好听点叫旅行、流浪。平日里小丁和他关系还可以，所以一开始的时候，小丁还能时不时地收到他寄来的明信片。小丁看着朋友圈里的他在不同的目的地满脸笑容的样子，隔着屏幕都在羡慕。小丁心想，原来旅行真的能解救一个人。直到有一天，小丁收到一张明信片，上面写着他现在得了抑郁症，不知道下一站在哪里。

看着这两行字,小丁觉得触目惊心,原来自己看到的一切都是假象。她说:旅行始于对前方的憧憬,而不是对周围的不满。

是啊,一个真正自由的灵魂才能在旅途中领悟到美丽的风景,而一颗黯然神伤的心很难在独行的旅途中得到慰藉。

所以,在你想要享受独行的孤独感,而不是想要逃避孤独时,再出发吧。

愿我们都能接受孤独,并享受孤独。

我也不得不承认，其实孤独是旅行的常态，而我要做的、能做的，就是学会去接受这样的孤独，并在这孤独中思考和成长，尽力让自己走过的每一步路，日后想起来都不觉得虚度。

好好吃饭,好好睡觉,明天你又要像勇士一样砥砺前行,熬过冬天,迎来春暖花开。

总得熬过无人问津的日子,才能拥抱诗和远方

1

2018年春节过后,我结束了浪迹天涯的日子,跑到上海找了一份工作。一些在家"享受"的同学和朋友拿我打趣:"大都市的生活肯定很丰富多彩吧?"

这个时候我只会选择如实相告:"不不不,我是游走在都市边缘最底层的'穷苦'人民,那些繁华和热闹都是别人的,与我无关。哈哈哈。"

朋友总会不屑地来一句:"你那么穷还去上海,是谁给你的勇气?"

说实话,我没什么勇气可言,这只是漫长人生路上的一次选择罢了。但是两个月之后,当所有人都觉得我要安定下来的时候,我选择了裸辞。

6月份,我正好辞职一个月,一个周末,苏月邀我去参加一堂禅修课。将近结束的时候,有个分享环节,其中一个女孩

颤颤巍巍地站起来，分享了自己的故事。

她说，前两天她刚结束了自己六年的恋情，但此刻已经释然了。

她说这句话的时候眼睛里是带着泪花的。放下哪有那么容易？更何况不是相处了六天或者六个月的人，是六年哪！也许她不希望别人看到她脆弱的一面而故作坚强罢了。但最起码，她愿意分享，不再觉得这是一件不可对外人道的秘密，这就是放下的过程。

课程结束之后，我们要和彼此一一拥抱。轮到我和那个女孩拥抱的时候，我能够感受到她急促的呼吸，能够感觉到她的内心在哭泣，也许挣扎放下时却又会时常想起。

我能理解，因为再坚强的人，也有撑不住的一天。我们一直行走在爱的荒漠里，迷失了方向，沿途的风景只能边走边忘。

有时候人之所以会哭，不是因为软弱，而是因为坚强了太久。

我轻声对她说："你要自己熬过所有的黑夜，去迎接明天的日出。"

她说："谢谢，那一定很美吧。"

这让我想起鹿女。那是夏天，我坐在"天涯海角"客栈里。热气氤氲，风扇呼呼啦啦地吹着，我的头发瞬间被吹得凌乱，小音响里循环播放着张学友的《情书》。窗外是一片茫茫的大海,风平浪静。天空很平静,海浪一会儿卷来,一会儿退去,像一些人偶尔被你想起,又迅速忘记。

突然,鹿女在两千公里之外的哈尔滨给我打电话:"我好害怕自己对这个世界失去兴趣。"

"怎么了?"我在处理照片,有些漫不经心地问。

"我不知道你是怎么做到每天都那么热情奋进,那么阳光地活着的?难道你没有疲劳过吗?"鹿女直接无视我的问题。

"有过,很多时候我都很疲劳。"我停下手中的鼠标。

"但是我看见你从未停止过,一直沉浸在热情里。你是怎么做到的?"

"在一个人的漫长黑夜里,独自消化了。"

"我可能是没有意志了。"

"怎么说?"我再次强调。

"当自己做不好的时候,就不再坚持了。所以,我不知道怎样才是自己喜欢的方式。"

"为什么不想再坚持了?"

"看不到未来,也许是我能力不够吧,又或者其他东西……"

"可是,未来本就看不到,你得承受漫长的黑暗,不是吗?"

"嗯,是这样的,我知道是这样的,可有时候我做不好。"

"那就尽情地颓废几天吧。人颓废到一定程度之后,也可能会触底反弹。"

我像极了"人生导师",但我讨厌这样的角色,我恨不得所有与我相关联的人,每次找我都是如意、开心、幸福、知足的。

每一个看似坚强的人都是在故作坚强,如果不是,那他至少曾经历过这种感受吧?

2

我问过一个同龄人:"你三五年之后要成为什么样的人?"

他说:"你逗吗?"

一时之间,不知哪里不对劲,气氛也一下子变得很怪异。那次之后,他再也没有联系过我。

不知道为什么,很多人都觉得问"三五年之后想要成为什么样的人"这种问题没有什么意义,或者谈论这种问题在当下已经变得俗不可耐。

但我觉得不切实际的想法,才不应占据太多我们生活的空间。很多时候,我们一直恐慌的原因往往是缺乏走下去的毅力。这种想改变又不愿行动的思想时时刻刻折磨着我们,只有跳出去,才会感受浴火重生的转变。

所以,这几年,我还是会乐此不疲地问身边的人同样的问题。极少有人认真想明白以后怎么走,尤其是对自己的职业定位。所以,我发现对大部分人来说,疑惑何去何从就成了人生常态。

我出第一本书的时候，一位读者跑来找我："你有过很沮丧的时候吗？"

为什么突然这么问？在我看来，这种问题相当于一个人跑来问我，你今天吃饭了吗？作为普普通通的凡人，每个人都会有不如意的时候。

他说："大家看你的生活状态，每天都是元气满满的，感觉像你这样的人，一切都信手拈来，不存在不易。"

像我这样的人？那一刻，恍惚间我的心就莫名其妙地被揪了一下。像我这样的人，到底是什么样？我不停地问自己。

这让我想起毛不易的那首歌，第一次听到那首歌的时候也是那种被揪心的感受：这写的不就是我吗？我想大概这首歌的歌词也戳中了许多人的内心吧：像我这样优秀的人，本该灿烂过一生，怎么二十多年到头来，还在人海里浮沉。

说实话，我的十几二十岁并没有过得风生水起。我也一样，年轻皮囊之下的心既不安分又恐慌不已，怕违背不容反抗的父母，怕失去好不容易讨来的欢心。时间的循环往复，只留下一个又一个叫作日子的东西，而我身处其中，被时光的洪流裹挟着，跌跌撞撞地朝前走。

现在嘛，虽然夜深人静时，我也会觉得伤心劳累，但似乎已经习惯了，更多的是带着自由的灵魂出发，一路自己觅食，飞得越来越高且越来越远。

我妈总说我磨磨蹭蹭,都这么大了生活没有一个定数,这样下去可怎么办?我爸说到这个年纪了,其他事情慢慢来,只是该成家了。

我一点都没感觉恐慌,因为从一座城市到另外一座城市,我靠自己努力,学会了长大,学会了承受,学会哭过之后还可以微笑地问候家人和朋友。

这个过程中要经历什么,早已不言而喻了吧?

3

我的大徒弟叫丫头,经常说人生苦短,总要做点什么事情打发时间,于是想到了写作。她比我大很多,教了十七年的小学语文,没有上过大学……身边的朋友看她一天到晚为这些不着调的事情乐此不疲,表示很不能理解:作为一个人民教师,应该好好教书,忙碌于评职称,还要瞎搞什么?

我也问过她:"你为什么还要去写作?"

她说,不想做一个只会向往却又不敢迈步的人,她应该结束这种恐慌的日子,想成为自己、造就自己。她一开始写的东西,不是说教就是记流水账。她忽略了自己只是一个普通人,过着普通人的生活。后来了解到她身边的朋友经常向她咨询育儿秘方，我就建议她可以专门写这一类的文章。

丫头回我："我从来没有写过这个题材的文章，怕自己写不好。而且我只会说，写不出来。"虽然心里很想数落她几句，不过我明白这种感受——每次去尝试一些新的领域时，我会突然感到害怕、胆怯，甚至会怀疑自己之前深信不疑的东西，也想过放弃，因为总是担心未知、恐惧失败，甚至怕丢了颜面。

于是，很多人宁愿待在舒适区裹足不前，也不愿冒任何风险。后来几次，她依旧按之前的方式写文章，质量真不咋样。于是，我又开始鼓励她试着写育儿类的文章，不需要特别好的文采，分享她和儿子的日常就好，同时答应她会一字一句地帮她修改。没想到，她真的迈出了第一步。那热情刹都刹不住。如今她已经坚持写育儿文章半年多了，有些文章阅读量达到10万+，还有些育儿的公众号找她供稿，她也终于拿到了稿费。

从她文章的字里行间我也能够感受到，已经步入中年的她还是这么热爱生活，不慌不忙地填补自己精神匮乏的地方。在丫头的生活里，如今可以急促地赶路，似乎也可以丢下以前那份恐慌的心情，这种人我从心底里敬佩。

但在此之前，她也写了将近半年文字，在尝试和准备。哪有人生来勇敢，天赋过人，只是你选择忽视了别人的默默付出罢了。

2019年元旦，丫头给我发新年红包，表示感谢。她说，完全想不到自己可以写这一类文章，很意外。

我告诉她，努力靠自己得到想要的东西和生活，尽管过程比较辛苦，至少有一种不用依附别人的踏实感。

印度诗人泰戈尔说过："不祈祷在险恶中得到庇护，但祈祷能够无畏地面对它；不祈求痛苦会静止，但祈求我的心能够征服它。"

所以，即使我们没有生来勇敢，也需要勇敢地迈出一步，然后往前走——唯有如此，我们才能熬过黑夜，走向光亮的地方。

4

写下这篇文字的时候已经是深夜，鹿先森的《春风十里》在耳畔回绕："把所有的春天都揉进了一个清晨，把所有停不下来的言语变成秘密，关上了门，莫名的情愫啊，请问谁来将它带走呢……"

这个时候一切都变得沉寂，我感觉做回了真正的自己，无拘无束，自由随性地诉说，一切都好。

一个人坚守梦想，孤独难熬，但这就是生活的一部分。只希望我可以坦然接受它，然后做出强烈的反应，到最后，就连受过的伤都能够变成自己的勋章。

二十几岁的生活，确实不易，但我愿意付出我心里所有的光芒，去照射我想过的日子，哪怕是累了倦了。狂风暴雨之下，我也要风尘仆仆地去对待生活给予我的一切安排。

希望此去经年，用我那成熟和阅历丰富的头脑去灵光一闪，想到此刻的狼狈，甩甩脑袋，笑笑。

如果你也二十几岁，人生的终点还在远方，就像人生总要经历一次又一次的彩排才有更完美的表演。

如果一次彩排便堪称成功，那余下的一生，期待的空间不也就没这么刺激啦？该打开的世界要大大方方地敞开，该紧闭的窗户要严严实实地关上。

那扇窗户下的你，也是独自躲在角落成长的勇者，心安一点点打败恐慌。

谁不是熬过那些无人问津的日子，才最终拥抱自己向往的诗和远方？

愿你坚强而勇敢，仁慈而善良。

第一次见面的时候,
我们说请多多关照,
真正离别的那一天,
我们对着彼此的眼睛说出了有缘再聚。

愿我们，
在彼此看不见的角落里熠熠生辉

1

我的第二部图文集《信仰》上线的时候，刘老师问我钢笔字写得好不好看。

我说："怎么突然问起这个？"

她说想让我写几行字，放在这本图文集的首页上。

"这，不合适吧？"我的第一反应是担心自己写得不好，毕竟会有成千上万的人看到。再说了，我自己也从来没有想过要搞这些名堂。

她让我写写看，不行的话也没事的。毕竟是甲方的要求，我勉为其难地答应了。中午吃过饭，拿起那支不久前买的派克笔，我在一张空白的纸上写下："与你见图如面，你好，陌生人。"

我拍下来发给她，也把这张图分享到了自己的朋友圈。

哥们阿泽突然评论说："伟哥，你的字就像你一样潇洒，超脱世俗。"

阿泽从认识我的第一天起就一直叫我伟哥,正因为这样,高中几个铁哥们儿总向我抱怨说叫不惯大萌这个名字。现在,几乎所有的人都叫我大萌,偶尔被他们几个叫"伟哥"的时候我有一种久违的感觉——不是因为名字本身,而是因为青春里住着那么几个人,觉得很亲切。

阿泽应该算是我认识的人中写字写得最好看的人之一了。我没明白为啥像他这种级别的"大神"要跑来夸我的字,但内心还是有点窃喜的。

上高中那会儿,身边所有人都夸他写字写得好,包括我在内。但是每每这个时候,阿泽就对着自己写的字看上许久,之后摇着头说出那句百年不变的话:"我还是喜欢我伟哥写的,就像灵魂自由的感觉。"

我刚好没事,给他私发信息,这也是我们毕业之后的第一次聊天。没想到,阿泽去了广告培训学校学习设计。他什么都不懂,从头开始,蛮艰难的,而且他是瞒着家里的人偷偷贷款去学的。

我问他:"你怎么去学广告了呢?你不是学物流的吗?"

我以为他要和我讲一堆理想和抱负,没想到他却把问题抛给我:"你不也是学制药的吗?怎么现在做旅行体验师?"这个回答竟让我无言以对。

我说:"你真行,不当辩论赛选手真是可惜了。"

他只给我发了一个奸笑的表情。

午休的时候,我居然做了一个梦,梦里我们四个好友站在篮球筐下,穿着一样的球衣,打败了学校最厉害的篮球队。我们看着彼此,拉着手说要永远一起打球,永远不改变心中的梦想。

话说,你有没有想过有一天你突然惊醒,发现自己在高一的课堂上睡着了,这些年的一切只是一场梦,窗外阳光如水,年华从未走远?

我们从高中毕业之后就再也没有见过了。他们都留在了昆明,而我一个人去了北方。加上这些年我又多在外面浪荡,即使偶尔回去我们也都没办法约在一起。我曾几次路过阿泽的家乡,只是都没有下车,也没有和阿泽的妈妈打一声招呼。现在,我们很少干预彼此的生活,却一直活在彼此的世界里。

中午我做完那场梦之后,对他们的思念越发强烈。

吃过晚饭,我一个人走在上海的街头。夕阳西下,大地沐浴在晚霞中。人们三三两两地在街道上漫步,有的走进了餐厅,有的出入商场。秋风徐徐拂来,更觉夕阳无限好。在一座没有什么朋友的城市,这个时候往往会显得有些孤独,所以我一想起昔日友人,满满的都是回忆。

于是,我建了一个群,里面有四个人:我、阿泽、军哥、阿跨。那晚,我们仿佛回到了高中时代,那里有郁郁葱葱的树林,有纯洁的凤凰花,有飘香的杧果树,还有属于我们的中学记忆。

2

在南京的地铁上,我遇见过一个唱歌的女生。她戴着耳机沉浸在音乐的世界里,声音很好听,完全没有顾及地铁里的人们用异样的眼光看她。我为了多听她唱几首歌,故意坐过了两站,然后又坐回来。出地铁站的那一刻,我的脑海里全是大麦的影子。

我想他应该也经历过这样的岁月,不知道如果还有选择的机会,他是不是会继续追寻自己内心的声音。

大麦是我见过的人里面最擅长把伤心难过的事情说成诗的人。有一次他和我说要买个mp3,听着歌一个人去海边瞎逛,而那正好是他穷得叮当响的时候。

等你有钱了,还能买到那玩意吗?我总是不识抬举,在他面前也有点俗气过头了。他一个白眼,把我的玩笑扼杀在深邃的眼眸里。

大麦由衷地喜欢音乐。上初中的时候,我和他在一个寝室。他每天下晚自习之后,都要跑到教学楼后面漆黑的角落里一个人大声唱歌。

听说很多女生喜欢听他唱歌,会默默地趴在窗前听。

高中我们不在同一个学校,学的也不一样。我选理科,他去追求艺术。那会儿我还蛮羡慕读艺术的人,他们早早地就清楚自己的梦想，并为之努力。像我这样的人，没有什么特长，只知道做数理化的卷子。

但是，大麦的文化课落下了，因此高考特别不理想，只考上了一所三本院校。大二的时候，他给我写了一封信，信里很坦白地聊到自己的梦想、家庭的变故以及情感的纠结。我没有回信，打电话和他聊了一晚上。

2016年冬天，我去昆明看他，约好在一家咖啡厅见面。他比我先到。我从玻璃墙往里凝望，角落里的大麦显得形单影只。屋里的淡黄色灯光营造出了温馨的气氛，让他落寞的身影看上去更加柔和。

"麦啊，你现在还玩音乐吗？"看着他长长的头发，我忍不住问。

"听得多一点，吉他积了厚厚的灰。"他的声音有些许无奈。

"你知道吗，我只是一只蜗牛，每天背着厚厚的壳，在别人的世界里，做着自己的梦，以前是，现在也如此。"大麦拿起桌上的咖啡，没等放到嘴边又放下。

我想，因为各种事，大麦不再拿起吉他去追求梦想，只是在深夜一遍一遍地听歌，当熟悉的旋律响起，仿佛有道道阳光刺破厚厚的深渊，照到自己虚弱的身体上。

那阳光，在漆黑的深渊里如此明亮、如此刺目，却如此温暖、如此有力。

3

"哥,酒好喝吗?"九岁的表弟看看放在桌上的酒,然后一脸茫然地看着我。

"一点都不好喝。"

"不好喝,为什么还有那么多人喝啊?"表弟没完没了。

"可能……大家都想喝醉吧。"我吞吞吐吐,对自己说的话没有把握。

"那喝醉之后,是什么样的感觉?"

"我没有喝醉过。"

一时间,我想不到为什么要喝酒。于是我跑去找楠姐。

酒不好喝,为什么还有那么多人喝?楠姐很喜欢喝酒,经常在朋友圈写一些伤感的语句,再配几张自己喝酒的照片。有时候喝得微醉她也会给我发消息,说一些有的没的,第二天醒来之后又埋怨自己怎么会说那么多。人都有一个毛病,喜欢吐槽以前的自己,哪怕这个以前只发生在几个小时之前。

她告诉我,酒精进入人体,时间长了,会让人产生依赖性,想喝酒不是因为酒的味道,也不是因为醉了的感觉,而是一种依赖,一种想要的感觉。

我体会不到这种感觉,只知道楠姐一个人生活了很久,蛮不容易——单身母亲,独自养大六岁的孩子。我是在川藏线上遇见他们的，当时我正在一处观景台上拍照。看到我拿相机，楠姐让我帮他们拍一张。看了照片后她表示满意，说一定要发给她，这么久都没有一张好看的合影。川藏线上没有信号，我把自己的手机号和微信二维码都给了她，让她回去加我微信。

从尼泊尔回来之后的一个月，楠姐一直没有加我。渐渐地，我就忘记这件事了。突然有一天她加我了，说是手机坏了后特意修好，二维码还是打印出来才加上的。这倒让我万万没想到，或许这就是一张照片的意义。

我发起"遇见101种人生"的时候，她来参与，我才了解了一个单身母亲的故事，知道了背后的心酸。

我把山本文绪在《然后，我就一个人了》里写的一段话分享给楠姐：我很喜欢一个人在家喝酒。先把房间打扫干净，再准备好新洗过的浴巾和睡衣泡个热水澡，认真地洗干净头发和身体，一身清爽后悠闲地看着电视，喝着冰镇的酒，这是我现在生活里最放松的时间。不管喝多少，心情都绝不会悲伤或寂寞。只是非常坦诚、单纯地感觉到幸福。

有人说，这一生都已经命中注定了，出生就有了命运，注定了贫贱富贵。这一生该遇见谁、该发生什么，都是被安排好的，都是冥冥中注定的。

但是，烟里来酒里去，一身尘埃一旦和着雪拍下，你又能分清吗？

4

七堇年《灯下尘》里说，知道有一些人和你过着一样的生活，经历着一样的辛苦，抑或和你过着完全不同的生活，经历着完全不同的辛苦——都是安慰。

你看吧，总有人过着和你一样的生活。也许你会说，现实哪有那么容易，总会被各种各样的事情所牵绊和阻拦。但只要你不忘初心，总会过上一直梦想的生活。

我们一直在埋怨时间太匆忙，弹指间身边的人换了一拨又一拨，很多过客坐上了与我们相反的平行火车，不复遇见。但其实时间给予了我们太多美好，岁月也不会欺骗我们，反而是我们自己挥霍了太多，又不愿意自我反省。

不要因为现实暂时还不够理想，就觉得自己想要的那种生活只存在于理想世界。世界那么大，有无限可能，一定有和你一样想法的人并且已经实现了它。

不管怎么样，希望前往明天的路上，每个人都能赶上通往快乐的末班车。愿我们，以后在彼此看不到的岁月里，熠熠生辉，活出我们最喜欢的样子。

我要祝福每一个出现在我的生命里的人，愿我们在彼此看不见的角落里各自安好。

那阳光,
在漆黑的深渊里如此明亮、如此刺目,
却如此温暖、如此有力。

人生最美好的状态,
莫过于选择默默努力,
去实现每一个自己拥有的梦想。

每个人都有自己壮游世界的方式

1

小碧说要去稻城亚丁,因为她觉得那里的秋天是最美的。

稻城亚丁,光它响亮的名字就已经是一道靓丽的风景线了。这倒是一点也不假,《从你的全世界路过》上映之后,人们像着了魔一样向往这个地方,开始蜂拥而至。

她邀请我再去一次稻城,说那里的秋天真的很美:晴时满树花开,雨天一湖涟漪,微风穿越指间,阳光席卷树林,沿途每条山路铺开的影子都是大自然的馈赠……她这么说的时候很认真,就跟自己以前去过一样自然。

说起稻城亚丁,我总会想起外婆。那次我给她打了个电话说我过几天要去稻城,外婆用可爱的语气反驳:"那是专门种水稻的城市吗?那干吗要去稻城?我们这里到处都是稻田呀,你看都看不完的,回来看吧。"

我笑了,每次想起来都会笑,那是一种夹杂着思念味道以及美好回忆的笑。我和小碧也说了这个梗，她笑得都快把嘴里的咖啡喷到对面一脸认真的我身上。这还不够，在路上她还一直不停地笑。不过她笑起来的时候，好像有点好看，大概是因为她有酒窝，那种笑没有掺杂任何杂质。我始终觉得，当一个人"不要脸"的时候，是最美的。

我和她说："我在稻城亚丁的时候，白天会感觉自己十分高大，离太阳很近很近；清晨和傍晚却那么明净、静谧；而半夜呢，满天的繁星，只是寒意阵阵袭人。"

"一天就过四季啊？那我到时候要拍照怎么换衣服呢？"本来很有意境的画面，被她一句怎么换衣服给毁了，这也是我有时候感觉无奈的地方。

2

我一直叫她阿土姑娘，因为大家都说她的名字很土。好像在她认识的人里面只有我这么叫她，她从来不会介意，是一个很随和的人。

阿土姑娘学跳舞，每次一提到西部，整个人就会"蠢蠢欲动"，不安分起来。

她给我看过她在高原上翩翩起舞的样子。她穿着白色的裙子，身披红色的面纱，扬起双手，踮起脚，回眸，旋转，然后又在某个旋律的节点上慢下来，仿佛那一刻时间是停止的。她像一只在空中飞旋的天鹅，又像在地面翩翩起舞的孔雀。阿土姑娘婀娜的身姿，仿佛与草原音乐融为一体。那柔软的身体，衬托出了舞者高贵的美。

那简直是一种无与伦比的美。

我问她："这么跳会不会有高原反应？"

她说："同行的人都开始吸氧了，我一点感觉都没有。"

我调侃："大概你是高原的孩子吧。"

她笑了，由内而外地散发着喜悦。其实，我怎么会不知道高原反应和心情有关系呢。阿土姑娘大学毕业后就一直生活在杭州，比我还小一岁。我记得她说过自己想要当一名老师，我也只能从她的只言片语中感受到她对舞蹈的热爱和执着。

她问我："你以后想做什么？"

我说："开一家民宿，里面带着小小咖啡馆的那种。"

它是什么样子的？她不解。大概要像家一样的吧，我也不太清楚，但是一定要有大大的落地窗。午后的阳光挥洒着，我冲着咖啡，那些来自天南地北的客人在这里谈论着、欢笑着。还有，我想用镜头认认真真地记录下他们，三年、五年，甚至十年……直到我离开这个世界。

"嗯，很多人都会有这个梦想吧？"

"心里有个美好的憧憬总比整天只关心家长里短、吃喝拉撒睡强啊。"

"这倒也是啊。"她使劲点头。

3

那年秋天,阿土姑娘还真的去了稻城亚丁。她又给我发了一张照片,但是画面里不再是她的身影。前景是张嘉佳的《从你的全世界路过》,背景则是仙乃日神山。仙乃日神山倒映在水中,地上的草已经发黄了,神山上的雪在阳光的照射下闪闪发光。

她发了一条朋友圈:我希望有个如你一般的人,如奔赴古城道路上阳光一般的人,温暖而不炙热,覆盖我的所有肌肤,由起点到夜晚,由山野到书房,一切问题的答案都很简单。我希望有个如你一般的人,如这山间清晨一般明亮清爽的人面向未来,数遍生命的公路牌。这一次我再也没有从你的全世界路过了,稻城亚丁,我在这里,在我最应该在的地方。

我默默点赞,没有任何言论。

也许总有一段旅途,当我们已经决定开始的时候,就注定是非同寻常的。也许总有一个地方,在别人眼里寸草不生,但依然向往。

阿土姑娘的稻城亚丁,大概就是这样的。从稻城亚丁回来之后，她并没有和我联系。突然有一天，她又和我说很想去西藏阿里。

我没有回复她，只是突然就想到了冈仁波齐，想到了朝圣，也想到了转山，而更多的是想到了自己的行走之旅。

"走路，也是一种修行。"第一次看到这句话是在《十年徒步中国》里面，雷殿生前辈说的。起初我无法理解这句话的意思，走路就是走路，怎么会是一种修行？那段时间，带着这样的疑惑，我每天晚上一个人戴着耳机在操场上跑上十几圈，可还是不能理解此间真谛。大概很多时候，当我们带着某种目的去思考一件事时，会适得其反。

后来，我自己行走在旅途中，在路上真的感受到行走的力量，我才逐渐明白，走路也是一种修行。《冈仁波齐》上映了，很多人一窝蜂地去了这座神山，而我那段时间刚好也在拉萨。那天晚上，好朋友给我发了一条微信说："我刚出电影院的大门，过几天辞职，然后去冈仁波齐转山，你要不要一起去？"

我没有回他任何信息。说实话，我还没有看过这部电影，也不知道它是不是像很多人说的那么震撼人心，或者有某种隐喻的力量。但是我知道属于我的力量已经在我的心里扎根了，不需要借助其他的震撼去加强我的信念。

有一段时间，我在路上徒步搭车，整个早上只徒步，而且是全程禁言的。即使有些人和我打招呼，或者给我一个笑脸，我也只是用一个微笑回应。

行走，是向内的过程。有些事情，或许你很久也没有个答案，但在行走的过程中一下子就可以想明白。在行走中，我能够明白自己想要的。我要一种实实在在的感觉，享受专注，做快乐的、让自己舒心的事情，比如吃一顿饭、拍一张照片，或者安静地看完一本书、喝完一杯咖啡。

我去走去写去拍，并不是因为我知道得多，而是因为我有很多困惑，希望通过在路上，在镜头里梳理自己的思路，希望尽力去明白自己从哪儿来，将要去何处。

换句话说，我行走，是因为我希望感受这个世界，让自己再懂点东西。

那就这样吧，享受这活着的感觉，在"自以为是"的路上越走越远。

哪怕有一天，我已不再记得现在的自己。

4

手机屏幕又亮了好几下，我还没有回阿土姑娘的信息。我思考了一下，对阿土姑娘说："用自己的意愿去壮游世界就好。"

阿土姑娘给我回了一个可爱的表情，没有任何文字。

她曾经对我说过："我不能像你这样可以一下去很多地方，

但是我会努力把自己最想去的地方去一遍。"

不管阿土姑娘什么时候出发。

我只是希望，阿土姑娘可以再一次在高原上翩翩起舞。

生,是一次偶然。死,是一次必然。

活着的过程,就是人生。

只是活着的时候,谁不是过着什么都想,却什么都不敢干的日子?

谁不是过着什么都想，
却什么都不敢干的日子

1

我发现，人长大了之后，有些以前不曾想过的东西，现在会开始用头脑思考。

我跟一个"时间贩卖馆"的倾诉者聊天。她说："颠簸、流离、忧伤、幸福、喜悦……你用不同的方式感受着这个世界的温度。你比别人更加懂得珍惜生活，感恩生命。因为，你经常与不同的人相处，倾听，然后分离。"

她还特意问了一句："你知道吗？"

我不敢承认也不能否认，所以习惯性地点了点头回应她一脸认真的模样。

她叫小北，陕西人，毕业后一个人来到上海。那天下午从一家公司面试完之后，她直接来找我。我们约在一家星巴克见面，这家店在道路两旁种满了法国梧桐的马当路上。选择星巴克主要是因为它像一个大的杂货市场，"肆意"说话，也不入会影响到别人。

"大萌,我现在很迷茫。"这是她坐下来和我说的第一句话。对于"迷茫"两个字,我已经见怪不怪了。就像《挪威的森林》的主人公渡边在自己的二十岁即将到来时的心情:慌乱而措手不及,留恋又带着期盼。

对于很多毕业生来说,亦是如此。

小北大学主修商务英语,她觉得西安给不了自己想要的生活。来到上海之后,她找了一份原创服装设计公司的文案工作。文案这种工作,接触过的人都清楚,超级无敌烧脑。如果自己写的东西一而再,再而三地被否决,压力会很大。小北就属于这一类人,她写的很多东西过不了老板那关,经常被打回来要求重新写,改了交上去,还是不行,就继续写,如此循环。一个星期下来,她每天都很忙,忙到没有时间去思考。

那种感觉像是充实,但又好像不是,她自己也说不清楚。只是,一个月之后她才恍然大悟这不是自己想要的生活,于是,第二个月初她就把工作辞了。她一边面试,一边寻找合适的房子,从杨浦搬到了北京西路。

她说,我现在很想去流浪,可是我刚把房子折腾成自己想要的模样,如果我走了,又不想转租出去。

我问她:"你为什么想要去流浪?"

她说自己也不知道:"就是想要一直流浪下去,**辗转各个**

地方，打工、换宿、做义工……总之，想去看看这个世界。可是……"她突然有点哽咽，再也没有说出"可是"后面藏着的东西。不过，我心里明白她想要表达什么，也强烈地感受到她身上散发着每个人都会有的对生活的恐惧。

我一直觉得二十几岁的年纪，最不该动流浪的念头，却是流浪的最好时机。可是，很多人不得不待在匆忙的城市里被湮灭。

这叫现实，也是生活。

我和小北漫步于梧桐树下的小道上。夜晚少了炙热阳光的陪伴，只觉得风儿从指尖滑过，丝丝凉意袭向全身，令人倍感舒适。

我说："如果你内心很强烈地想要去流浪，那就去吧，去做了总会有结果的。可以给自己一年的时间，也许你什么都学会了，或者你会明白些什么。"

可是小北后来的生活，依旧和朝九晚五"为伍"，寸步不离。

2

M君是我的高中同学，他的英文名字叫Mike。我们都觉得很土，就一直叫他M君。

M君从省城一所不错的大学毕业后，在父母的安排下，回到了家乡十六线开外的小城市，进入了一个所谓事业稳定、上班轻松、还离家很近的单位里上班。那一次在吃饭间隙，我问 M 君："听说你进了×××单位，平时上班都在干吗？"

M 君说，每天早上打卡，忙会儿，吃午饭，下午喝茶，跟同事扯淡聊天，做两小时琐事，就等着下班了。

我不禁悯然，这不就是老年人的生活吗？有些人才刚开始自己的职业生涯，他一下子就走到了我们的职业终点站——养老。但我又不觉得很惊讶，毕竟我家人的目标也一样，希望我上完大学，毕业回家，做公务员或去事业单位，轻松稳定还有面子。可是，最近 M 君有了新的烦恼，他在微信里找我，聊到自己这一段时间对生活的思考，当然更多的是迷茫。

M 君发现，自己已经没有任何斗志，连大学里期末考试来临时的那股子劲都没有了。他每天活得就像机器一样，上班，回家，睡觉。他的内心里很想去做点什么改变现状，却又感到无能为力。

我问 M 君："你敢辞现在的工作吗？"

M 君说："不敢，因为现在除了这个，都不知道自己还能做什么了；我家人也不会同意我辞的，但这真的不是我想要的生活。"其实我能理解 M 君的处境，因为人都害怕面对未知，害怕没有把握的事情，所以很多时候少了一份勇往直前的意念和决心。

很多时候我们没有改变，也许是因为我们不敢放下自己手里那些已经拥有的东西。但养老和安逸，最可怕的不是荒废了时间，也不是浪费了青春，而是失去了学习的欲望。当我们失去学习的欲望，不能与时俱进的时候，其实就失去了未来。

这太可怕了，可谁又不是过着什么都想要，却什么都不敢干的日子呢？

3

从小到大，我对阳光就有一种痴迷，在四季中，尤其喜欢冬天的阳光。我坐在冬日的阳光下，随便拿上一本书，是一种享受。冬日的阳光，没有春日的慵懒，没有夏日的热烈，但足以温暖漫长的人生。

那年我去丽江，坐在客栈阳台上的角落里，有阳光，有清风，即使什么都不做，只是静静地坐着，也足矣。我听着好妹妹乐队的歌睡着了，醒来的时候，刚好日落。在客栈的顶楼，我看着太阳渐渐消失在地平线下，贪恋着最后一缕阳光，伸了个懒腰。

我突然收到小天的微信，他告诉我准备去尼泊尔山地徒步，而此时他人在拉萨，准备第二天去樟木口岸。他的声音中，带着难掩的激动。他前些年一直说要去尼泊尔徒步，刚开始的时候,我一直在为他加油呐喊。可是他一直没去成,以至于我都忘记他曾做过关于尼泊尔的梦。

小天说,发现自己随着年纪渐长,当初想要出发的梦想慢慢消散,如果再不去,怕自己可能再也不会记起有过这个梦想。

"这倒是。"我淡淡地回复。

我是去成都做一个青年旅舍客栈传播官时认识的小天,他比我大一轮,按年龄我应该叫他一声哥,但是我习惯跟着其他人叫小天了。

他陪我去玉林路,那是我唯一一次去那里,因为喜欢民谣。我们撸完串,把喝剩下的啤酒拎在手心里,走在玉林路的尽头,走到小酒馆门口。外面来了很多人,水泄不通,我们不喜欢挤,索性在小酒馆对面的马路上坐下畅聊,还可以一边喝酒一边看小酒馆门口那些熙熙攘攘的旅人。

那时,酒馆门口刚好放着雷子的《理想》。一字一句夹杂着稀薄的空气和满街的霓虹,让人分心晃神,不大清醒。

我问他:"为什么想去尼泊尔?"

"我喜欢的女孩说,尼泊尔可以等风来,我想去看看。"小天说。

"那怎么不去?"我举起酒瓶。

"你听小酒馆里放的歌就知道了,一个人住在这城市,为了填饱肚子就已筋疲力尽,还谈什么理想?"

"假如现在都不敢去选择自己喜欢的生活方式，你觉得往后的人生还有机会吗？"之前我和小天你一言我一语地聊着，可当我说完这话后，却彼此沉默了。

小天从尼泊尔回来后的一周，尼泊尔发生了大地震。那天，他发了一条朋友圈："世事无常，愿天堂没有伤痛。"

最起码他在一个有风的日子，真的去了尼泊尔等风来，只是不知道他喜欢的姑娘在何方。

4

二十几岁，是蛮惊险的年纪，要检验时间能否磨去我们的棱角，能否让我们丢了理想。

随着年龄增长，我们有了越来越多的无奈，面对每个选择都很困惑，往往是顾此失彼。但每个人都曾迷茫，每个人都在迷茫。解决迷茫最好的办法，就是把现在你可以做的事情做到最好。

我经常会想起《阿甘正传》里的一句台词：生活就像一盒巧克力，你永远不知道下一块会是什么味道。我们不可能等到把所有的钱攒够了，再去过想要的生活，那个时候，结局不过是你自己还没有变，而全世界都变了。

冲动，对于那些内心依然年轻，知道想要什么的人来说，是个褒义词。所以,趁着还有一股冲劲,能做的事情,就把它做好。

当然,在追求梦想的路上,最熠熠生辉的那个词,叫"能力"。

所以,我希望我们做选择时,除了有勇气外,同时也是因为拥有了相应的能力。

最后,愿我们都可以安宁从容地面对生活中的这些一言难尽。

很多时候我们没有改变,
也许是因为我们不敢放下自己手里那些已经拥有的东西。

若内心无法安定,
日子便会一直"动荡",
不是吗?

年轻人的灵魂,从来与年龄无关

1

前一阵,一个微信朋友给我分享了一篇文章的链接,看起来不像是那种群发的,我刚好在去上海的高铁上,没什么事就打开了,写的是一位来自郑州的阿姨"逃离"生活去自驾游的故事。

阿姨叫苏敏,今年五十六岁,家中有儿女孙子,还有老公。在过去三十多年的婚姻里,她是一位"母亲",是一位"妻子"。她的生活围着"他们"打转,但生活并没有怎么厚待她。

在她二十多岁的时候,她嫁给了自己的丈夫,那个时候年轻,她听从家里人的安排,懵懵懂懂地走入了婚姻。谁知道,此后的三十多年,两人过起了AA制生活。在钱这件事情上,男方和她算得一清二楚,而她辛苦打工攒下的钱,都拿去交了孩子的学费。

她觉得"闹心",觉得"不像一家人"。趁着孙子渐渐长大,自己不需要再花费那么多精力的空隙,她决定摆脱这样的生活。不顾家人的反对,鼓起勇气给自己计划了一场"逃离"。

人到中年,她决定为自己而活。

于是,一个人、一辆车、一顶帐篷,她从郑州一路向南。走过秦岭崎岖的山路,尝过成都烫嘴的火锅,遇到了以前难以有交集的人,见识到了在家看不到的风景。

她用视频记录下了自己在路上的点点滴滴,获得大家的喜爱,而网友们也纷纷为她加油:"阿姨超棒的!""勇敢爱自己!"

我记得,第一次知道"勇敢"这个词,是在医院里打针的时候。

后来,上学时听说"勇敢",是在鲁迅的文字里:"真的猛士,敢于直面惨淡的人生,敢于正视淋漓的鲜血。"

现在,真正步入社会后,各种琐事纷至沓来,生活也开始露出它的真面目,才明白"勇敢"是一种多么稀缺的品质。

在我看来,苏阿姨就是生活里"勇敢"的那个人,她真正了不起的地方,就在于她敢打破这种生活,勇敢抛掉所有烦琐的累赘,追寻自己的小小天地,重新"年轻"一回。

也许这一条路不一定是正确的路,但最起码让她保留一点点独立的思考,这不也是有趣的灵魂啊?

2

看到苏敏阿姨的经历,想起去年我受游轮的邀请去体验信航线的时候,认识了一对夫妻。

我清楚地记得,那是 5 月份,在欧洲的莱茵河上,近一百六十个中国人在一座漂流着的"移动城堡"上,享受他们平静的傍晚。水鸟逆着光,迎着船回旋而来,打碎了夕阳的光亮,产生一种时光碎掉的错觉。

"我们今年新婚,能不能给我们也拍一张照片?"我正在三楼的阅读架旁边看莱茵河历史信息的时候,一个六十岁左右的阿姨从酒廊走过来和我说话。"新婚?"我有点诧异,但阿姨的言语中无不透露着自己的幸福和期待。

说这句话的阿姨六十三岁,站在她旁边的是一个温文尔雅的姓沈老头。要不是他们自我介绍,我怎么都不敢相信,眼前优雅干练的穿衣风格,以及有着自信洒脱时髦态度的两位,已是过花甲之年的人了。

直觉告诉我,这是一对有故事的夫妻。

我欣然答应给他们拍照,阿姨和叔叔站在甲板上的栏杆旁,倚靠在一起,像一对热恋中的年轻人。说实话,我被"酸"到了。

此时,莱茵河畔碧绿的葡萄园层次有序地排列在两岸。鳞次栉比的房屋倒映在青山绿水之中,水"哗哗"流过耳边,突然有一种恍如隔世的感觉。

关于他们的缘分和故事,还要追溯到 13 年前,那个甜甜的夏天。

当时阿姨经常在某网站出没,有一次无意中关注到了叔叔,并且点进叔叔的个人主页认真地看了又看,还向他在线打了招呼。没有想到几天后,叔叔竟然回应了她,并且添加了好友。

"一开始,也不是谈恋爱,通过网上交流相互了解,我发现他这个人很有学识,文化底蕴深厚,就挺崇拜他的。"阿姨稍稍遮脸,害羞了半天。

这时,坐在一旁的叔叔终于按捺不住:"和她聊天的过程中,我发现她是一个很有逻辑的人,很上进,看待万物也都有属于自己的世界观,特别欣赏。"

一时的吸引就像短暂的烟火,虽美却易逝,一世的欣赏才有绵绵的长情。互相崇拜,彼此引领,捍卫对方的可贵,也守护最初的美好,也许这才是两个人最好的感情吧。

他们第一次见面的时候很有意思。

当时叔叔问阿姨:"在地铁口我怎么才能认出哪一个是你?"

阿姨突然想起一部朝鲜电影里两个特务的街头暗号:"你左手戴白手套,我右手拿红玫瑰。"

当然,这只是一句玩笑话。当阿姨站在 1 号地铁口的马路对面时，叔叔在人群中一眼就认出她了，阿姨也是，于是互相招手示意，叔叔走过来说了一句：你在检阅？

这是他们说的第一句话，她被叔叔的幽默细胞逗乐了。那段时间，他们连见面都还瞒着各自的孩子。后来他们谈恋爱了，平平淡淡，又像冥冥之中注定一样。他们坚信，两个人去旅行能够明白对方适不适合自己，所以那年9月份，他们动身去云南，在那里待了一个月。

阿姨和叔叔慢慢地享受旅途的一切，那种感觉很真实、平和，是他们从未有过的平静和坦然。用叔叔的话来讲："相处的过程很舒服，这是最好的状态。"

廖一梅说：每个人都很孤独，在我们的一生中，遇到爱，遇到性都不稀罕，稀罕的是遇到了解。

他们在一起已经13年了，因为各种原因今年3月份才领到那一纸结婚证，虽然早已过了那个轰轰烈烈的年纪，却也早把彼此看作是最珍贵的人了。

叔叔说："我希望你的晚年有一个好的归宿。"

阿姨回应："你的余生里都有我陪伴着你。"

你说，深爱的人，跟年龄有什么关系呢？或者说遇到得再迟又有什么关系呢？

3

蔡康永曾说：一个十六岁的人进卢浮宫，看到蒙娜丽莎的微笑，和六十六岁的时候再进去看，内心的感受是不一样的。

在什么样的年纪看过什么样的风景，是以后的岁月再也弥补不回来的记忆？不过，我一直觉得出发任何时候都不晚，而且年轻的灵魂，和年龄从来就没有半毛钱的关系。

阿姨退休之前就有很多的爱好，比如旅行、读书、绘画、音乐、瑜伽、游泳、摄影……只是那时候忙于工作，一直没有时间实践。她说自己从小就是一个喜欢探索新鲜事物的人，不想把退休之后的大把时间都白白挥霍掉。

叔叔在大学里当了将近二十年的教师，尽管后来从商了，但一直保持着阅读的习惯。叔叔说，如果人生还能重来，他一定会毫不犹豫地选择文学道路，希望自己能写出一部跨世纪的作品。

现在他们过上了慢生活，经常坐下来一起阅读。阿姨读完一本书后会给叔叔讲述一遍，还要加上自己的感受和思考。这种阅读方式可以成长很快，也能记得更久。

后来，阿姨突然想学钢琴。没想到第二天叔叔就跑钢琴店搬了一架钢琴回家。阿姨学了几次之后，发现自己的脑子和手脚之间的协调能力跟不上，找了钢琴老师也不行。于是，钢琴就放在家里当摆设，一直到现在。

突然有一天,她又发现自己喜欢上了摄影,跟叔叔说了自己的想法。没过几天,叔叔又抱回一台单反相机。阿姨学了一段时间后,觉得单反太重了,很累,体力吃不消。最后,相机也放在家里积了灰尘。

"一个人对你好不好,不是说了多少,而是做了多少。"阿姨坦言很感谢这些年叔叔对自己的爱。

再后来,阿姨开始学习画画,她本以为也会不了了之,却没想到一直坚持到今天。在游轮上,她拿出手机给我看彩绘作品,一直说自己画得不好,虽然被一行人称赞水平不错。不过,好不好,抑或能不能得到赏识已没那么重要,因为她已经有了一个永恒的欣赏者,一个最忠实的粉丝。

叔叔专门做了一个可以替换作品的画框,每当阿姨画好一幅,他就把原来的画取下,把最新的画裱上去,挂在家里做装饰。这些年,阿姨不知道画了多少,叔叔也依旧乐此不疲。那画框里在日夜轮换的是阿姨不断见长的艺术水准,也是一种永葆鲜活的相处之道。

"她需要鼓励,得到鼓励才能坚持下去,尤其是我们这个年龄的人。"叔叔眼里流淌的满满都是温柔。

这些年,他们也经常一起去旅行,从国内到东南亚,从欧洲到新西兰……春夏秋冬,四季更替,地点经常变化,不变的是两颗赤诚的心和浓浓的爱。

4

我问过阿姨，如何看待年龄这个事？

她告诉我："年轻，不是人生中的某一段时光，它应该是一种意识形态，是头脑中的一种思维，是心灵深处无穷无尽的想法，也是情感活动中蓬勃向上的朝气。"

确实，从有限的时间中接受美好、希冀、欢欣、勇气和力量的信息，你我就永远年轻着。

日本作家村上春树曾说："人不是慢慢变老的，而是一瞬间变老的。"我非常喜欢。

所谓变老，不是白发的出现，也不是皱纹的显现，而是从一个人放弃自己，失去那份对生活的热忱开始的。

当我们内心的火焰渐渐失去光芒，也许就不再年轻了。

年轻，其实和年龄无关。有趣的灵魂并没有标准。但是如果非得说一个标准的话，我想也许可以这样说：有趣的灵魂，就是妥协之中的不妥协。

有趣的灵魂，是让我们保留一点点独立思考。

希望我们在年华老去时，也能够像他们一样有激情。也有美丽的心情，永不停歇，做一个生活的勇者。

一个人对你好不好,
不是说了多少,
而是做了多少。

强大不代表不会孤独,但好在成长会让人忘记孤独,而只记得目标。

阳光下像孩子，风雨里像大人

1

除亲戚之外，我认识的"00后"并不多。是因为尽管我只有二十五岁，可已经把自己列入中年人的行列了。所以我总怕和他们这些小孩儿存在代沟。但其中一个叫石榴的姑娘，给我的感觉和别的"00后"不一样。

今年 1 月份，她满十八岁。

她生日那天，跑来找我："以后我也是成人世界中普普通通的一员了。"

我说："成年人的世界，可没有'容易'二字。"

"我知道，只是这样我可以'名正言顺'地坚强而已。"石榴说这话的时候，我突然一颤：一个十八岁的女孩子，经历了怎样的境遇才会说出这么让人心疼的话？

石榴从小是留守儿童，自她从奶奶家过渡到外婆家的那一刻，父母就成了她最遥远的亲人。读五六年级的时候，她本该无忧无虑地过着美好的童年生活，可环境的改变、父母的远离，她都没有办法忽视，她突然就找不到活着的意义了。她时常把自己一个人关在房间里，遇见什么不顺心的事就选择用自残来化解心中的苦楚。严重的时候，她会待在房间窗户的边上纠结着要不要跳下去。但是那会儿，她心里还没有抑郁症这个概念。

中学时期，抑郁症成了她整个青春的疼痛，"学习成绩优异"这样的称赞在她的世界里一去不复返。但是，石榴还心存一丝希望，本以为转学了就不会再受到伤害，可事实上"坏人"到处都有。这一次是更为惨痛的教训，被排挤、遭受欺凌，石榴再一次被推下了深渊。

于是，她选择躲在教室最后一排的角落里，每天活在生与死的边缘，试图在黑暗中找寻一丝余光。

她又把这一丝希望放在了家庭上。在大部分人心中，家是最温暖的，但石榴说，家是她内心深处最为恐惧的一个字眼。石榴的家境不好，又是一个重男轻女的家庭。父母一心想要儿子，却又生出了双胞胎姐妹，再次生养，终于拥有了一个儿子。

石榴说她不知道家的温暖是什么。有一年冬天，她不小心掉进了河里，在昏黑的傍晚，水早已没过脖子。在冰冷的河水中，她没有丝毫害怕，没有掉眼泪。而回到家之后，母亲上来就是一顿劈头盖脸的训斥。于是她躲在房间里哭了很久，自残，还想要自杀。

这些，家里的人都不知道——那时候，她才十二岁。

很多时候，她觉得自己是废物，是累赘，活在世上是多么错误与不该。初中毕业，石榴每日每夜躲在房间里不见任何人，颓废着，依旧对这个世界失望，也对自己失望。她用尽招数，在无尽的争吵中，拿生命与父母相逼，终于换来了去郑州上学的机会。她只有一个念头，离开家，越远越好。

那是她最为绝望的一个阶段。

但也是在这个让她绝望的房间里，有一天她觉醒了。在一次哭泣中她睡着了，做了一个奇怪的梦。梦里有人对她说："你甘心吗，什么都没有就死了？"

石榴从睡梦中惊醒，这句话像太阳一般拯救了身处黑暗之中的她。

2

打算放弃上学的石榴，迎来了自己中专学校的开学季。她终于开启了新世界的大门，离开了那个令她最为伤心的家。她唯一的愿望就是兼职挣钱，争取早日经济独立，摆脱父母。因为石榴的学校离大学城不远，于是她每天与大学生混在一起，加入某个兼职公司的校园团队，做兼职，招兼职。她每天都能收获各大高校学生的夸奖，仿佛她成了大部分人敬佩的榜样。

而那时，她只不过是一个十六岁的女孩。

但另一方面，在校园拼命赚钱的石榴和同学们显得格格不入，每天都面临来自同学各式各样的欺负。她总想着大事化小，小事化了，却助长了那些同学肆无忌惮的气焰。她们每天对她冷嘲热讽，在床铺、墙壁上写满脏话，偷偷弄坏她的物品。有时候她回宿舍晚了，室友锁上门愣是不开，她便只能在冰冷空荡的教室里待上一晚。

尽管石榴拼命挣钱，但只能勉强解决生活费。在第二年开学前，她终究还是因为钱的问题辍学了。暑假，她第一次坐火车，二十多个小时的硬座，偷偷瞒着父母去厦门义工旅行，随后又去了庐山。

辍学后因为年纪太小，没有找到工作，她产生了一个从未有过的想法：既然我不能上学，那就去看看世界好了。然后她用剩余的钱，去了西安。身上那点钱不够支付高昂的旅费，好在她正好接触到义工旅行，便在西安的一家青旅里做了一个月义工。后来，她用同样的方式去西宁，又去了开封。

这半年的经历，让她开始感受到生命的美好以及外面世界的精彩。

十七岁时，她到北京工作，生活渐渐稳定。然后她又去了杭州，在莫干山的民宿里工作生活。如今的她，开朗，爱笑，热爱旅行，喜欢拍照。

"和家里的关系还是跟以前一样吗？"我问她。

"两年来发生了很多事，一切也都在慢慢变好。和家里的关系有所缓和，今年在家过的生日。"

"你对未来有什么打算？"

"我想给自己一场间隔年，用来弥补上学缺失的东西。"用我的话来说，石榴姑娘终于要在十八岁的年纪，去做那些到八十岁想起来都会嘴角上扬的事情了。

有时候，我在想是不是曾经感受过黑暗的人，才更懂得光的温暖？

其实，我们一直努力适应着这个世界的温度，不管是季节还是人心。

或许，这个世界上根本没有所谓的正确选择，我们之所以努力奋斗，只不过是为了使当初的选择变得正确罢了。

我在新年祝福里，给石榴姑娘写了一句话："希望你在阳光下像孩子，风雨里像大人。"

3

从小到大，我和父母相处的时间也特别少。在我生命前二十三年里，我和他们相处的所有时间加起来估计也不到半年。很长一段时间里，父母这个概念在我的脑海里是模糊的，我想不起他们长什么样子。

每一次，当我很认真地想把内心深处的想法一点点告诉他们的时候，首先站出来反对的绝对是他们，说我这不行那不行的，嘲讽我、责备我。特别是我毕业之后选择旅行写作这件事，对他们打击特别大。

用他们的原话来说，就是"白上大学了"。久而久之，我有一种强烈的错觉，仿佛全世界所有人都懂我、支持我，除了他们。

我想很多和我经历相似的人应该都有这种感受，当至亲的人都不能理解自己的时候，真觉得连躲起来抹眼泪的地方都没有。

后来，我暗自下定决心要做出一番成绩。一年之后，我的新书正式出版，拿回家给他们看。他们拿着书翻了好几遍。那天吃晚饭，我们在饭桌上聊了好几个小时，我把我的想法、对未来的打算告诉了他们。

没想到我妈对我说："你自己的事情自己看着办吧，反正我们也没什么文化，不懂你做的这些事情，只要你好就行。"

那一刻，我居然热泪盈眶，有一种如释重负的感觉——那种感觉太神奇了，是我从未有过的被理解和被尊重。

我突然明白，不是父母不理解我，而是他们的认知里面没有我想要的世界。当自己认定要去做一件事的时候，不要因父母的不理解而改变你的方向，而是要通过自己的努力去证明你可以活得更好，以此改变他们固有的认知。

这，才是我们应该做的。

有一次线上分享会，我把自己的这些经历分享给了读者朋友，其中一个叫酒里的姑娘找到我。

她说自己是那个一喝酒就爱讲故事、不喝酒就不敢讲故事的"酒里"。但唯独那天，她和我分享自己的故事时没喝酒。

酒里把自己的生活形容为一座孤岛，一座遗世独立的孤岛——别人进不来，自己也出不去。她的童年也是在母亲的打骂中度过的，三岁就学会了看人眼色，饿了就自己找吃的，困了就乖乖去睡觉，病了就一个人跑去家附近的诊所打点滴。

因为她知道，哭不仅解决不了任何问题，还可能换来一通打。

这些在外人眼里看来是懂事，而在母亲眼里，这就是她应该做的。上幼儿园时，母亲开了个批发部。周六日她出去逛街，酒里就留在店里记录今天卖了什么。上小学时，母亲关了批发部开了饭店，几乎每个周六日，酒里都要去帮忙。上初中时，母亲又开了茶社，麻将声总是从夜晚响到凌晨。每当周六日休息，为了让母亲多睡一会儿，酒里就会早早地起来把每个房间打扫干净，方便下午来客人。

其实这些，酒里都觉得没什么，母亲为了这个家付出这多，自己做这一点根本不算什么。可让她难以接受的是，母亲觉得这一切理所应当：卖什么要记得清楚，端盘子不能端错或打碎，卫生也要打扫得干干净净……

酒里只要有一点不合母亲的意，就像犯了天大的错误一样。酒里只是个孩子，会犯错、贪玩、偷懒。而这些孩子的本性，通常会换来母亲的一顿顿毒打。她就是在这样的环境中，一点一点地长大的。

4

我们都想问，那酒里的父亲呢？

父亲在她很小的时候就不经常回家了，总以照顾爷爷为由住在爷爷那儿。可年幼的酒里知道，父亲是想要逃离这个家。

酒里恨过父亲，恨他为什么要丢下自己一个人走。可是，她又很爱他，父亲每次回来的时候都会逗她开心。父亲每次一离开，酒里就爬到二楼偷偷看他的背影，然后哭好久。这样的生活，一直持续到酒里十四岁那年。

那年，父母离婚了。父亲从那个家带走了酒里。

临走前，母亲狠狠地对她说："只要你踏出这个家门，我们就断绝母女关系。"可酒里还是头也不回地离开了。后来的六年时间里，酒里和母亲真的没有再联系过。只是偶尔，她会偷偷跑回那个家，远远地望着它发呆，然后再转身泪如雨下。但她不是因为想母亲而哭，而是因为想念外婆。

外婆是酒里整个童年里最温暖的角色，给了她最长的陪伴和最多的爱。她难过的是，外婆陪自己度过灰暗的童年，她却没办法陪外婆变老。就连坐公交车看到满头白发的老人，她都会控制不住自己的眼泪。酒里经常想，如果哪天外婆不在了，自己该怎么办？

她说，她可能会恨自己一辈子吧，因为没办法鼓起勇气去看外婆，直到现在依然如此。渐渐地，不知道从什么时候起，酒里变成了胆小鬼，习惯性地逃离现实。

父亲再婚的时候，她一时无法接受，一个人大过年的逃到了大理。那年，她十八岁，爱上了旅行，而且是一个人旅行。

我说："在雨中，没有伞的孩子就得拼命奔跑，不是吗？"

酒里说："有时候真的很累，累到什么关系都不想维持了，只想一个人静静地待着。有时候也会很难过，难过自己身后无人，却还是要坚强地面对生活。"

我发现，没有人能够轻而易举地过上自己想要的生活，这个世界很现实，很多时候我们都在负重前行中不断地与生活和解罢了。

但不可否认的是，我也深深地爱着这个世界，因为它给了我们改变自己的机会。

二十多岁的我,很庆幸自己曾不顾一切地去到梦中的远方,在那里遇到同样有梦的人们。我一直在流浪,一直在自己的远方,一直在世俗的尘埃中开出美丽的花。

但愿你我在面临风雨时,可以在别人看不到的角落里默默努力,然后在别人看得见的原野绽放光芒。

第五辑

你期待的远方,
都在向你走来

游离于世俗,
自白于人间,
然后爱他人,也爱自己。

海哥，是一个浪人，也是个好人

1

写文字的时候有风，窗帘起起落落。天空中有亮白的薄云飘过，阳光不算灼人，再说也进不到我这里来。这样的场景，总让我想起海哥的杂货铺。

我记得以前写过海哥，只是轻描淡写，从来没想过要深入写。可是，今天我想了很久，还是打算写出来。如果非要说为什么，我想说，海哥是个浪人，也是个好人。

2017 年 7 月，海哥叫我去西藏，说他朋友的车还有两个空位，从成都出发一路向西到拉萨，然后去冈仁波齐转山，问我有没有空一起走一次。他不知道我刚从拉萨回来，因为他很少关注我，所以有时候我都懒得承认我们有交情。

"啊，你去西藏了，什么时候的事？"屏幕前的他大概是一副欠扁样。

"不然呢？"

"哎呀，最近太忙了，没来得及顾上你，下次请你喝酒啊。"

听他说下次，我都不知道听了多少次，也不知道他在电话里面和我解释了多少回自己太忙没时间之类的话了。

认识海哥的时候，我在做编辑。做这份工作，是因为二毛的邀请。我之前每天在他建的好友群里发自己的原创文章，其中也包括公益文章。突然有一天，他说想要采访一个做公益众筹的人，问我有没有兴趣来一期。我当时二话没说就同意了，做完第一期之后留了下来，一晃就做了半年多。我的工作内容是专门采访一些不同领域有点特别的"平凡人"。

其实，我还挺感激这份工作的，因为在这里认识了挺多过着自己喜欢的生活的年轻人。我觉得他们都很了不起，至少在我看来是这样的。

比如松松，组织大学生公益社团，在支教的同时，帮山区的孩子和老人拍照；Papa，一个倡导素食的"90后"女孩，梦想着开一家自己的素食餐厅；番茄，用三十八天纯徒川藏线的女生，然后，突然成了天涯社区的户外达人；大多吉老师，珠峰向导，这一生登上过五次珠穆朗玛峰；还有姜野，登上旅游卫视的自行车高手，用一年的时间骑行丝绸之路，现在正在非洲骑行。

然后就是海哥了，开着一家徒手从废墟里捡出来的杂货店。

虽然采访完之后并没有和他们每个人都保持过多联系，现在也没什么交往，但我打心底里感谢能够遇见他们。他们每一个人，都教会我要在别人看不到的地方认真地活着，要活得熠熠生辉。

所以，很多时候，我总觉得自己是个幸运的人，一个得到的要比失去的多得多的人。我的生命里出现过那么多努力为自己而活的人，是他们让我变得善良，更懂珍惜，也让我更加坚定，继续行走在路上。

大概，海哥和我都是不想受羁绊的行路人，所以像磁铁一样吸引着彼此。

"海哥是一名真正的浪子。"

"不过那已经是好几年前的事情了。"

每次我说前面一句话的时候，他都会用手挡住自己的脸接出后面一句。

2

海哥，四川成都人。

2013年，他原本安安稳稳地在成都的一家木雕店里做学徒，以为人生不会再有什么波澜，可以在木雕这条路上一路走到黑。可谁知道，命运总是喜欢在人毫无准备的时候开玩笑。

那年夏天，朋友开的客栈生意很好，人手不够就叫他去帮忙。他在那里住了五天，做了五天"义工"。可是没想到这短短的五天，改变了他的一生。他每天都坐在客栈里听五湖四海的人吹牛，徒步318国道、西藏拉萨、珠穆朗玛峰……这些名词对于他来说，完全是陌生的。

海哥从来没有离开过成都，甚至作为一个成都人，他连成都的三分之一都没有走完。对于一个内心向往远方的人，当有机会或者已经接触到远方的时候，那种探索的欲望就会不可抑制，海哥就属于这一类人。他受不了这样的"诱惑"，回木雕店之后总是心不在焉，晚上睡觉做梦也梦见自己去旅行的样子。

想而不得，确实是挺煎熬的一件事。

这种想要出发的欲望在海哥的每一个细胞里被放大无数倍，导致他工作经常出现失误。木雕可不是一般的活，很考验一个人的专注度和耐心。师傅估计也察觉到了徒弟的变化，某天吃晚饭的时候，突然和他聊起人生。他把内心最真实的想法告诉了师傅，师傅并没有像他想象的那样责备他，而是从兜里掏出五百块钱塞到他手里当发给他的工资。

五百块钱，是海哥当时的全部积蓄。他平时都是在师傅这里吃住，兜里的零钱从来没超二十块。

海哥花一百二十八块钱买了一个背包，其他的，除了几件衣服之外再没有别的了——不是他不想带，而是因为他什么也没有。他从成都搭车去了新都桥，在一家客栈做义工。对了，那个时候他身上只剩三百六十五块钱。

海哥一点也不笨，反倒有一颗商业头脑。在客栈的时候，他机灵得很，跑去和老板商量，问自己能不能在旁边建一个小木屋，开一间小卖部。老板还真答应了，他的小木屋是住在店里的旅客一起帮忙搞的。那天晚上，海哥请他们喝酒。他说那天晚上是自己那么久以来最踏实的一天。海哥东拼西凑了五百块钱，用来进货，货都是从成都批发来的，还是客栈老板帮他联系的。小卖部里卖得最好的是泡面，因为那边的物价高，很多人不愿意每一顿都下馆子吃饭。

人在一个地方待腻了之后，容易产生情绪。海哥也一样，毕竟这里不过是他的起点。他想来想去，还是决定继续往前走。他把小卖部给了客栈老板，自己一路搭车去了拉萨。2013 年是"拉漂"（一般指为了感受西藏文化来旅游，在拉萨留了下来的外地人）的最后一年，海哥赶上了。他涌进这支大军里，拿着货去了云南。

可都说了这是拉漂最后一年，他哪能那么容易就可以赚到钱？

3

"我从西藏搭车到丽江，两个月没有换过衣服、洗过澡、刷过牙,身上也只有二十块钱,看上去跟乞丐没什么差别。"海哥聊起那段日子,和我见到他的时候差别也忒大了——修长干净的脸,一头认真打理过的脏辫,精神十足。

重点不是他,是他这副模样居然还能遇到帅美——帅美是海哥的老婆。

2014年,她放假去丽江玩,就喜欢上了这里。回去之后她立马辞职,然后再回到丽江,找了一家手鼓店学打鼓。就是这个时候,她认识了海哥,应该说是海哥认识了帅美,因为像海哥这样的"流浪汉"是不可能入人家帅美的眼的。

因为都喜欢手鼓,他们自然有很多话题。海哥就一直在店里学鼓,他当时的学鼓费用还是赊账的。后来,帅美在另外一家鼓店找了一份卖鼓的工作,海哥就天天去她那里蹭鼓打。

帅美当时每次见他问他的第一句都是:"你吃饭了吗?"

其实海哥根本没钱吃饭,不知道怎么被她看出来的。她就给海哥买饭吃,还带他回她和两个同学租的房子里让他睡沙发。后来。海哥像觉醒一样,觉得自己应该做点什么,于是找了份酒吧的工作。他想挣钱买个鼓,然后请帅美吃饭。后来感觉需要钱的地方很多,他干脆做三份工作,从早到晚。

认识两个多月后,海哥终于可以请帅美吃饭了。吃饭的时候,他就问她说:"你喜欢我吗?"

帅美说:"喜欢。"

海哥又说:"那我们两个在一起吧。"

她说:"好吧。"

然后,他们就在一起了。

在海哥的蓝图里,从来没有这幅景象。在他以前的观念里没有婚姻,也没有想过自己会有家庭、孩子之类和婚姻有关的衍生物。也许他内心深处不是没有爱,而是没有遇到那个对的人罢了。许巍在《执着》里说:"我想超越这平凡的生活,注定现在就是漂泊。"我觉得海哥从踏山脚步的那一刻起就已经超越自己平凡的生活了,遇到帅美之后也不再一个人孤独地漂泊流浪。

他和她,是在生活这条道路上的无畏勇者。我一直坚信只有那些放声痛哭过的人,才会明白释然一笑背后的不易。

所以我说,海哥是一个浪人,也是好人。

海哥和帅美有长达一年半的时间在外旅行,几乎走遍了中国他们所有想要去的地方,云南、西藏、新疆、内蒙古、东北、三亚……我看过很多他们在旅行时候的照片,每一张照片里他们的眼神都那么自然,充满对彼此的爱。我觉得,和三观一致的人在一起一定很幸福吧。

我曾经问过海哥:"那一次长达几年的旅行对你最大的改变是什么?"

海哥说:"那次三年半没有回过家的旅行,改变了我在家待了二十三年养成的大部分坏习惯，可以说改变了我的整个人生轨迹。如果当时我没走出去，我可能现在还在那个厂里上班。走出去后我才发现，原来自大的我在这个世界上是如此渺小。收获的这些回忆和我的爱人、儿子、朋友，一切都是那么美好，让我不得不也想做一个温暖的人。"

我看得出来，海哥确实温暖，不管对孩子、老婆，还是朋友。

4

帅美是在他们旅行的时候怀孕的，这使他们很意外也很惊喜。两个人美滋滋的，最终还是结束了本没有想过要停止的旅行，回来后就结婚了。2016年2月，他们的孩子来到了这个世界上。可是，上天又和海哥开了一个天大的玩笑——他的儿子心友，一出生就是先天性膈疝，先后做了两次大手术，差点就没了。

为了方便给孩子看病，海哥和帅美定居重庆。有一天两人去逛磁器口的时候，走到古镇的某个角落，海哥突然停住脚步，对旁边的帅美说："好想在这里开一家杂货铺啊。"

帅美说："那我们就开一间吧。"

一句话，一个回复，说干就干。他们把一间没有人租住的店铺盘下了。开始也没想过要怎么装修，后来无意间和邻居聊天，听说后山有一片拆迁房。海哥想着可以去看看，兴许能捡一些家具用。后来，海哥还真去了。刚去的时候，看到什么都喜欢，他就都往家里捡。慢慢地东西越来越多，然后7月份海哥便萌生了开旧物改造的杂货铺的主意。

两个人就每天白天去捡东西，晚上回来改造。到去年的现在，整整十一个月，两人才刚把一楼装修出来。去年年底，我去重庆的时候，他们还在装修二楼。一个老民居，两层加起来差不多七十平方米。

关于杂货铺的名字，也是有一番来历的：海哥的儿子叫心友，"心""友"加起来是一个"爱"字，他希望自己的孩子内心充满爱，也希望家里充满爱。海哥有只金毛叫杂货，是去朋友家喝酒，凌晨三点在回来的路上捡的。他还养了一只猫叫铺，这只猫是海哥在装修店铺的时候自己跑上门来的，然后再也没有离开过。海哥心善，就收下它了。

正好，三个组合起来叫得也挺顺口的，于是他们店铺的名字就定了，和他的儿子、一只狗和一只猫有关。

海哥说："我现在就想尽量把这个杂货铺做成我喜欢的样子。我觉得我不是在装修，而是在创作一个作品。然后一家五口幸福地生活在这个挤满各种回忆的地方。白天喝茶种花，晚上和邻居朋友搞搞音乐，慢慢把心友带大，让他有个好的生活氛围。我也不想赚很多钱，够用就行了。所以，我店里的东西都比一般的店要便宜得多。等心友大了，我再出去浪。虽然我爱玩，但我也知道什么是责任。"

说这段话的时候，海哥的眼神无比幸福。

5

我喜欢喝茶，海哥是知道的。所以我去重庆的时候他没有请我吃火锅，而是在店铺里两人喝茶聊天。我问海哥，现在开杂货铺能维持正常的生活不？海哥很诚恳地说："现在还不行，不过我相信有一天会行的，毕竟我对它充满希望，也相信很多人会喜欢。"

我喜欢杂货铺里的每一件东西，因为那些都是出自一个充满爱的男人的手。海哥让我给他的店铺多拍点照片，难得来一次重庆，下次又不知道什么时候才能来了。我从一楼到二楼，再从二楼到一楼，几乎帮他拍了我能拍的所有照片。走的时候，我把照片都留给了海哥，一张也没有带走。

唯一一张是我离开的时候，海哥在门口送我的照片——我回头的时候，海哥、杂货和铺蹲着一起目送我离开。

我很认同海哥的话，但愿杂货和铺在海哥最艰难的时候都能陪在海哥身边。

其实，我们身边有许许多多的人，他们平凡，但一直在追求自己的梦想。

  我觉得，生活要有所期待，这样才没有白活，不是吗？

在很多人看来,
时间贩卖馆是一个"出口",
他们来了又走,走了又来。

他和她,她和他,她们……

1

有人说,人活着,总会有很多意外,有些意外是意料之中,有些意外是意料之外。

按照这个说法,成立"时间贩卖馆"是意料之中的事。自开张以来,这里发生了很多事情,有趣的、惊喜的、温暖的;当然,也有不可思议的、惊恐的、悲伤的。总之,成了很多人的出口,不断地有人来,也不断地有人走,这是意料之外的事。

有时候,我会陷入一种不可描述的思考之中,但也觉得好感动啊。大千世界,我何德何能,让那么多人在这里做真实的自己?

很多人满心的好奇,或者说带着某种八卦的目的跑来问我:大萌啊,真的有人"租"你吗?找你的人都是什么样的人啊?你听了多少别人的"秘密"?

今天也不例外,微信里冒出来一个素未谋面的读者,问我:

大萌大萌,你还记得自己第一次线下"出租"是什么时候吗?

我拍脑袋想了想,又陷入一种思考,时间"哗"一下拉回到了上海。

2

上海的六月天,早已酷热弥漫,空气潮湿而闷热,每天都有人从这里仓皇逃离;而同时,亦会有人不畏盛夏酷暑,充满期待地踏上这片燥热的土地。三禾与July,是第一次来到上海,带着似曾相识的期待,自千里之外跋山涉水而来。

说要租我一个下午的时间,陪她们逛上海。前一天晚上,三禾问我:"大萌,上海的夏天是什么味道的?"

"呃……夏天的味道?"犹豫半晌,我却片语未言。

"芒果的蜜甜?西瓜的清爽?还是道路两旁,树叶子密密匝匝的暧昧……全部都是,又或者不是。明天,你就会有答案了。"

第二天清晨,我拽起相机包就奔向地铁,耳机里则单曲循环着《夏天的风》。小时候的夏天,大概就是街角旁冰激凌的冷爽,花草林木的青翠,还有邻家姐姐身上沐浴露的芬芳。而长大后的夏天还多了些大雨过后泥土的淳厚,汗水泪水尽情流过青春的畅快淋漓。

下午两点,手机屏幕亮起,我走出书店,接通了电话。

"你好。"

"你好啊,我是大萌。"

"下午三点半可以在田子坊见吗?"是三禾,操着口语速缓慢的普通话。

"好,田子坊见。"

其实呢,我也不明白为什么,很多初来上海的人都想去田子坊走一趟。是因为网红地效应?我不得而知。

"那我们就从田子坊走到思南路吧,怎么样?"想了想,我又补了句。

我不是不喜欢田子坊,它大概就像是北京的南锣鼓巷,成都的春熙路,西安的回民街,哈尔滨的中央大街……好像每个城市都有这样一个熙攘之地,贴着专属自己的城市标签。这里有很多上海特色的纪念品、冰箱贴、雪花膏、画像、各种手工制作、甜品、小吃,还有我最爱的明信片。每个小店都有着属于自己的特色,精致而玲珑,但在我刁钻的眼里却不是韵味。女生们都很喜欢来这里尝鲜闲逛,也有很多国外友人,都会来这里感受着别具一格的,所谓的中国文化的精粹之风。

我提前半个小时就到了,主要是想去看望纳兰先生,没有看见肥猫西西蹲在门口等待客人,逼近"拾光醉"的招牌,才发现门窗紧闭。

"我在你酒馆门口,怎么没人?"给纳兰先生发了一条信息。

半晌没有回复，索性就坐在酒馆门口的椅子上休息，想着他应该是去日本看樱花了吧？像纳兰先生这种神秘的中年男人，没有油腻秃顶之祸，反倒东漂西逛地整日跑世界，没有家累之负的大叔，自然活得比常人潇洒自在。言谈举止间仿若常人无疑，可是眼神里，骨头里，那种阅尽千帆的沉淀凝重，随性超然的状态又怎让人不为之神往呢？

只是看不到大肥猫西西，心里怅怅然，若有所失。

半小时后，三禾打来电话，说她们到了，在田子坊3号门。

我实在分不清几号门具体在哪个位置，没头没脑的在外围，绕了一圈圈，可人海茫茫之中，并没有像三禾的姑娘。我环顾了四周，这才看见一个个头较高的姑娘，一手拿着手机，一手捧着相机，站在马路边向我热情地招手示意。心想，那大概就是三禾了。走过去解释自己，是因为没戴眼镜，所以才找不到她俩。

"说得跟你见过我似的。"三禾说着说着就笑了，我也是。

跟着她俩一起，笑得很快活。莫名间，多了一份难得的亲切和熟悉感。

三禾和我想象中的样子有些不太一样，白色衬衣配着过膝的格子百褶裙，戴着一副框架眼镜。

也许是不太习惯南方的湿热天气吧，她手里拿着顶草色的帽子不停地扇来扇去，可即便是这样，消瘦的脸庞还是红彤彤的一大片，渗出了些透亮的小汗珠儿，就像是一个沾着露珠的红苹果。

"你们山东人都这么高吗？"我先开口。

"谁说的，你瞧旁边这位不就知道了。"

"你好，我叫July，以前做外贸的。"旁边的姑娘终于开口跟我说话了。

July倒是比三禾矮了半截，显着有些娇小可爱。

3

田子坊里人挤人，水泄不通，随便逛逛倒无也所妨，可要避开一个个密密麻麻的人头，再耐着性子去对焦，按快门就太难出片了，同时对于被拍者也很不自在，那就干脆放下手中的相机，边走边聊。

"你们知道这里以前是什么地方吗？"

"不知道。"她们忽然间盯着我，几乎异口同声地回答道。

"这里原本是一片陈旧破败的石库，废弃的弄堂工厂。上个世纪末，因为陈逸飞等一批知名艺术家的进驻，而逐渐被世人所熟知，并最终成为沪上文化艺术的聚集之地。"

三禾侧着脑袋，笑眯眯地瞧着我："这是官方解释吗？"

July翻着白眼怼了一句："我觉得大萌说得很不错啊。"

听完这冷加热的对白，三个人又站在马路边哈哈大笑起来，与这里浓郁的艺术气息完全格格不入。

一边逛一边拍，上海的夏天一帧帧的，都刻在了相机里，脑海里，时光轴里。

我们从田子坊里挤出来后，朝着思南路走去。沿着泰康路，左转到瑞金二路，再左走几百米到徐汇路，下一个路口就可以看见写着思南路的指示牌了。

那时候阳光正好，弯弯窄窄的林荫道，阳光透过疏密有致的梧桐树叶，明亮的光斑子就那么点点落落地铺洒在有些熟透了的柏油地面上，美得竟然是那么惊人心魄。

我想，大概每年的夏天，这里都会发生很多动人的故事吧。

三禾突然说："平平淡淡的，安安静静的，偶尔约上三五好友吃个便饭，品点小酒。该奋斗的时候就拼尽全力，该打闹的时候就肆无忌惮。或许，这就是生活本来的模样吧。我尝试着去接受目前平凡的日子，也很享受自己生活着的那个安静的小城市。"

虽然我一直都是那个满世界奔跑着的二愣子文艺男屌丝，有时候还蛮羡慕这样的状态，不急不躁，即使每天过着三点一线的生活，内心却很知足。

走到思南路，游客就少了很多，仿佛进入了一条很"纯粹"的世外之地。这里不通公交车，也没有灯红酒绿的霓虹招牌，连路灯都是老式的，那种很清淡的昏暗。马路安静得可以听得到树叶子的沙沙声。除了有少量的自行车经过，简直就像是有个天然屏障，把世间的喧嚣全部都阻挡在外。百年来，梧桐还是那些法国梧桐，围墙还是那些庭院围墙，洋楼还是那些花园洋楼，至今都还保留着以前那种优雅和静美。

"这里能感觉到厚重的历史气息，还有一种言不明又道不出的，淡淡怀旧之感。"July 突然说道。

路上行人匆匆而过，没有一个人回过头来，去看正在拍照的我们。她俩放开了刚开始的拘谨，大声地笑着，放肆而又张扬地笑着。露出几个好看而又洁白的牙齿，咧开了嘴巴，冲着我的相机，很灿烂、很豪爽地笑着。

三禾搭着 July 的肩膀，调皮地眨巴着神采飞扬的大眼睛，冲着高高的枝头上吱吱喳喳乱叫唤的夏蝉打招呼。她俩牵起手来，冲着湛蓝的天空，彼此有爱无间地大笑着，对视着。

我按快门的时候也没有那么急，好好构图，对焦，才发出了咔嚓的声音。

思南路，我们逛了一个小时左右，就快要日落了。

"这算是上海夏天的味道吗？"我问三禾。

"算是吧！"三禾笑着，然后径直走到前面，July 和我走在后面边走边聊。

4

"你有故事和我分享吗?"

"我啊,好像也没有什么值得念叨的事。"July 喃喃细语道,眼神里有点小迟疑,她茫然若失地低下头来。

"如果非要分享一个故事的话,我想跟你聊聊我和晨的事。"July 抬起头来,目光游离地偏向前方。

"三年前的一次相亲,我一眼就认出他来了,高中时候隔壁班的男同学。记性不好的我,却莫名其妙地记得他的名字。我俩很投缘,聊理想、谈人生,和他说话的时候,心里真就会开出一朵花的笑容来。"她看了一下我。

"你知道吗,大萌,周董的那句歌词,爱情来得太快就像龙卷风,我觉得形容我和他,刚好很适合。"脸色有点红润的 July 不等我回复,又慢条斯理地继续说下去。

"为什么?"我有些好奇地问道。

"那年夏天,热情来得快,褪去得也快。两个月后,我们就分开了。"

"嗯,确实像龙卷风一样。"

"不过分开后的我们,反而更像老朋友,可以不知疲倦地聊上很久很久,没有压力也没有特定的话题,仿佛对方就是另外一个自己似的,默契不宣。"July 甜蜜地笑着,说着。

"但你一直没有放下他？"

"是。"July又一次语气低沉下来，很平静的眼睛后面好像躲藏着旁人轻易触探不到的悲伤和失落。瞧着乖乖巧巧不多言的她，我有些心疼起这个安静的姑娘来。

"有一次他跟我说，我仍然觉得我们很适合，但具体又说不出来是怎么回事。他眼睛炯炯有神地对着我说道，可是却又茫茫然的，始终没有给我一个准确的答案。他充满期待地问我，林心如和苏有朋有个约定，我们要不要也约定一个？我说好，心里委屈难过却一个字也不愿意说出口来，瞧着他，我只是微微笑道说好。"

"我们约定在三十岁的时候，如果我未嫁他未娶我们就在一起。只是我不知道是我一厢情愿的等待，或许只是他随口一说的闲言碎语罢了。我不敢问，也不敢有任何的埋怨，我怕我的这一问，就是所有幻梦的结束，一下子什么都没有的感觉。"

"你知道吗，大萌？"July低语道，感觉泪珠子在眼眶边，只是一直隐忍着，还微微淡笑着，对着我徐徐道来这缠绵的情事。

"已经两年多了，始终都没有任何的回应。他买了房子，25楼，我竟天真地以为这一切只是因为我的生日是2月5号。装修房子的时候，他会给我看设计图片，我一直痴痴傻傻地认为，他心里是有我的……"

"你一直都没有问过他吗？"我多么希望这个傻女孩能够

勇敢一点，哪怕得不到自己希望的结果，但是起码自己也曾为此拼尽全力地努力过啊。青春无悔，放肆张扬，这样才能对得起自己的生命啊！

"时间还没有到，我想着让它顺其自然点。"

July其实也应该知道的，她一直都在自欺欺人地过日子，或许她所谓痴痴而往的等待，最终都只能是镜花水月罢了。她不愿意自救地走出来，任何人都是没有办法帮到她的。如果一个男人真的喜欢她，怎能看不出来她张牙舞爪的爱恋；如果一个男人真的喜欢她，怎能忍心她日夜辗转反侧，悲伤委屈；如果一个男人真的喜欢她，怎能让她独自一个人凄凉地，等待了一年又一年呢……

"还有多久到你们约定的三十岁？"

"半年，我不知道还要不要继续等待了，嘴里总是说着绝不将就，勇敢点，再勇敢点，可是未来却难以捉摸。我好怕，真的好怕啊。"

"那你相信爱情吗？"我不知道这个情事坎坷的女孩子以后的生活究竟是什么模样的。可是只要她能够重整旗鼓，重新做回自己，就不怕没有一个光明而幸福的未来。

"我不知道，信，或者也不信吧。"她有些自嘲地轻笑道。

"好了好了，这么美好的时光，我们别聊这个了。"July突然话风一转，把自己从回忆里迅速抽离出来。她估计是不想再继续陷入这样痛苦的过往里了。至少在此时此刻，阳光明媚的现在，她不想在这座陌生的城市，去痛苦不堪地思念着一个遥遥无期的人罢了。

也好，旅行的时候就该好好旅行，享受当下最重要。

前面就是步高里了，我跟上她轻快的步伐，跟上三禾，一起向前走去。

5

在建国西路和陕西南路交会口，从马路对面，就可以看见一个拱形大门，连着两个拱形小门，朝外的一面高高地向上翘起，下面就是中法双语的中式牌楼，还有一个很大的1930，这就是步高里——上海最典型的弄堂。

弄堂内中西融合的建筑风格，仿佛都在诉说着步高里的不同寻常。有许多的文人墨客都曾流连于此，在老上海风情的浸润下，书写着各自别致的情怀。

每次说起弄堂，我总会想起陈丹燕老师《上海的弄堂》中写过的一段话："梧桐树下有一个个宽敞的入口，门楣上写着什么里，有的在骑楼的下面写着1902，里面是一排排两三层楼的房子，毗邻的小阳台里暖暖的全是阳光。深处人家的玻璃窗反射着马路上过去的车子，那就是上海的弄堂了。"

傍晚的阳光散洒在红墙黑瓦的小巷里，风从弄堂间隙无所顾忌地穿过，我突然发现魔都上海不仅仅只是十里洋场灯红酒绿，它温柔含蓄的一面，轻易是不说给旁人听的。

July 对着正在拍照的三禾，说着很文艺的话。

确实，站在上海弄堂，看着空旷的、蓝白色的天空，就会被那种明亮照得有一种想流泪的感觉。太阳很大很灼热，地面上刚被弄堂里的老人倒出来的一摊浅浅的积水，也很快就被蒸发掉了，没有留下一点的痕迹。空气里面仿佛有种闷热的细小水汽，迎着风扑向每一个人。

三禾一直没有说话，仿佛弄堂里的宁静，带走了她大大咧咧的性格。

我问她："这里的弄堂怎么样？"

"不像田子坊那么热闹，我蛮喜欢的。怎么说呢，嗯……就是有一种我说不出来的气质吧。"

步高里其实并不大，我们很快就游览结束了。从第一排走到最后一排，也不过半小时的工夫而已。期间，我们也会时不时地和住在弄堂的老人家搭几句话，她们也很乐意跟我们交流。

她俩说晚上的时候想去外滩走走。我想了想，还不是去外滩最好的时机，那就去新天地吧，离这里也不远。

"你们能骑自行车吗？来都来了，就不要总是坐地铁了，体验一下漫游上海的感觉。"我总觉得,要去了解一座城市就要用自己的双脚去行走。

"可以啊,我们也不喜欢地铁。"

此时,天渐渐暗了下来,道路两旁渐渐燃起了暖黄色的灯光,一切都处于迷离而又清醒的状态。如果你没有见过华灯初上的上海,就别说上海有多美。夜上海,就是越夜越美丽,我觉得一点都不为过。

从步高里骑行到新天地,正常情况下大概要花 20 分钟,不过我们差不多用掉了 40 分钟。一路上,没有讲话,各自感受,各自领悟。

原本打算到新天地,我就回家了。但盛情难却,执意挽留我吃晚饭,北方人大方豪爽的性格,总会在这种时候最为明显地体现出来。即使你要留下来吃饭,在他们眼中,也不过就是多了一双筷子而已。

我们也没有到处找所谓的网红餐厅,一路上很随性地走着看着,前面有什么就吃什么。大约几分钟,来到一家川菜餐厅门口。

三禾踏进门槛说:"就这家了。"

点完菜，July 肚子不舒服，去了洗手间。

"刚刚在路上，July 跟你讲的我知道，我跟你说啊，没戏的。不过别说她了，我自己也有点无疾而终的事。"

"嗯，什么叫无疾而终的事？"

不打不相识，三禾和那个他，第一次的偶遇是在大学里抢占座位。一本没写名字的书占了一座位，三禾说是我的，男孩却说是他的。

三禾是那种天生霸道型的女汉子，愣是坐在位置上，偏偏死活拽不起来。虽然后来发现那本书确实不是自己的，但也没有和男生道歉。再后来，有次学校篮球赛，他参赛了，可输得很惨。三禾跑上前去，递了瓶水给他，忽然那个夏日，就如干净的矿泉水般，清爽了起来。

微微光亮的太阳光，就照在了文静男生的脸上，同时也照在了操场上青翠的草叶子上面。那缕光，透在女汉子三禾的眼里，怎么瞧，都是怎么完美无缺的。那一刻，她张大了嘴巴，盯着她家男神，就那么流着傻气吧啦的口水，忘记了天，忘记了地，就只是紧紧攥着人家的手，一点也不肯松开。

"一瓶水就把你收买了啊？"

"是我把他收买了好嘛！"三禾的声音不由自主地，提高了好几十分贝，处处透露着女生的小骄傲和任性。

后来那个男生给三禾占座，帮做作业，画解剖图，陪跑，陪聊；聊学习，聊八卦，聊旅行，聊人生；但，就是唯独不聊爱情。毕业的时候，同学们依依不舍地离别，可唯独面对他的时候，三禾就是没有勇气抱一抱。

离开学校的那天，男孩去送她，彼此间，一路上相对无言，只是默默地看着窗外的马路。进站前三禾只说了声再见，转身就泪目。纵然是女汉子三禾，面对求而不得的爱情，也是会羞涩和胆怯的啊。

从此后再也没见，从此后再也没回过学校。

"后面，一点消息都没有了吗？"我按捺不住自己的好奇的心，很想知道后面发生的事情。

"后来，突然有一天，听闻他已为人夫了。"三禾苦涩地笑笑，没有继续说，捧起面前的啤酒，一饮而尽。

"什么感受？"

"没什么，都过去了。"

是啊，前尘往事已逝，痛苦不堪回首，唯有淡淡一笑。一切的一切，早就已经波澜不惊了。

"可是我有时候会想，如果当初我勇敢地向前走一步，结局会不会不一样，现在站在我身边的人会不会是他？"三禾又喃喃地说着。

人生可能就是这样吧，我们会遇到那么一些人，他们会陪伴你走那么一段路程，或美好，或酸涩。

吃完饭，我们相互道别，在路口说着再见，就像还能够再次重逢一样。

7

我戴上耳机，人们三三两两地从我身旁经过。他们或沉思，或忙碌，或开怀大笑，或摆弄着手里的手机，他们心里或许都藏着些旁人所不知道的什么故事吧！

大概每个人的青春里，都会住着那么一个人。那是一种非常奇特的感受，明明触手可及，可就是偏偏求不得爱不得放不下。好像是通过张爱玲晶莹剔透的文字长廊，一直遥想着，奔跑着，却永远也不会到达的，天边一座奇妙的玫瑰园一样。

后来的后来，很多年之后，当我们轻轻叩响了那扇门，蓦然回首间，才发觉它，其实一直就是开在自家窗口的那朵娇艳的玫瑰花，一瞬间全部放开，似一团火，像一盏灯，是忽然来到身边熟悉如故的乡音。

在那里，我们用不着精明，更用不着忐忑着急，蓬勃的情感倒垂着绿荫丛丛，她们开着明媚的花，她们结着芳香的果，根本不需要任何人权衡利弊，盘算着下步的棋局。

那些回忆，会在心里一直荡漾，一直萦绕，一直芬芳……希望你，我，她，以及未来的他们，一切，安好。

第五辑 / 你期待的远方，都在向你走来

我们年轻的时候,
没有去好好珍惜生命里的那个人,
蓦然回首却早已物是人非。

老宋，有风的日子里等风来

1

格尔木是个很神奇的地方，神奇在一下车就能闻到沙尘暴的味道；神奇在心情稍微不好就会有高原反应；神奇在你永远不知道会在陌生的地方发生什么故事。

要不是因为老宋，估计我这一辈子也不会想要回忆格尔木这个地方了。格尔木算得上是青藏高原上比较大的城市，如果你坐火车去西藏，肯定要经过这里。我只去过一次格尔木，在这里我只认识一个叫老宋的男人。

老宋一直和我说"最喜欢拉萨和大理的风"，我和他见过两次面，却听了十几次这句话。

我问他为什么，他说因为这两个地方的风里都有草的味道。很长一段时间里，我一直不明白这句话到底对老宋有何意义。

2014 年的夏天，在西北一片广袤无垠的沙漠上，我和老宋相遇。那天早晨我从茶卡盐湖看完日出走上 109 国道重新出发。前两天由于旅途出现一些问题，心情不大好。高原反应不断蹂躏着我的身体，我不得不在茶卡停下来休整一周，好在这一周慢慢恢复了元气。

要离开茶卡的那天，我突然有点难过，也许是在安逸的日子里，自己慢慢适应了这里的生活，就像习惯了牵着阿贝（青旅老板的狗）走很长很长的路去看盐湖，习惯了每天站在青旅房顶感受夕阳西下的静谧。

记得走的前一天晚上，我和几个住在青旅的小伙伴说我该走了。他们非要给我送行，说是送行也没啥特别的仪式，买上几提啤酒，几个人围坐着喝酒，聊些有的没的。不会弹吉他的弹着吉他装格调，不会唱歌的拉开了嗓门使劲吼。

在高原上喝酒，像我这种人是很扛醉的，但不知道什么时候我倒下了，一觉睡到了第二天中午。我吃完饭收好东西，就已经是下午四点多了。在青藏线上搭车一般是早上比较好搭，而我恰恰错过了这个点，而且，是错过了近十个钟头。

老板估计是担心现在这个点不好走，又看我脸色不太好，挽留了我。我开玩笑地和他说：我怕重复昨天的场面。所以，我还是执意走了。

青旅的前台小哥开着他那辆快要散架的小电驴，把我送到了公路上——之前我都打听好了，路过这里的车都要到109国道上。

我一个人站在路边，此时茫茫的戈壁滩上，太阳的余晖把一切染成了金黄色。万物生灵沐浴在夕阳温暖的光芒里，贪婪地吸收着一天中最后的一丝阳光，直到没入远处的地平线。

我的心情就像重获新生一样自由。我尽情地沉浸在这样罕见的美景中不能自拔，就这么走着，一点也不累。过了一会儿，一个庞然大物缓慢地停在前方不远处——那是一辆红色的东风汽车，十二个轮子。

突然，一个脑袋从右边的窗户伸出来，对我喊道："小伙子，天马上要黑了，你打算一个人在这荒无人烟的地方过夜吗？要不我搭你一段好了？"

一路上，我已经搭了十几辆车，而这辆大货车车主还是第一个主动停下来要搭我的人。既然这么有缘，那该发生的故事就让它自然地发生吧，我在内心估摸着。

我笑了笑："好啊，我也正准备搭您的车呢，今晚得到格尔木。"

他也冲我笑了："来吧来吧，我们顺路呢。"我把背包一下扔了上去，这一下用力过猛把力气都用尽了，费好大的劲才爬上这个庞然大物。我像在一个老熟人身边那样，毫无拘束地坐在副驾驶位上。现在我想起那时老宋的头伸得老长，回忆起来觉得他好可爱。

他很不客气地先自我介绍："叫我老宋就好了。"我没看他，本以为他后面还会说点什么，可是半天都没有。

"你呢？"还是老宋先开了口。

"叫我小伟就好了。"我顺口回答。

"没了？"老宋似乎还想听点什么。

"您不也是这样说的吗？"初次见面的时候我总有点不好意思。

老宋要从格尔木到敦煌，再从敦煌到格尔木，然后去拉萨，再去云南。我迟疑了一下，问他，怎么不走大环线直接到敦煌再来格尔木？

"我绕了这么一大圈，就是来这里和你相遇的嘛。"说完这句话连老宋自己都忍不住哈哈大笑。不知道为什么，这话从他嘴里说出来的时候，我的内心是感动的，即使我知道他说的是假话。

老宋可真是一个幽默风趣的大叔啊，我突然间对他有了新的认识。

老宋一路和我讲自己以前在西藏当兵的故事。我一直挺佩服军人的，也许是因为小时候家里人经常对我说，我各方面的素质完全可以去当兵了，再加上叔叔曾经也当过兵，所以我有过当兵梦。

1994年的冬天，老宋十八岁，和大自己两岁的哥哥一起穿上绿军装，在父亲无言的注视和母亲的眼泪中，离开家乡，当兵入伍到西藏边防。老宋很感谢父母,在他们的耳濡目染下,从小养成了吃苦耐劳的精神,做事严谨、细心。由于家里贫穷,住的是木板房,老宋比别人早懂事。父母亲每天上山下田做农活,很晚回家。八岁的时候,老宋就学会了做饭养猪的家务活。

老宋把自己最美好的青春留给了日喀则,献给了边防,交给了祖国。当兵十年后,老宋选择了退伍,放弃了国家安排的工作,自己出来闯荡。

有太多美丽的事物夹杂在人们的生活之间,虽然它有时只是转瞬即逝的微小尘埃,但它具有的独特味道却久久停留在人们的心间,更何况这是老宋十年的军旅生涯。老宋讲这些事情的时候显得很轻描淡写,我却在一旁越来越佩服他。

后来他估计已经讲得口干舌燥了,招呼我给他泡杯茶:"茶叶在柜子里,自己拿(他顿了一下),都是我儿子送的,一千多块钱一斤呢!"他的语气里满是得意和幸福。

他叫我也品尝几口,我使劲点头说:"真好喝。"我并没有喝出什么味道来,说好喝只是因为我不想让老宋失望。

后来,我在车上睡着了。夜里十二点左右,迷迷糊糊中,我被老宋叫醒。他说:"小伟小伟,快看,我们要到格尔木了,灯亮的那边就是。一会儿到了,我带你去吃好吃的。"

我能听出他的兴奋,于是我不好意思地揉了揉眼睛向他说的方向望去,不知为何也兴奋起来。他把车停在路边,就叫我下车去吃点东西。我从车里能看见小摊那边老板忙碌的身影和三三两两的吃客。不巧的是，我一下车，疯狂的沙尘暴就席卷而来。我在风中摇曳着，等着老宋把车弄好。

他看见我有点吃不消，傻笑着赶忙跑过来，哈哈大笑："看看吧，这老天爷对你多好，给你一个这么大的见面礼，这份格尔木给你的礼物还可以吧。"他护着我朝小摊边走去，依偎在他旁边很温暖。我们就像一对充满爱的父子一般，走进了那家他说很好吃的小店。

我也不知道他给我吃的是什么，也没问，但那是我吃过的最好吃的小摊，也许是因为和老宋一起吃的原因吧。

2

那天晚上，我和老宋去喝酒。我突然像大病初愈的人，深深地呼吸，感觉到有一股莫名的新鲜液体流入体内。我们走在路上，风一阵接一阵吹着，叶子从我们身边飞掠而过。

"这风可真大。"老宋突然开口。

"是啊。"我心里却想着这还用说吗。

他的眼睛直视前方，仿佛攫住了某个目标，正在靠近，他脚步稳健，每一步都不偏不倚，就像他踏下去的每一步都对应了一分收获。

"哎，你走慢点。"

这时，他才转过头来看我，形象全没了，而刚才在我脑子里形成的那些词汇瞬间也都烟消云散了。我紧跟了几步上去，再也没说什么。安静了一会儿，他和我聊起了他的"她"。我能从声音中感受到一种经年累积而沉淀的浓浓的情感。

"她说的每句话都带了感情，这让我想起了一个人。"

"她说的每句话都带了感情？那这人肯定长得不好看。"

"也不是这么说。"

"行，你看上的都好。"

他双手搭到我的肩上，拍了两下，意思是赞同我的狭隘见解。然而能看出很不真诚，我被他推着走的脚步又快乐了一些。

"她好看吗？"

"好看。"

"但如果按照大家一般审美的标准来说的话，兴许算不得好看。"

其实我何必问这些呢，他说"她说的每句话都带着感情"，这就是他当时的一个感觉。这感觉在发生时就是纯粹的，不包含任何个人私念，他说的只是"她说的每句话都带了感情"。

"你是不是好久没有好好说话了？"他突然这么说。

"你想听我好好说吗？"我对每个人都是这么说的。

"你好好说话的时候，估计是我很欣赏的那种样子。"

"我知道，吹过的牛都会随青春一笑了之。"

"哈哈，你的青春应该也吹过不少牛吧！"

"那不也随青春一笑了之了吗？只是，说实话，我依然在怀念那些光阴。"

"是吗？"

"你说我是不是老了，就怀旧了？"

"没有吧，你年轻着呢。"

"真的？"

"后来，我们都没有眼泪了，我们已经学会用很淡很淡的微笑，来祭奠那些付诸东流的全心全意了。比如青春……虽然那些微笑让人心疼，没准儿更让人想哭。不过，说起来还是该开心一些的，虽然生活有时候这么丑，但我们微笑的样子，也真的挺好看的。"

老宋突然这么一说，显得有点伤感。就像我们年轻的时候，没有去好好珍惜那个人，蓦然回首却早已物是人非。出生在这样的时代里，看起来我们有很多选择，但我们连自己是什么样子，想要做什么其实都不清楚。认知上的迷茫加上行动上的懒惰，催生了很多嘴里喊着奋斗身体却无所作为的人。

我是扶着老宋回到提前定好的青旅的，我真没想到他是那种三杯倒的人。在路上，他一直和我说自己喜欢拉萨和云南的风，因为这两个地方的风里都有草的味道。我没想太多，只是从老宋口中说出来听着有点难过。

我躺在他对面的那张小床上,看着老宋拉着自己的胡子睡着了,我很快也睡着了。

醒来睁开眼睛,我发现老宋不在了。他把我的背包放在床边,我知道他走了。不管如何安慰自己不要这样,我还是有点生气他就这样不辞而别,也有点担心我们再也见不到了。

我匆忙起床,赶紧洗漱收拾东西准备离开,继续自己的旅途。我背着包走出大厅的时候,前台的阿姨对我说:"小伟,起来了?"我很纳闷她怎么知道我的名字。

她手上一边忙活,一边对我说:"我和老宋是朋友,他一早就去敦煌了,看你睡得很香,就没叫醒你。他给你留了一张字条,喏,就在那儿,你自己拿吧,我手没空。"

我轻轻地打开那张字条:

小伟,看你太累所以没叫醒你,我走了,不要怪我不辞而别。我过几天要去拉萨,如果你还在那里,我们就拉萨见吧。到时候,我给你发短信。

老宋

看着老宋歪歪扭扭的字,我竟不由自主地潸然泪下。我含着泪水在他的留言下面也给他写了一段话:

老宋，没想到你酒量这么差，也没想到你的字这么难看。其实，我很生气你就这样不辞而别。不管怎么说感谢你的照顾，路上开车自己注意点。还有，我在拉萨等你……

小伟

我对阿姨说："阿姨，麻烦您把这张字条交给老宋哦。"阿姨点点头冲我笑道："你就放心吧，我一定会交给他的。"

阿姨怎么说都执意要送我一下，然后开着车把我载到了109国道的一个收费口。我知道这是老宋叫她这么做的，即使她没和我说。

我和阿姨道别过后，她先是走了一段距离，又停车伸出头来对我喊道："小伟啊，你自己在路上一定要注意安全哈！老宋是个好人，祝你们能够在拉萨见面。"

这一刻，我惊讶地发现阿姨和老宋一样可爱。我望着她绝尘而去，直到消失在我的视线里。未来的旅途中，我总会想起老宋，那个像风一样的男人。

3

我没有在拉萨见到老宋，因为他来的时候我已经离开。直到两年后，我们在云南再一次相聚。我看着老宋眼里的红血丝，发现老宋苍老了许多。由于时间关系，我们只匆匆地见了两个小时，吃了一顿简单的饭，没有喝酒，正常地聊会儿天，就像多年的老朋友一样。

那一次，老宋也没有再和我谈起那个女孩。只是我走的时候，他还是那句："最喜欢拉萨和云南的风，因为这两个地方的风里有草的味道。"忘记谈何容易呢？

我们挥手告别，没有不舍，也没有太悲伤，因为还有下次，只是不知道下次是什么时候。

有的故事不必惊天动地，但足够温暖。

也许这样的人有很多，但是我只遇到了他，那时他就坐在我对面，那么近。

当你决定出发的那一刻，其实旅行中最困难的部分已经解决。生无所息，趁年轻我们都该追求梦想和希望。

你的孤独，成就了你的独特

1

小妮戴着一顶棕色掺杂白色的女士遮阳帽，身穿一件微薄的防水冲锋衣，坐在那条前往"日光之城"的路上。

她对着前方一望无际的连绵山脉，手里捧着那个咖啡色的保温杯，犹如品茶一般时不时抿一下，然后轻轻地闭上眼睛，整个脸在阳光照耀下显得格外清澈。那时，温热的水先在她的嘴里打转，继而蔓延至整个身体的每一个细胞，就如同仓央嘉措手里的转经筒在人们心中轮回一般，最后变成属于自己内在的感悟。

小妮说要去旅行，走到自己想去的地方，那是我第一次见到她。

那天中午，大概是我出发的时间比较晚，以至于大部分前往拉萨的车都已早早就走了。我在驶过的车辆前一次一次地伸出大拇指，又一次一次地在失败中放下手。不过，终于还是顶不住烈日的灼烧，停下来给自己的身体补充些能量。我就这样边走边寻找自己的休息场所，在一个转角的阴凉处，看见一个瘦瘦矮矮的女生正坐着休憩。

其实，我并不打算以这样的状态去惊扰人家休息。但估计是她看到我如此疲惫的模样了，于是把我喊住了。

"快坐啊，休息一下，现在阳光很强车也少，过会儿再走吧(顿了一下)，还是嫌弃这地方太脏了？"她看到我还是站着，没有坐下来。

这时我不得不开口，一边连忙说"哪里哪里，怎么会嫌弃"，一边惊慌失措地坐在她旁边仅有的小片阴翳之地。

我们简单自我介绍，其实只是告诉对方自己叫什么。我很好奇她是干什么的，因为看着她旁边没啥行李，就一个小的双肩背包。

"你……是本地人吗？"我好奇的毛病又犯了。

"不是啊，我要去远方呢，重新拾起某些早已经在陈旧的生活中被遗忘的感觉。"

"那会是一种什么感觉呢？那你又什么都不用拿的吗？"那会儿有点天真。

"其实我也不清楚啦，嫌麻烦，简单拿点就好啦。"

"哦，那你好厉害啊！看我背了这么一堆东西。"

"哎，其实就应该像你这样的，对自己负责点挺好的。"

"这样还是挺累的,我都高原反应了。"我用高原反应的借口试图隐藏不愉快。

"没事,你都到这里了,会挺过去的。"

……

感觉那时候,我们只是一句一句地聊了很多东西。

我沉默了一会儿,继续说:"那你这样一个女孩子家,孤身一人行走在这种地方不害怕吗?"

她瞥了我一眼,"害怕啊,但我喜欢尼泊尔的风,因为他们说这个地方的风可以等到。"

"那是一种怎样的方式啊?"我满是惊奇地问她。

"一种很舒服的方式吧,可以让你来了不想走,走了还想闻的味道。"她认真地回答我。

2

我不知道尼泊尔的风到底是怎么样的,直到前段时间自己去了尼泊尔。我从未想过,在那么穷的国家,我所见到的每一个尼泊尔人,都是如此的乐观和坚强,即便衣衫褴褛。无论是穿梭于大街小巷的商贩,还是穿着得体的学生和车里的乘客,他们都能对见到的每一个人说一声"那马斯得(你好)",能在面对我的镜头时微笑。

行走在这个国家，会看见无数的裂缝爬满屋墙，会看见成堆的垃圾上蚊蝇成群，会遇见无数的当地民众行色匆匆。只是，你看不见悲伤，只有从容或微笑，他们继续着自己的生活。

当身处这样的环境里，我真的可以明白为什么小妮最喜欢尼泊尔的风，明白她的等风来。

我借着客栈的无线，给小妮发了一个定位。没想到她问我的第一句竟然是，你能不能在泰米尔遇见一个提着鸡蛋的男人？

"第一句，你为什么会这么问？"

"因为我去的时候，经常能够看见他，我好几个朋友去的时候，我都在照片上看到了，看你也能不能遇见呐。"

我说遇见了一个，可是不知道是不是你说的那个，下次给你看照片。

小妮起身，快步走向那个她所说的有小草味道的方向。走得如此坚定，我注视她渐行渐远的背影，消失在远方的转角处，说不出地感慨。她给我留了她的联系方式，说以后给她写明信片。我随手就塞进口袋里，因为压根就不会觉得以后还会有什么交集。

太阳越来越大，叫人有些踹不过气来。在空荡荡的西北上空，我疲倦无力的眼睛隐约能够看见一排叫不出名儿的鸟向着小妮离开的方向掠去，时不时能听见它们嘶嘶的尖叫声。我长叹一口气，站起身子，背上包，眼睛望向那条无数个"小妮"

走过的路。

在我走到拉萨的时候，在一家酒吧闲坐，偶尔听到小妮这个名字，就凑过去听他们谈话，没想到真的是我遇见过的小妮。在她们口中的小妮听起来很勇敢，只是我没有来得及去倾听。回去我翻遍所有的行李，去找小妮留给我的纸条，最终终于找到了，只是因为淋雨的缘故，上面的字迹已经模糊不清。那一晚，我辨别其中两个数字，眼睛都快要看瞎了，加错了六个人的微信之后终于加上了她。也许一切都是缘分吧，本以为一面之缘的人最终还是认识了这么久。

可是她早已不在拉萨，去了云南。

我曾经问过她，一个人出去旅行不会觉得孤独吗？小妮说：一个人的旅行，是孤独的，有时候也会显得寂寞，但也是智慧迸发的最好方式。这就像，每一朵花在开放前总是寂寞的那样。

我佩服那些把孤独都说得这么浪漫的人，尊敬那些能够按照自己喜欢的方式活着的人。因为对于我这种每次旅行前充满了期待，而每一次旅行回来都会感慨万分的人来说，还是做不到这么洒脱。

不过，也许是因为遇见小妮这样的人，我即使遇见了所有的悲伤，依然愿意向往，并且会一直不断地去探索这个未知的世界。

关于自己，我还是蛮喜欢自己身上对这个世界的好奇心的。

有一次，截了她在朋友圈发的一个说说，没想到她看见了。那天晚上给我发消息，我们聊了很多。

3

为什么有些人就是比我们过得好？因为他们经历的比我们多，因为他们遇见的坏人比我们多。以前一直都不相信这些话，但是小妮给了我最好的诠释。她因为贪恋比利时的啤酒，一个人坐在布鲁塞尔的酒吧里一杯一杯地品尝着。最后，导致错过了回荷兰鹿特丹的火车。换了时间后发现自己上错了车，被罚款十几欧后，迷迷糊糊下车却不知道该往何方。

她在俄罗斯被一位高大的金发碧眼帅哥"捡"了一路，前半程的路程用英语交流，最后神奇地发现他居然来自法国。本身她自己就很喜欢法国，但没料到的是这个所谓的帅哥对她图谋不轨。她在大街上给了他一记耳光，然后拼命地奔跑于异国他乡。

她一个人走在阿姆斯特丹的红灯区，被一群当地的无赖搭讪，当时差点吓尿，还好那些小无赖们只是语言上调戏一下。

她在鹿特丹一个人背着包旅行，遇见了一个到处乞讨的疯子。他走到她面前的时候示意要两欧，她耸耸肩没理他。他便开始大骂起来。遇见了友好的大叔帮忙解围，她还不忘用当地语言冲疯子大喊几句。

她在挪威徒步，全程大概25公里左右。走了好几个小时，都没有看到过其他人，还以为自己进了无人区。

这些都是她在路上的部分经历，如果换作是你，隔着屏幕也可以感受到，她说的时候有多么的真诚。

去年，她突然把自己的旅行目的地换成了国内。回来的时候，给我寄了一本旅行手账本，上面密密麻麻地写满了她的字迹，还有几张我都不知道是哪个国家的明信片。

三张是空白的，其中一张写着一行最简单的文字：大萌，见字如面啊。后来，我还吐槽这是为了节约墨水吗？就给我写那么几个字。

收到快递的那天，东西放在我面前迟迟没有打开的冲动，因为我压根不知道谁寄来的，上面也没有写名字。然后，过了一会儿突然收到一条短信：大萌，快递给我发信息说你已经签收了，是我给你寄的。我的朋友不多，你是其中一个，希望你喜欢我的礼物，还有我现在回国了，在深圳。

收到这条信息的时候，我来不及回复她，就连忙拆开这份从异国他乡带给我的礼物。其实，从本子的新旧程度上来看，她带了它很久，大概给我的时候也会很舍不得吧。

只不过，后来背着她送我的手账本出去旅行的时候，背包进水，整本手账湿透了，已经到了无法挽回的那种地步。我原本想在背面也写下自己在旅途的心情，然后再送给她。

这件事我拖了好久才告诉她，因为责备自己为什么要带出去，又怕她不高兴。不过我觉得我应该让她知道，所以后来和她说了。

她说："没事，以后再送你一本。"那一刻她的心情也许比我还沉重。

4

小妮现在在一家国内的连锁酒店当服务生，她和我说"服务生"的时候我特别惊讶：以你的条件，当一个服务生，不至于吧，怎么也得是经理之类的职位啊。

"我面试没有告诉他们我以前的经历。不过我说服了他们让我每三个月去不同的城市了，不然我也不可能留下来呀。"

这一回，我又由衷地佩服这个人，我当时给她的回复是："这都可以，你真牛。"

其实那一刻，我就知道她已经找到属于自己壮游世界的方式了。

她说她要走遍中国每一个有这家酒店的城市，这样就可以旅行全中国了，看看祖国大好河山，也看看外面的大世界。

她说她现在开始好好学习中国文化，以后想去东南亚当一名中文老师。

我看得出来她很知足也很快乐。

"你现在的梦想是什么？"我经常喜欢问别人三个问题，这是其中之一。

我的梦想是：保持这样的热情继续好好活着。

一个人走的时候，你可以遇见很多不同的人，有趣的人，和不同的人聊天，了解不同的文化。这一路下来，在青旅、饭店，甚至在路上会认识很多人，彼此相伴走一段路，或者聊一聊自己的小秘密，过后彼此不再有交集。

好好珍惜一个人行走的时光，因为以后总会有一个人陪你走完剩下的路。

岁月里周折，我们谁也猜不透命运的底牌。应该趁自己还年轻，去看看外面的世界，听听别人的故事。我一直认为，人生不是一场物质的盛宴，而是一场灵魂的修行。我也相信那些转错的弯，那些走错的路，那些流下的泪水，那些滴下的汗水，那些留下的伤痕，全都会让我成为独一无二的自己。

是的，当你决定出发的那一刻，其实旅行中最困难的部分已经解决。生生不息，趁年轻我们都该追求梦想和希望。

在未来的无数个时候，我就想，我的心灵是否也跟她一样在旅行？可我再也没有见过小妮，只是偶尔听见别人说起过一次。

在这个年龄,慌慌张张匆匆忙忙,还是一无所有。

你期待的远方,都在向你走来

走遍世界，
却找不到像你一样的人

1

有些人注定会在一件事上坚持很久很久，就好像只有在做这件事的时候她才会感觉到自己真真实实地存在一样，这或许在别人看来有些荒谬。

丙察察回来不久，和阿欢说我要回丽江。阿欢说自己已经不在丽江了，我恍惚间有点不知所措，突然有点不想去了。大概是因为没有阿欢的丽江，不再是我记忆里的丽江了。也许丽江还是那个丽江，丽江的人还是那些丽江人，只是旧人走了，却来了一波又一波的新人罢了。

在我认识的所有独行者里面，只有阿欢是为追寻转山而到处旅行的。她和别人不一样，每当和她说起转山的时候，她的眼睛就像刚出生的婴儿一样干净又透明。

她是客栈的义工，我第一次看见她的时候她就坐在客栈的阳台上，叼着一根烟，眼神却在远处迷离，给人一种很安静又很狂野的感觉。她胳膊上的文身在夕阳下显得格外耀眼，从楼梯口看过去就觉得这不是一个没有故事的"女同学"。

她不是藏族人，却经常被人当作"当地人"。大概是因为她那张黝黑的脸惹的祸。在我的认知里，她天生就是属于藏区，而上帝一不小心却把她扔到了江南。她经常利用自己多的这一点"价值"在别人面前黑自己，效果很明显，在逗乐别人的同时自己也挣了点体面。

在这个世界上，能够把自己的缺点说成优点的人并不多，阿欢就是其中一个。

每一个旅行者都有故事，看得见的背包装的是装备，看不见的背包装的是故事。背起是天涯，放下是天堂。

一天晚上，我们在星空下，她还是坐在我第一眼看见她的那个地方，我们互诉身世，聊及梦想，感叹青春飞逝。闲聊的时候，得知阿欢三年前第一次来丽江，认识了他的男朋友。但是半年前，他们分手了，阿欢独自一个人来了丽江，在这家客栈做义工，刚过去两个月。

"我原本不相信有一见钟情的人，但是没想到认识他的第五天就上床了。第七天他说不想走就把票退了，第十天他又说不想走，我说那你别走了留下吧，我们一起在丽江的大街上晒太阳，遛遛狗，听听歌……"

她说出这些话的时候，很自然也很认真，就像是在讲述某个人的故事一样。

"你……这属于艳遇吗？原来真的有啊……"我忍不住问她。

"是不是都已经不重要了，我在这里足足等了一个多月的玉龙雪山真面目，还是没有等到。"话音刚落，她长长地叹了一口气，这口气也许包含的内容太多，我无法去想象。

如果到一个地方去旅行，最后久久不愿意离去，那肯定不仅仅是因为旅行了。在路上的很多人，他们背负着梦想上路，而另一些人则因为丢失了梦想而选择停留在一个地方。

"你来丽江几次了？"

"已经第三次了。"我脱口而出。

"为什么来那么多次，也是来艳遇的？"她希望听到和自己同样的故事吧。

"我也说不清道不明，仅仅就是喜欢这里，喜欢这里的懒洋洋，喜欢这里的好空气。"

她给了我一个质疑的眼光。

"你爱信不信。"我用鄙视的口气回应。

2

在客栈的半个月里，几乎每天都可以看见她在院子里面逗猫，玩狗。她偶尔问我要不要跟她去买菜，偶尔做几个好吃的菜给客人们做福利。我也几乎每天都要去吧台上坐一会儿，听她吹自己的青春年华。

那种感觉，就好像我们是认识了很多年的朋友一样亲切。

我离开的时候，问她，你还要继续待多久？

她自己也不知道什么时间离开，是在等他回来，还是在等玉龙雪山拨开云雾的那一刻……

那一次之后，我们并没有什么联系，只是看着阿欢每隔一段时间换一个地方。最近一年都在藏区遛达。我除了羡慕和偶尔评论一下她的朋友圈之外，没有什么交集。很多时候，觉得最好的尊重就是不去打扰吧。

前几天，阿欢突然在微信里找我，她说自己刚绕冈仁波齐转了一圈，没有见到神山的真实面目，反而差点把命丢了。

下山的时候，她遇到了暴风雪，拿着登山杖身体慢慢往下挪，脚下就是悬崖，下面有一个湖。如果掉下去是必死无疑的，手也逐渐失去了知觉。就在这个时候，她的登山杖突然被人拿走了，她的手被另外一只温暖的手拽住。是一个藏族的姐姐，握着自己冰冷的手，放在袖子里面一点点地暖回来，一直走到了山下。

姐姐不会说汉语，所以下山的时候，她们没有说什么话，而阿欢却流了一路的眼泪。最后离别的时候，她们彼此都只有一句"扎西德勒"。她们挥手告别,没有过多的仪式和语言,一切都放在内心深处。

阿欢说当时第一个想到了我,很想给我打个电话,奈何手机一直没有信号。

我想起来了,我曾经去西藏的时候,因为路上突发事件耽搁了,没能赶到下一个目的地,只好在一个村庄附近搭了帐篷。到半夜的时候,我正睡得沉香,忽然狂风四起,把我的帐篷吹到十米以外,没办法再搭了。

于是寻着亮光,向附近的村庄走去,我敲开了其中一家的门。一个老奶奶开门,我说了一句"扎西德勒",然后自己解释半天,其实她根本听不懂汉语,只是我自己觉得什么也不说好像不太好。

她拉着我的手让我进去,就这样收留了我一个晚上。帮我生了火,煮了一壶酥油茶放在炉子上面。我让奶奶去睡觉,自己一个人在火炉旁边待了一晚上。平时一点都不喜欢喝酥油茶,但是那天晚上我却喝了一整壶,如果问我为什么,大概是因为那味道突然很温暖。

第二天早上,我醒来的时候天已经大亮。临走前,和老奶奶说了唯一会的一句藏语"扎西德勒",她也以同样的方式回应我。我们挥手告别,我让奶奶留步,奶奶却一直目送我走上公路,走向远方,当我回头的时候,她还在挥手和我告别。

我把这件事放在心底，每当在路上坚持不下去的时候就会想起来，告诉自己要坚持。

很多时候，我们习惯了给旅行找一个借口，害怕突如其来的束缚，害怕很多的未知。

但我想，不管你在路上经历什么，一切都会明亮起来吧。

3

阿欢说那天很累，晚上却辗转反侧睡不着觉，连自己都不知道是不是捡回了一条命。在她最无助的时候没有哭，在被帮助的时候突然哭了出来。

那天她发了一条朋友圈，没有讲这个故事，只是简单地说：一切言语在遇到困难时都显得那样无力，真正能帮助你的人会在你需要的时候出现。转了一圈也没有看到冈仁波齐，但是遇到这个姑娘胜过一切美景，不知道是不是神山赐予我的，总之我想要感谢这一切的一切，因为都是最好的安排。

阿欢说，我想寄给你一个笔记本，你能不能帮我保管它，我怕路上我把它弄丢，或者我怕自己在路上突然就死去了。

我说：可以，里面是什么内容啊？对你很重要吗？要不你用顺丰吧，保险一点？好奇的同时我总是有点担心它寄不到，怕在路上弄丢了。

但是，直到现在她说的本子也没有寄到我这里，我也没有问为什么还没到，重点是她也没有和我提起过这件事。

半年之后，收到了一张明信片，是阿欢从西藏寄来的。上面还贴了一张我最喜欢的雪山邮票，还写着一句话："大萌，对不起，没有把本子寄给你，我把它埋了，我想是时候放下了。"字迹有点模糊，大概是因为在路上的时间有点久。

虽然看着字里行间流露出来的都是淡淡的忧伤，但是拿到明信片的那一刻还是会想起在丽江和阿欢看星星的夜晚。

我没有怪她，静静地看着明信片，我写了很长的一段话准备发给她的，后来又全部删了。把邮票撕下来，然后把明信片烧了，因为我希望她真的是放下，我留着也没有什么意义了。也不希望以后能够在我这里找到任何关于她和她的影子。

阿欢还是一如既往地选择了转山，她总是一个人去，一个人回来。

有时候不知道为什么她喜欢这样独来独往，可是每个人都有权利选择自己的生活方式。可以不理解，最起码要学会尊重。

我和她偶尔交流，聊过关于孤独的话题。

"当一个人背着包走在神山下的时候，望着身后太阳照在身上映射出的影子；当一个人累了在路边点燃一支烟，孤独地抽完，踏上远方的路，继续向前；当夜晚路过村镇时看见小平房里散发出温暖的灯火；当雨夜躺在床上，满脑子都是走过的路,你会感觉到这个世界带给你的孤独,那就尽情地享受你的孤独吧。"

也许,旅行最终的意义就是在旅行本身的孤独里找到真正的自己。

她总是会和我提及死的问题,死真的有那么重要吗?至少在阿欢看来是挺重要的吧。也许受过最深伤害的人,往往是最能够治愈人的吧,不管是文字也好,还是音乐也罢。

现在,她几乎转完了藏区大大小小的山。

我问她还不停下来吗?她说,还没有找到停下来的理由。

4

以前,在某本书里看过一个传说:在遥远的丽江古城,玉龙雪山终年云雾缭绕,即使在最晴朗的天气,阳光也很难穿透云层照到山脚,传说每年秋分是日月交合辉映的日子,神灵会在那天赐予人间最完美的爱情阳光。如果那天玉龙雪山云开雾散,神奇的阳光就会铺满整个山谷,每个被阳光抚摸到的人能得到最美最圣洁的爱情。但是,善妒的山神在那天从来不开放自己的胸怀,总是有雾有雨,所以世上很难有完美的爱情。

那一刻,我似乎又懂了点什么。关于玉龙雪山,还有她的转山旅行,以及她的生活。

有时候不知道为什么她喜欢这样独来独往,可是每个人都有权利选择自己的生活方式。可以不理解,最起码要学会尊重。

在一个地方待久了,
当离开的那天真的来临,
就连风都是不舍的,不是吗?

年少远行，
愿你归来依旧是少年

1

我几乎去过所有比较大的藏区，从整个青藏高原到香格里拉，从大凉山到甘南地区，还有川西的大部分地方。如果让我细细地把藏区所有大大小小的故事都写下来，估计一本书都写不完。不过很多经历是需要在一个特定的环境下才能够被回忆起，讲成故事，或是写成文字的。

2017年7月份的一天，小吉突然给我发微信，用他带着腔藏语的普通话和我说自己考上了大学。

我给他回了一句：小吉，扎西德勒。

对于一个外来人而言，"扎西德勒"这四个字足以把我所有想说的话都包含在里面了。我把手机放到离耳朵更近的地方，播放着小吉只有笑声的语音，一遍又一遍听了好多次。这样的行为，好像在我走过的岁月里也只有这一次。

在后来的很多个日子里，我始终会想到这样的一幕：小吉摁着微信语音功能，站在他们家的屋檐下，对面是一望无际的草原，草地上牛羊成群，还有化不完的雪山，然后使劲笑得合不拢嘴，就像我站在他的身边那样自然。

小吉从三月份开始就没有和我发过微信了，也难怪，我上次去他们家的时候他就说过高三复习很紧张，在学校也不能带手机。只能在每个月放假回家的几天时间里，偶尔给我发发他们家当时的风景照。

每当这个时候，我都会夸他摄影技术长进了很多。他还是一如既往地摁着微信语音功能笑很久。我去了四次甘南，感受过这里春夏秋冬四季的魅力，而其中三次给了夏河县的阿木去乎。

小吉家就在阿木去乎镇上的一个小村庄里。灿烂的阳光，洁白的云朵，纯净的天空，稀薄的空气，连绵的雪山，安静的湖泊，纯朴的藏族民风，忠贞的佛教信仰，每个人脸上发自内心的微笑和朝圣老人沧桑厚重的脸庞……

对藏区的所有幻想或者期待，都可以在夏河这个叫阿木去乎的地方寻找到答案。

小吉全名叫吉先加，这有点出乎我的意料。从以往跟藏区的接触来看，藏族人的名字基本上男的叫扎西，女的叫卓玛，或者偶尔有叫尼玛和丹增的名字。还真是第一次听吉先加这个名字，我问过他为什么取这个名字。小吉只是捂着脸对我说自己也不知道，名字是父母取的。

我并不是一开始就认识小吉他们一家人，也不是因为去旅行才遇见了他们。在一次吃饭的时候，和好友海珍说起想去藏区做一次公益摄影，他给我推荐了小吉的家乡。

海珍是我们学校藏语系里为数不多的汉族学生，她的老师就是这个村子出来的，他们班曾经集体在这里支教过。所以，她对这里比较熟悉，也比较放心。她怕我进去之后语言不通，给我介绍了正在县城读高二的小吉。他能听懂汉语，也可以和我汉语交流，去了正好当向导和翻译。

海珍的口中，小吉是一个懂事听话，善解人意，不发脾气，爱笑的阳光大男孩。

在长达两个月的时间，我用微信和小吉沟通。不管我说什么他都会回复"呀呀呀"，后来我才明白这是我们通常说的"好"或者"嗯嗯"的意思。

2

我第一次见到小吉的时候，刚好是 8 月末，他还没有开学，正好有空做向导。

那天从兰州出发，在大巴上遇到一对从常州到甘南旅游的叔叔阿姨。大概我也像游客，再加上我家也在无锡，算半个老乡，所以一路和我闲聊，我告诉他们是去做公益。车快要到达终点的时候，阿姨硬给我塞了两百块钱。

阿姨说：孩子，你真是好样的，这两百块钱给孩子们买点吃的，我们也出不了什么力。她眼里有光，那是对我的一种支持和鼓励，也是对爱的肯定。

我至今忘不了那天阿姨充满爱的眼神。下车的时候，我和叔叔阿姨说能不能和他们合张影，可是被他们谢绝了。这个世界上总有人在默默做着一些温暖的事，他们不留名不留姓。

从县城到镇上，由于不知道路怎么走，到太阳快落山的时候我才抵达镇上。小吉早已在镇上等着我，第一次见到我，他出奇地害羞，我说一句他回一句，现在想起来我也觉得略显尴尬。

从镇上到小吉家，要穿过一条长长的路，中间有一间寺庙，挺大的。

夕阳西下，寺庙周围渐渐升起袅袅炊烟，转经的人逐渐离去，喇嘛也下课各自结伴回家，一切归于平静。走在那长长的转经长廊外，回头凝望走过的路，让我感觉分外宁静。忙于奔波的我，那一刻才知道，原来一天可以过得很快，也可以这样过得慢些，再慢些。

强烈的阳光将白云穿透，照在金色的胡杨林上，反射出耀眼的金色光芒。小吉指着前方一排孤立的胡杨林，和我说他家就在胡杨林的后面。

小吉是家里唯一会说普通话的人,家里有爸爸妈妈,还有哥哥,以及哥哥的女儿。小吉的哥哥结过一次婚,突然有一天女的留下孩子就走了,至今杳无音讯。爸爸妈妈身体不太好,把家里的牛羊马都交给了姑姑一家,俩人在家照顾孩子。我和他们的交流不是很流畅,不管我说什么,都统一回复呀呀呀呀,然后我们都时不时看着小吉一起笑,好像希望小吉能把我们想要表达的意思都传达给对方。

放下东西,小吉带我去寺庙转转经筒。那一瞬间,我还是能够感受到内心的宁静和力量,感受生活如此多娇。

我一直觉得我很幸运,走到任何地方,都有幸得到好心人的帮助。即使在这样语言不通的家庭里面,我也会感觉温暖。

在路上行走,不止一个人和我说藏族人怎么这么野蛮,不讲理之类的话。我都是笑而不语,我不能左右让别人说什么,但是我能控制自己不说什么。

大概心存美好的人,才会遇见美好吧。经历了这么多,我越来越喜欢这句话了。

晚上,甘南的夜空繁星闪烁。我住在寺庙里面,里面有两个喇嘛,一个是小吉的叔叔,一个是他叔叔的小徒弟。小吉说,你是第一个来这里住的外人,平时我叔叔都是从来不接待外人的。这也是我第一次住在寺庙里,说实话,我不是很习惯。但庆幸的是,不管我走到哪儿,蚊子都不怎么咬我,不然那几天估计我全身都是包了。

小吉的叔叔,依旧不会说普通话,所以我们也没有怎么交流,即使坐在一起,也是相视而笑,但也从来不会觉得有半分尴尬。

3

小吉由衷地喜欢摄影,这一点让我对这个孩子多了几分喜爱。

第二天,我们一大早起来去拍日出,我带了两台相机,然后教他怎么用其中的一台。没想到,他一下子就用得特别溜,拍出来的照片构图很好,虽然是在全自动模式下,但我没想到从没接触过相机的孩子能这么迅速就拍出好照片来,这已经出乎我的意料了。

我问他以前是不是学过摄影?他说没有学过,但是见过。他说这句话的那个画面,我到现在想起来都觉得好可爱啊。

我把这台相机交给了他,然后让他这几天想拍什么就拍什么。他拍照的样子很认真,他看照片的样子很认真,他对待相机的样子还是很认真。这是我能想到的对他最恰当的评价了。

我问过他,你的梦想是什么?小吉说:"做一个摄影师,把我家乡的一草一木、一山一水全都拍下来，我特别害怕它们突然有一天就消失了。你看对面那座山，我小的时候都是雪，现在什么也没有了。你说有一天这里会不会成为沙漠啊？老师说，有沙漠的地方不适合人居住，到时候我们住哪儿？我家的牛羊要吃什么……"

小吉面对苍白无力的大山倾注了好多情感，也许这就是他一直埋在心里的真心话吧，只是没有找到合适的机会说出来。而我望着对面只有一点泛黄小草的大山，眼里竟闪满了泪光。小吉做过桑科草原的志愿者，因为离学校近，也不会耽误学习，他和几个同学经常去草原上捡垃圾。

他说很讨厌某些游客，吃了东西不带走，还随便乱丢。不单单牛羊吃到这些会死，还污染草原环境。他跟草原上的工作人员都很熟，开玩笑和我说，下次你来我带你去，不要钱的。本来很沉重的一个话题，我们突然间又开怀大笑了。要走的前一天晚上，我想了很久，在想我要不要把相机留给小吉？他有一个很美好的摄影梦，我是不是应该帮助他做自己想做的？

可是，后来我没有给他留相机，因为"授人以鱼不如授人以渔"，这也是我一直以来做公益的信条。我可以鼓励他去追求自己的梦想，但是还是决定不能让他觉得梦想来得太容易了。

有的人一辈子都在追梦，哪能那么容易得到。

第一次去小吉家乡的时候，在那边待了五天，我走遍了他们村的每家每户，拍了很多照片。

然后，去了当地的学校，孩子们很喜欢我，我和他们初次见面，但是大部分的人没有害怕，没有陌生感。

当孩子们蜂拥而至的那一刻，我觉得自己很幸福，一切都值了。要走的那天早上，我给小吉一家拍了一张全家福。他们全家人送我去坐车，走的时候，我又说了一句扎西德勒，拥抱了他们每一个人。车开了，他们使劲在车后面挥手。

第二次去，已经时隔三个月了，是去送当时给他们拍的照片。我特意选了一个小吉放假的日子，让他在县城等着我，然后我们一起回他们村。

我对小吉说，要不要体验一次免费搭车？

他用怀疑的眼神看着我，还能免费搭车？哪有这样的事情？我平时来学校在我们村子路边坐过来都是要钱的啊。

我说："你到底想不想？"

小吉说："可以试试，反正还早。"

我就带着小吉从县城走出来，路过拉卜楞寺，很久没有来了，上次由于时间关系，没有来，再上次是专门来的这里。

拉卜楞寺还是拉卜楞寺，我还是我啊。

4

走到回他们村必经的公路上，我教小吉怎么搭车。一开始很多车都不停，即使偶尔停下来都是要钱的。小吉有点受打击了，和我说我们给钱快走吧，肯定搭不到。

我说再等等，肯定会有的。最后真的搭到了，下车的时候，小吉问我你以前是不是经常这样去旅游？我说是的，经常这样，这种叫搭车旅行。

"你不怕吗？万一别人是坏人呢，你怎么办？"小吉看似很多疑问。

我说：好人多啊，你自己不也是好人吗？

他摸着头道了三个字：也是哦！

第一次去的时候，小吉的侄女特别害羞，也不愿和我玩。但是没想到，这次她突然远远地跑过来，我以为她要投入小吉的怀抱，结果径直奔向了我。

很惊喜的一幕，她不会说普通话，只是使劲地冲我笑。那种感觉就像见了一个期待很久的人一样吧。我抱起她，我们三个一起走向那片更加金黄的胡杨林，走向那个给过我温暖的家。

我把照片都送给了村民，他们拿到照片的时候，羞涩而又暖心的微笑让人感动。

我想，他们很少有机会以这种方式看到自己模样的吧。

小吉的父母拿着一家人的合照，看了很久，笑得合不拢嘴。

小吉说，这是他们家的第一张全家福，他还和我说了三个字："谢谢你。"

学校放假了，所以我只能托小吉给他们送过去。小吉给我发过他们拿到照片时的样子，满脸的笑容。

第三次去的时候，我是去扎尕那徒步，提前一天绕了一大圈特意去看看小吉，他已经上高三了。家里只有小吉，亲戚家有人结婚，小吉为了见我没有去参加婚礼。

我问他："你怎么不和我说要去参加婚礼啊？"

小吉说："因为你不是什么时候都能见到，这一别谁知道什么时候才能见上呢？"

我突然发现，小吉比之前两次都成熟了许多。在他前面我反倒成了孩子。那天晚上，我们很晚才睡着，躺在他家的屋顶说着现在已经想不起来的话，但我还是记得那晚的星空很美。

小吉问我："你以后要去哪儿？"

我指着漫天的星空对小吉说："去下一个和这里一样多星星的地方。"

小吉："那是什么地方？"

"我也不知道，等我到了告诉你。"我拍拍小吉的肩膀。

第二天一早，我去了扎尕那，小吉送了我一串珠子，说它能保佑你平安。那次之后，很长时间里，我和小吉没有任何联系。他大学开学的时候,给我发了一张自己在大学门口的照片。头发剃了很多,也精神了好多。

后来,我问他:"大学还习惯吗?"他说:"挺习惯,就是和高中有点不一样了。"

我还问他:"大学有什么打算?"小吉说:"我选了新闻专业,想把普通话练好,再挣钱买一个相机,然后准备加入我们学校的摄影协会呐。"

我突然有点羡慕小吉,进入大学的第一天,就知道自己要干什么。我到现在都不太明白,我为什么去了四次夏河。大概是因为不期而遇的温暖和生生不息的希望。我真的不知道什么时候可以再回去,但当我抬头仰望星辰时,我一定会把其中一颗星星当成阿木去乎的一切。

在一个地方待久了,当离开的那天真的来临,就连风都是不舍的,不是吗?

好像,很多时候我们出发都是因为景,但当我们离开的时候,舍不得的都是因为人啊。

一杯酒敬往事，
一杯酒敬未来，
还有一杯酒，敬你。

九月,你"活该"过上了自己喜欢的生活

1

那年七月,那座城,走了二十几年的街道,忽然,不想留恋了。于是,她剥去满身的躯壳,去了远方。

她叫颜九月,一个爱流浪的女子。她说,一切的颠沛不是流离,而是我最爱的那碗人间烟火。

我说,你离开的时候,没有害怕吗?

肯定会,似乎觉得那儿黎明更黑暗,也会更陌生。九月已经很淡然了。

后来,她给我分享自己在三年前,第一次踏出家门,独自流浪到非洲时记下的第一个清晨的日记:

落地的第一个清晨,是沉寂,是安宁。
安然地抬起默沉的步子,
走向,夜里对我敞开的那扇门。

满是尘土的院子，布满泥沙和碎石，

围墙边，伫立着一棵参天古树，树下围聚着几只叽喳琐碎的鸟儿，

她们跟我从小看的是一个模样，声音也是参差不齐。

顷刻，脸庞有热的东西往下流动，

一串，一串，止不住，

我不心酸，我不悲伤。

只是，那鸟儿，

她是异乡里，我最亲的人。

我有些感动了。

我曾经也独自一个人出远门，从南到北，从白天到黑夜。但是，我永远体会不到一个女孩子远赴异国他乡究竟承受着怎样的思想抗争。但认真想想，和我出发又何尝不一样呢，其实我们都一样。经历了这些，九月似乎才找到了生命的开端，生活的另一种可能性。

在此以前，九月是生活在一座小城里的普通女性，相貌普通，家庭普通，工作普通，学历普通，年龄普通，因此生活也再普通不过了。这种普通就像一座山永远连着另一座山，一个模样。

九月从小就听父母的话，温顺，善良，孝顺……可以说，

一切生活循规蹈矩。在很长的一段时间里，她也觉得这就是生活的宗旨，而且深信不疑。

终于二十几岁了，妈妈对九月说：孩子，你长大了，要嫁人了。

九月听了妈妈的话，嫁了。她知道人长大是要结婚的，然后会有自己的孩子，会和所嫁的人一起老去，就像我们的父母一样。这是她在那个环境下看过的人生，想着自己应该也是照着这种方式过一辈子了。

在二十几岁，美好的青春年华里，她从来没有谈过理想，潜意识里觉得那是一个比较完美的词，属于书里的。她觉得自己只是个普通人，似乎和梦想这种高大的东西永远扯不上什么关系。

结婚之后，她依然是温柔、善良、孝顺地做着一个贤惠的妻子，直到生活的第三者出现，把生活撕裂，她才如梦骇醒。

那是一个天要塌的夜晚：她没有见过生活狰狞的面目，面对它的不仁慈，她没有能力抗御，从日到夜，从夜到日，她像一只被丢弃在沙漠里的猴子，怎么也是死。

"怎么熬过来的？我不敢说太多话。只记得那样的日子眼泪一直在流，房间一直很黑，我一直是一个人。"九月默默地说着，"我原本就是个脆弱的人，何况如此疾苦。"那样的日子，她想到了结生命，永远地离开这个世界，这是她能想到的唯一可以结束痛苦的方式。这种状态延续了好一阵子,只是突然有一天,她忽然问自己:"如果生命重来一次,你会拿去做什么?"

九月从床上爬起来,走到窗户前,她闭上眼睛,越过一片空白,看见一片广袤无垠的大地,有绿的,有红的,有黄的,似乎是草与草的碰撞,在很多季节里,还有一些光,带一些温度和风……但没有人,也没有声音,只有大地的沉寂和一个人的孤独。"我想去那里,一个陌生的地方,好远,好远,一个人去。"

对,是流浪!一个铿锵有力的声音在脑海里徘徊,久经不散。就在那一刻,她突然不再害怕了,关于任何疼痛,都不再害怕了。

2

那算是一种重生吧?我问道,我一直觉得人活一辈子,重生的机会不多。

是,我觉得的生命已去了,这是我拾起的一条新生命。去吧,去任何想去的地方,做任何想做的事情。我告诉自己。

就这样,九月只身去了非洲。带着对世界的一片空旷去了非洲,这无非是漫长而孤独的路。九月不会说英语,不会坐飞机,不会买机票,她什么都不会,但她义无反顾。即便,那时的非洲疟疾肆虐，枪击爆炸近在咫尺，她也不曾有过一丁点犹豫。

她想，死亡的风险已不再是要紧事了，要紧的是一个人不能开怀，这太可怕了。对于这样的"谬论"，我再同意不过了。

在几千公里之外的非洲大地上，颜九月看到了黄色又破旧的泥土墙，看到了漫天的沙尘在黄昏里飞扬，看到了炎炎的烈日里南飞的火烈鸟，看到了亮溜溜的眸子在黑乎乎的面孔里打转的土著，也看到了淳朴的人们咧开嘴巴，露出白色的牙齿对着自己笑……她忽然就喜欢了，似乎可以在这里生活很久，似乎自己与生俱来就是属于这里，属于这片荒漠的。

就这样，颜九月活了下来，在一个遥远的地方。也是从那里开始，九月发现一个人的生命原来有很多种活法，然而这些都是自己从前并不知道，未曾涉足的。

她望着那片炙热的土地，第一次感谢了生命里的坎坷，感谢曾经把她逼上绝路的人。

经历过那些难堪的岁月，九月终于明白生命的意义，它不只是人群里的一个角色，它更多的是一个人的价值的实现，和在有限的光阴里做自己觉得有意思的事情。

她在非洲生活了一年多，意识到这个世界其实还很大，还有很多地方没有去。这么一想，她开始兴奋起来，于是后面的几年间，一个人陆续去了法国、摩洛哥、美国、墨西哥、阿联酋、土耳其……

走着走着发现,世界越走越大,而她实际上每选择一个地方都是一种新生活。

就这样,九月上瘾了,对于活着的事情。

你知道吗,我很喜欢你说过的一句话,一个对世界上瘾的青年。九月把故事线突然拉到我身上,这,有些猝不及防。

我笑着,我也很喜欢呐。

九月和我一样,走过角角落落,看到艰辛的,贫穷的,繁华的,还有落后的,似乎每一种都让人留恋。她第一次意识到自己的时间不够用,还想去看很多地方的晨曦与日落,以及那日落下面活着的人和故事。

她说,我还想每一种生活都要过上一遍。我又看到,她的日记本上写着这样的话:

我喜欢在街道里自由地弹奏着吉他的人;

我喜欢在天桥或地铁过道摆着小物件的人;

我喜欢坐在路边编制着手工艺品的人;

我喜欢在街边拉着小推车炕着香喷喷的小吃的人;

我喜欢开着大卡车载满货物,挨座城市村庄跑去卖的人;

我喜欢他们,喜欢他们的方式,一切的喜欢始终是为着流浪。

而这些文字,时间停留在四年前的夜晚。

3

走过这么多路，你觉得自己的人生怎么样？我似乎很喜欢这个问题。

我想，100 个人或许有 100 种人生，可一个人也依然可以有无数种人生吧，这个世界给了我们如此多的选择，而我们为何要朝夕守着一种老去？为此，我第一次羡慕了自己，我妒忌自己做了如此合心意的选择。

那你活该过上了自己喜欢的生活啊。我不知道为什么说"活该"两个字。

九月似乎没有在意我说了这些话，继续说着自己的故事。我常说想做什么就做什么吧，况且人生多短暂啊，在事故面前。

当我在洛杉矶的一个清晨醒来时，我说我想去纽约，我立马就订下了当天的机票，我告诉老板，我不去工作了，这周工资不要了。老板立马把我赶出了房子，不允许我多停留一会。

但我没赶上航班，夜里一个人拖着行李箱在陌生的街头找不到去处时，我依然屁颠屁颠的欢乐得像个孩子，这样一点也不疾苦，因为一切甘心情愿。

"喜欢的，就是好的。"

"喜欢什么，就做什么。"

这是这几年我最喜欢说的两句话，而每当我说起这些话时，我觉得人生已经不需要大道理了，只有这两句，就够了！

然而我从不规劝任何人如何生活，我相信每个人都有选它的理由，既然放不下，那就别放，如果很沉重，那也是愿意背的。

一切的欢喜，都来自甘愿，这样才不会羡慕任何人的好。

……

此刻，九月又再次流宿到纽约，租住着别人的房子，但始终过着属于自己的生活，一切都是自己的方式。

为了活着，她什么活都干，有时候也会疲惫得想吐，有时也会孤独得想哭。可天亮了，依然都很好，因为这是她自己要走一遍的路，所以一切都喜欢。

上个月，九月说在纽约时代广场遇到一个流浪画家，她说第一时间想到了我。于是，她把我那张笑得像孩子一样的照片请画家画出来，隔着几万公里，隔着十二个小时的时差，给我拍了画的全过程。

我实在喜欢得不得了。

"那么远，不好寄吧？"

"你就别管了，地址发过来就 OK 了。"

去年 6 月份，九月来上海找我，她没什么事情，就是突然想来看看我，仅此而已。她知道那段时间，我做了很多抉择，辞掉工作，生活经历迷茫。我和九月在田子坊偶遇纳兰先生，我们一起在先生的酒馆看来来往往的人群，晚上一起去蹦迪，这给我紧绷的神经奖励了一个很好的假期,让我暂时忘记了自己的烦恼。

她走的那天陪我去参加一个面试,条件各方面都不错。在路上九月说,你要不要去,问问自己内心就好了。于是,我拒绝了这份不讨厌的工作,成立了自己的"时间贩卖馆"。

有些人,不是无缘无故出现在生命里,冥冥之中一定有某种原因的,我始终相信。我很喜欢九月说的一句话:我从不挑剔生活,只要它愿意给我出口,任我选择。

最近,她又在自己的日记本上,写下了这么一段话:我始终觉得世界每一个角落都有有趣的事,还有好看的光。他们的人间烟火一碗又一碗不尽相同,如果我喜欢了哪一碗,我也可以停留下来端起来喝呀,反正我在路上。

或许,九月终究还是会平凡而清苦地过完这一生,平平淡淡,没有太多的痕迹,可是走过的每一个过程,她应该都会怀念吧?或者,想起来的时候也会嘴角上扬?

包括我们自己,难道这样还不够吗?

颜九月说,我是一个爱流浪的女子,一切的颠沛不是流离,而是我最爱的那碗人间烟火。

我告诉她,你活该过上了自己喜欢的生活。

如果一个人真心对你好,
那一定是命运的恩赐,
而不是理所当然。

你没有如期归来，正是离别的意义

1

快要进拉萨的路上，车里突然响起了《回到拉萨》这首歌的旋律。歌词还没开始，第二次来拉萨的鹿鹿看着窗外熙熙攘攘的一切，早已泪流满面。

旁边两个第一次来拉萨的旅行者倒是无比激动，因为这里是世界屋脊，也是很多人向往已久的圣地。他们从看见拉萨那一刻就一直在寻找布达拉宫的身影，互相调侃着，有说有笑，也没有时间去顾及旁边泣不成声的鹿鹿了。

我开玩笑对鹿鹿说，啧啧啧，又是一个有故事的文艺青年呐。

她瞅了我一眼，继续沉浸在回忆的画面里无法自拔，然后开始沉默。话一出我立马就知道这个时候我不应该说话的。有时候，沉默是一种让人害怕的反应，特别在这样的气氛里面。可是，我能有什么办法呢？安慰不了，也不需要安慰。

关于归来，麦克阿瑟和郑钧都曾激动过，也呐喊过。也许，那一刻对于鹿鹿来说也是同样的情愫吧。

  时间在这片土地上流淌了千年,雪山河流或许早已沧海桑田。但是藏人施舍的天性和那种不受外物影响的信仰,千百年来从未改变过,或者在拉萨经历了一些非同一般的事情。也正因为这样,无数对拉萨念念不忘的人,会不顾一切地又回到拉萨,踏上这片让人觉得心脏努力跳动,肺部急促呼吸的土地,那样或许才叫活着吧。

  可是对我来说,再次踏上高原的土地,回到拉萨,最多的是回忆,那些人,那些事,那些现在想起来都会觉得传奇的经历。再次沿着八角街转到了大昭寺,再转到布达拉宫,很多东西都和第一次见到时一样,只是曾经的人早已离我而去。

  到了拉萨那天晚上,辗转反侧睡不着,心里总有一些回忆回旋着,这种感觉还真是不好受。所以,原本卸载了QQ的我,又重新下载了一个。我的手不自觉地点开了当时建的名为"相遇在青藏线上的我们"的群。

  其实,里面只有八个人,不过我们都很少联系了,准确地说已经没有什么交集了。我以前用QQ的时候还能偶尔在空间看看他们的动态,回忆一下那些被风吹过的夏天,嘴角也会上扬的日子。

  无意间就这样翻到了叶子姐的空间,看到她空间最新的一则说说也是一年前的了。大概的意思是说她很累,想变成隐形人只活在自己的世界，没心没肺地活着，不想管任何人，也没有能力处理和思考问题………最后还说了些类似愿他们幸福之类的"祝福"语。在这些话里，我隐约能够猜出她曾经苦苦追寻和念念不忘的那个男孩已经结婚了，也许……我猜不出来了，也没有心思去猜。不过，这倒是一点都不影响我对她的那些记忆与我们一起在拉萨的印记。

在我印象中叶子是一个实实在在地活在过去里出不来的女生。我以为这样的人，只会在电视里面见到。

我这么说她一点都不为过，甚至可以说恰到好处吧。每个人都有两面，一面想要极力地伪装起来，不让任何人知道；一面则努力地展现给别人，生怕别人不了解自己。

而我幸运的是，看到了叶子的全部。

2

初识叶子姐那天，可可西里下着蒙蒙的小雨，风从我们紧紧包裹的身子里呼啸而过。我们在可可西里纪念碑前说了第一句话："哇，你也知道《陪我去可可西里看海》吗？"我一边哼着歌词一边用心地点着头，那种方式就像一定要证明点什么那样强烈。

既然都熟悉这首歌，我们很自然地谈起了大冰，谈起诗和远方,我们就这样在大风中使劲地说,想把关于他的一切都说个遍。

说实话,虽然现在已经不像以前那么喜欢大冰了,但是,他对我的旅行生涯起着启蒙性的作用。我很喜欢他的第一本书《他们最幸福》,因为那个时候他还是一个流浪的人,他的旅行很纯粹。所以,直到现在,我还是可以清晰地记住他的一些话:浪荡天涯的孩子,忽晴忽雨的江湖;祝你有梦为马,永远随处可栖。我希望,年迈时能够住在一个小农场,有马有狗,养鹰种茶花。到时候,老朋友相濡以沫住在一起,读书种地,酿酒喝普洱茶。我们齐心合力盖房子,每个窗户都是不同颜色的。谁的屋顶漏雨,我们就一起去修补它。我们敲起手鼓咚咚哒,唱起老歌跳舞围着篝火哦。如果谁死了,我们就弹吉他欢送他。

这个世界是不是你想要的,为什么那么纠结于它。简单的生活呀,触手可及吗?不如接下来,咱们一起出发。

还有,如果所有这一切的故事都没有遗憾的话,那这一场青春还有什么意思呢?

那个时候,在那样一张坚定的外表下,我实在看不出也压根不会觉得叶子身上会有什么催人泪下的故事。那时,她戴着一个粉红掺白的女士遮阳帽,两个可爱的小辫子在前面晃来晃去,还背着一个比她自己都要高出一小截的背包,在那一圈旅客里面唯有叶子姐像一个背包客,引人注目。她时不时咯咯地冲着我笑,那么的亲切,犹如两个老朋友时隔多年之后再相见一般温馨和感动。

因为一个短暂的休憩与相遇,我与剑哥和叶子姐三个人一见如故。

搭过车的人都知道,三个人是最不容易搭到车的,所以我们在那一站暂时分开了。我们说好下一站再见,然后一路前行走到拉萨。他们让我留在后面搭车,两个人一前一后走向大冰眼中有海的可可西里。走过一段回头冲我笑笑,挥着手,那种画面在高原上来说是最美的。

他们两个都是来毕业旅行的,大概是我比他们都小,因此格外照顾我。什么都抢着自己先干,就连后面的搭车都让我在旁边休息,两个人打闹着一次次伸出大拇指又一次次放下,当时的他们多像一对蜜月旅行的情侣。哦,不对,应该说是伴侣吧。

叶子姐已经是第三次来拉萨了。我问她为何每年都要来一次拉萨呢,她说她放不下,其实我当时没太在意这句话的含义。直到那天晚上我们流落在寒冷的拉萨街头。她才告诉我她那些流放在光阴里的故事。

叶子在大二那年来到拉萨,遇到了那个一见钟情的男生,才知道自己是多么的幸福,她说,我曾经在梦里见过无数次的男生,终于和他在一起了。

原来每个人心里都有那么一段故事无法对人述说,就只能放任,留着在深夜里对自己倾诉。偶尔找到一个可以倾诉的人,到最后还是一笔带过了,就像叶子姐对我这样。

这座城市有太多关于她和那个男生的记忆:他们曾一起拿着那半张青蛙票在布达拉宫合过影,他们曾走过八廓街里每一条大街小巷,吃遍这里的炸土豆,在小昭寺前摆过地摊,在光明喝过他们认为世界上最美的奶茶……

这时我大概也才理解每当我们走到一个地方时,她似乎总是想说什么却欲言又止的举动了。

她沉默了好一会儿,直到我问她那后来呢?

在一起快要一年的时候,那个让她如痴如醉的男生突然不见了,像人间蒸发一样,没有任何的音讯。

因为不甘心,每年的暑假,她又一次次背上沉重的行囊,一个人来拉萨,看能不能在路上遇见他。

可是她再也没有遇见他,直到现在也没……也许以后再也不会遇见了。我当时心里就是这样认为的,也不敢说出来。

我突然转过脸问她:那……你现在恨他吗?

她苦笑着说刚开始那段时间是挺恨的,但后来慢慢地就想通了。不知不觉地后面又冒出一句他现在应该熟睡了吧!这让我很是吃惊,前一句刚说放下了,后一句却说出这样的话来。

于是我轻轻地说了一句,你真是痴情。

3

不知道她是怎么听见的,立刻就对我说道:"我是不是特别傻,其实我也知道我哪怕每年都来一次他也不再属于我,但我就是放不下,从两年前那个记忆里走不出来了。唉,快三年了几乎每天都过得比较压抑。"

"那你明年还来吗?"

她说不知道,过几天要一个人走滇藏去云南大理听"风花雪月"。我倒是被她的"风花雪月"四个字逗笑了好一会儿。她看着我笑也跟着笑了起来。

她是一个特别会隐藏自己内心的人,不管遇到什么都如此的淡定,也从来不刻意地表现在脸上。如果你看到她的照片大概也不会想到能有这样的故事,因为她的照片每一张都是快乐的。

只是和她慢慢相处才会发现,她其实是一个内心特别细腻温柔又带着诸多伤感的女子。也不知什么时候,她突然说想去大昭寺广场磕长头,我就陪着她来到大昭寺的墙底下。三更半夜,大昭寺广场依稀会有些虔诚的信徒磕长头。我们在正前方停下脚步,我面向摆满酥油灯的小屋静静地凝视着,而她在我旁边开始她的信仰之旅。

立正,双手举过头顶,击掌合十,移到脸前再次双手合十,然后下移到胸前合十，双膝跪地，身体前倾，全身伏地，手在头前合十，起身，嘴里还不停地念念有词，可我根本听不出她说什么，也许是传说中的"六字真言"。

她一遍又一遍地重复着以上的动作，那一刻的我只有静静看着她起身又伏下身子，那时她和我见过的所有信徒并没有什么两样。我想她应该是在祈祷他平安无事，或者祈愿能够在某个转角遇到他吧。

磕完头她也静静地坐在我旁边，我们彼此不说话，但我能明显感受得到她喘着粗气，这也许是最好的释放。我却感觉到明显的寒气，没来得及加衣服，肚子也在不停地叫唤。也许她看出来我是如此的寒冷与饥饿，突然站起来说，我们去吃点东西吧，也不知道大半夜的哪里还开着门。

我起身跟着她走，在快要绝望的时候发现一家拉面馆开着门，里面没什么人。进去就先喝下两杯热气腾腾的水，看着彼此笑了一下。吃完面不知不觉趴在桌子上睡着了，直到老板娘把我们叫醒，原来已经六点了，店里坐满了人，我们俩不好意思地走出门，天也快亮了。

拉萨的早晨美如画，彩云飘逸在空中，鸽子在屋檐上飞翔，远处的雪峰闪着金色的光芒，举目远望，随便一个角度都是一幅幅天堂里油画般的美丽景色，藏族人迈着轻盈步伐，转经朝拜，喝茶晨练，仿佛所有的人都沉浸在幸福的时光里。

而这样的美好时光，正是我该离开的时候。回到客栈，我背上了行李，越过拉萨河，准备踏上回家的旅途。叶子姐非要把我送到车站，是的，我走了，叶子姐留下了，不知道她是不是真的去了大理。

"小伟，路上小心"。她转过身子，快步离我而去，我知道她哭了，而我也没再回头看她一眼……

我迎着晨曦，快步踏上前往上海的火车，那一刻我终于明白，如果一个人真心对你好，那一定是命运的恩赐，而不是理所当然。

看着她那些伤感而又深邃的文字，我在她说说的后面评论了一句："好久不见啊，叶子姐，最近你还好吗？"想了会儿，继续加了一句："我现在在拉萨，刚刚路过当年你磕长头的地方。对了，还有小昭寺旁边已经看不到拉漂了，真怀念我们那时候在这里的日子。"

还是觉得差了点什么，我又在后面加了一句："希望你一切都好！"

其实，我当时一点都没有指望她会给我回信息，一方面是夜也深了，另一方面是我们都没有再联系，也许她也早把我给忘记了。当我调回到聊天页面，突然收到她发的一张照片，里面有五个孩子，虽然戴着口罩，但我知道旁边是她。从照片上可以看出，这里条件并不是很好，应该是在某个山区。

正当我想问她怎么还不睡的时候,她就给我敲了一行字:"小伟啊,虽然你现在叫大萌,但是我还是喜欢叫你小伟,像初次相逢那样美好。"

这种感觉,是真的好,好极了。

"叶子姐,你去支教了?"我问她。

"嗯嗯,在阿里,你这次要来阿里吗?如果来了,记得一定要来看我和孩子们。"

"你最终还是留在了西藏啊,还放不下吗?"

"也不是,这一次真的放下了,就是对西藏突然有一种归属感,毕竟来了这么多次。"

"那,怎么会选择留下来做公益了呢?"

"还不是被你影响,以前你天天发公益的活动和照片,我就开始尝试去做一些事情了。"

"真没想到,我还有这样的作用啊?哈哈。"

我才明白,让我们成长的,不是年纪,而是生命中那些变不了又忘不掉的遗憾。

4

想起叶子姐的时候,我总会燃起一支烟的记忆,有一丝片刻的遐想,但是很快就被吞没,没了痕迹。我试读过夜的寂寥,诠释过太多的悲喜，看惯了太多的悲欢离合。

我总以为自己释然了些什么，但总是在这样的月色下，再一次把自己困住。

夜静悄悄的，有一些凉。

清晨醒来房间里飘散着茉莉的清香，手中暖暖的。

望着夜，连同回忆，让我想起了那首《白月光》的旋律，好喜欢这样的感觉。虽然有些伤感落寞，但是在感受的当下，仿佛一下放空了自己。

哪怕只剩伤痛，也是很舒服的。

就像和叶子姐的相逢，有点美好。

又有点……

怎么说呢？

后 记

嗨，朋友，好久不见啊？

当你们拿到这本书的时候，希望我们还能像以前那样，有一种素未谋面，却相识已久的感觉。

其实，在提笔之前，我的内心挺复杂的，想要说的很多，却又不知道该从何说起。

记得2019年2月份，在筹划出这本书的时候，我兴奋了好一阵，有一种要做"母亲"的喜悦，但我很清楚，"十月怀胎"的过程的确很辛苦，在出前一本书的时候我就深有体会。

只是万万没想到，喜悦感并没有持续许久，接踵而来的是更加曲折的"诞生"之路。

这两年，在这本书上，我做了很多能做的事。但在出版领域，作为一个普通的作者，我能做的大抵也只是勤勤恳恳地把文字写好罢了。

这期间，因为各种原因，出版事宜一直一推再推。我也从广州去了北京，又从北京来了大理。

我的一些朋友见我如此"惨状"，有时候也会劝我：大萌啊，你看出一本书这么慢，也不挣钱，你还是想想其他的事吧。

我也一度想把这些文字埋藏在时间的长河里，让它们永远见不到光。

但那段时间，晚上躺在床上经常辗转反侧，总觉得生活缺了点什么。后来转念一想，还是希望午后的阳光跃上我的文字，一页页地闪烁着，仿佛在品味着书中的情节……

如果说因为些什么的话，我只能说是热爱吧。

我想，在一般情况下，支撑人在某一方面远征的首要动力，可能就是热爱吧。

我们总要为自己热爱的事物而奋斗，就算没有报酬，就算这条道路荆棘满布，我们仍要昂首向前。

而写作和摄影，就是我值得为之远航的地平线，我将会在这条道路上越走越远。

热爱这种东西，即使用全力把嘴巴捂住，也会从眼睛里跑出来。

总之，我是这么想的。

这几天，借着检查错别字的名义，我又重新读了一遍本书搞。读到一些段落时，感触颇深，有一种事过境迁的感受：啊，原来我已经历了那么多。

我愈发喜欢自己说过的那句话：时间忘记的，文字和照片记得。

当然，最近这两年，世界更是发生了翻天覆地的变化，周围发生了很多事，生活也经历了很多变数。在这本书里提及的一些朋友，有的已经变得更好了，有的却杳无音讯，没有了来往。

可我总觉得自己是个幸运的人，一个得到要比失去多的人。我背着包行走在路上，见过许多人，听过许多故事，看过很多的风景。拿着相机，就这样一张张地拍下来，拿着本子一点点地记下来，经历着，感悟着，慢慢成长。

在这个过程中，我的生命里出现了那么多温暖的人，是他们让我变得更加善良，让我更加珍惜，也让我更加坚定，让我继续行走在路上……

时常想起曾给我温暖的人，让我在深夜不再感到孤独。

所以，谢谢你们每一个人，出现在我的生命里，如盛开的暖阳。

谢谢你们还依旧能够拿起我的书，听我说"废话"。

此刻，洱海天色渐晚，暮色轻绕，浮光温婉。天空和水面的罅隙之间，是漫长的，悠远的，像终将去往的归途。

我向着夕阳，安静的坐在阳台的椅子上，突然想起有一次的采访，主持人问我：你害怕自己的未来吗？

我以前是真的会，总觉得自己要碌碌无为度过一生了。

现在已经不会了，因为经历了这么多，我渐渐明白自己需要什么，想要去做什么事情，过怎样的生活。

其实每个人都有自己的发展时区，身边有些人看似走在你前面，也有人看似走在你后面。但每个人在自己的时区有自己的步程，不用嫉妒或嘲笑他们，他们都在自己的时区里，应该说每个人都是。

生命就是等待正确的行动时机，所以，每个人都没有落后，也没有领先。在命运为你安排的属于自己的时区里，一切都准时。

未来，不管怎么样，我会坦然地按着自己的方式走下去。

但我也不知道未来会发生什么，所以目前尽量去过好每一天的生活，珍惜当下很重要。

最后，我想对自己和所有人说：纵使疾风起人生不言弃，往事不回头，余生不将就。

愿期待的远方，都在向你走来。

2021 年 4 月 大理

图书在版编目（CIP）数据

你期待的远方，都在向你走来 / 大萌著 . -- 北京：新世界出版社 , 2021.6
ISBN 978-7-5104-7281-7

Ⅰ . ①你… Ⅱ . ①大… Ⅲ . ①游记 - 作品集 - 中国 - 当代 Ⅳ . ① I267.4

中国版本图书馆 CIP 数据核字 (2021) 第 075906 号

你期待的远方，都在向你走来

作　　者：大　萌
责任编辑：张晓翠
责任校对：宣　慧
责任印制：王宝根
装帧设计：魏芳芳
出　　版：新世界出版社
网　　址：http://www.nwp.com.cn
社　　址：北京西城区百万庄大街 24 号（100037）
发 行 部：(010)6899 5968（电话）(010)6899 0635（电话）
总 编 室：(010)6899 5424（电话）(010)6832 6679（传真）
版 权 部：+8610 6899 6306（电话）nwpcd@sina.com（电邮）
印　　刷：三河市骏杰印刷有限公司
经　　销：新华书店
开　　本：880mm×1230mm　1/32　尺寸：145mm×210mm
字　　数：225 千字　　　　　　　印张：13.25
版　　次：2021 年 6 月第 1 版　第 1 次印刷
书　　号：ISBN 978-7-5104-7281-7
定　　价：46.00 元

版权所有，侵权必究
凡购本社图书，如有缺页、倒页、脱页等印装错误，可随时退换。
客服电话：(010)6899 8638